Dangerous Deal

© privat

Andreas Schlüter, geboren 1958, lebt in Hamburg. Bevor er mit dem Schreiben von Kinder- und Jugendbüchern begann, arbeitete als Journalist und Redakteur. Er ist Autor vieler erfolgreicher Serien und Einzeltitel, u. a. der „Level 4"-Reihe. Außerdem schreibt er Drehbücher für Kinder und Erwachsene (u. a. für den „Tatort").

Andreas Schlüter

Dangerous Deal

KOSMOS

bei CARLSEN

Außerdem als Reihe von Andreas Schlüter im Carlsen Verlag lieferbar:
Fußball und ... / Fußballprofi (mit Irene Margil)
Grusel garantiert

MIX
Papier aus verantwortungsvollen Quellen
FSC® C083411

Veröffentlicht im Carlsen Verlag
August 2015
Mit freundlicher Genehmigung des Franckh-Kosmos Verlages

Umschlagbild: photocase.de © tobeys; shutterstock.com © Martin Fischer
Umschlaggestaltung: formlabor
Corporate Design Taschenbuch: bell étage
Druck und Bindung: CPI books GmbH, Leck
ISBN 978-3-551-31411-6
Printed in Germany

Wer würde schon eine Million Euro ablehnen,
für die man nicht mal etwas tun muss?
Niemand.
Außer Christoph.
Er hat auf die Million verzichtet.
Und ist seither auf der Flucht.

KAPITEL 1

„Wer sein Leben verändern würde, wenn er eine Million Euro gewinnt, sollte es verändern. Auch ohne die Million."

Christoph gefiel, was Laura da gesagt hatte, aber er kam gar nicht dazu es zu äußern. Neben ihm stand Benni, mit dem und einigen anderen zusammen er jede Pause verbrachte, und der hatte sofort losgelacht. Das war typisch für ihn. Benni hatte immer eine Meinung. Zu allem. Meistens nicht besonders durchdacht und schon gar nicht tiefsinnig. Aber prompt. So auch diesmal.

Zum Verändern des Lebens bräuchte man ja gerade dieses Geld, argumentierte er. Deshalb wäre Lauras Spruch total unlogisch.

Laura wich aber nicht von ihrer These ab, sondern konterte nur: Benni sollte mal über sein Leben nachdenken, wenn er so heiß auf 'ne Million wäre und deshalb Lotto spielte. Als Siebzehnjähriger! Total krank!, fand sie. Auch, wenn er natürlich über seine Eltern spielte, weil er selbst ja noch gar nicht teilnehmen durfte.

Laura hielt sowieso nicht besonders viel von Benni. Christoph hatte sich schon oft gefragt, warum sie eigentlich immer mit in der Gruppe vor dem Schultor stand, obwohl sie gar nicht rauchte. Allerdings tat er das ja auch nicht. Er leistete Benni nur Gesellschaft, der jede Gelegenheit nutzte sich eine Zigarette zu drehen. Ebenso wie Anna, Lauras beste Freundin. Christoph nahm an, dass Laura ihre Zeit hier draußen also aus dem gleichen Grund verbrachte wie er: einfach, damit man sich gemeinsam unterhalten konnte, egal ob Raucher oder nicht.

Ihm war es sehr recht. Irgendwie verstanden er und Laura sich seit einiger Zeit immer besser. Christoph hatte den Eindruck, ihr gefiel es auch ihn zu treffen, und eigentlich hätte zwischen ihnen beiden sich schon richtig etwas anbahnen können. Meinte jedenfalls Benni. Aber der meinte ja immer gleich alles Mögliche. Jedenfalls hatte Christoph sich bisher noch nicht so richtig getraut Laura irgendwie näherzukommen, und beließ es bislang bei den netten Pausengesprächen.

Laura ließ sich auch nicht umstimmen, als Benni ihr erläuterte, dass es um die zehnfache Summe ging. Zehn Millionen Euro! Denn seit Wochen war mal wieder der Jackpot im Lotto nicht geknackt worden.

Christoph musste sich eingestehen, in dieser Frage hatte Benni echt 'ne Schraube locker. Zumal Benni sogar überlegte, was er mit dem Geld machen werde. *Werde!* Nicht *würde!* Als hätte er den Jackpot schon geknackt! Da störte es ihn auch nicht, dass die Wahrscheinlichkeit einen Lotto-Jackpot zu gewinnen etwa bei 1 zu 140 Millionen lag.

Christoph stand da eher auf Lauras Seite. Wie so oft in letzter Zeit, wie Lukas wenig später bemerken sollte. Lukas, Christophs zweiter bester Freund, dürr und schlaksig im Gegensatz zu Benni, der eher ein kleines Kraftpaket darstellte. Lukas redete nicht viel, hörte meistens ruhig zu, um dann irgendwann im Laufe eines Gesprächs einen kurzen Kommentar abzugeben. Oder auch nicht. Lukas konnte ohne weiteres auch eine halbe Stunde mal gar nichts sagen. So wie an diesem Morgen. Er hörte nur zu, schwieg und fragte erst später im Unterricht bei Christoph nach, ob er auf Laura stünde.

Christoph fühlte sich ertappt. „Na ja", wand er sich. Laura sah ja auch wirklich verdammt gut aus, mit ihren langen, glatten schwarzen Haaren, den dunklen Augen, der sportlichen Figur … Und klug war sie auch, fand Christoph … Jedenfalls, lenkte er schnell ab, stimme er Lauras Ansicht zu, dass Geld bei weitem nicht das Wichtigste im Leben war.

Zwar hatte auch Christoph noch keine Vorstellung, was er nach dem Abi mal machen sollte, aber sicher bestand sein Ziel nicht darin, Millionär zu werden. Lukas gab sich zufrieden. „Ist ja auch noch Zeit", winkte er lässig ab. Abi schrieben sie schließlich erst in eineinhalb Jahren.

Christophs Rad hatte seit zwei Tagen einen Platten, weshalb er nach Schulschluss mit dem Bus nach Hause fuhr, und auch das nur, weil der Bus gerade kam. Warten hätte sich nicht gelohnt; in der Zeit wäre er zu Fuß schneller zu Hause gewesen. An der Haltestelle Hellbrookstraße stieg er aus, ging die paar Schritte und bog in den Morgensternweg ein, in dem er wohnte.

Sofort sprang ihm der Polizeiwagen ins Auge, der direkt vor seinem Hauseingang parkte. Nicht, dass er nicht schon mal einen Polizeiwagen hier in der Straße gesehen hätte. Selbst direkt in seinem Aufgang war die Polizei schon mal im Einsatz gewesen. Mietshaus eben. Zwölf Wohnungen in jedem Treppenhaus, fünf Eingänge im ganzen Block, sechzig Wohnungen. Da konnte immer mal was sein. Einbruch, Ehekrach, Ruhestörung, Nachbarschaftsstreit. Irgendwas. Aber sofort überkam ihn ein dumpfes Gefühl, dass hier nichts von alle dem zutraf. Eine diffuse Ahnung, ein mulmiges Rumpeln in der Magengegend raunte ihm zu: Der Polizeiwagen hatte etwas mit ihm zu tun!

Christoph schaute sich um, konnte aber keinen Grund für den Einsatz entdecken. Nicht mal die Polizisten selbst waren zu sehen. Nur ihr Wagen stand da. Ohne Blaulicht. Ohne Warnblinker. Einfach so am Straßenrand geparkt, als ob die hier wohnten.

Zögernd setzte Christoph seinen Gang fort bis zur Eingangstür, stieß sie auf und hörte sofort, dass etwas im Treppenhaus los war. Ein paar Stimmen. Gespräche. Getrappel auf den Stufen. Sehr seltsam, trotz Polizei. Denn um diese Uhrzeit war kaum jemand im Haus. Alle zur Arbeit. Die Arbeitslosenquote hier in diesem Aufgang lag bei null. Das wusste er vom Paketdienst, der nachmittags regelmäßig bei ihm läutete. Der Fahrer wusste, dass Christoph Schüler war und deshalb meist der einzige Anwesende im Haus. Selbst in der Studenten-Zweier-WG im dritten Stock traf der Paketbote selten jemanden an, weil beide jobbten, wenn sie nicht an der Uni zu tun hatten.

Christoph hörte die Stimme von Herrn Mehring, dem Hausmeister, dessen Büro einen Hauseingang weiter rechts lag. Demnach wollte die Polizei offenbar bei jemandem in die Wohnung. Ob da irgendwo eingebrochen worden war? Bei den Müllers vielleicht oder gegenüber bei Sebastian König? Das waren die beiden Wohnungen im ersten Stock, wo Herr Mehring mit den Polizisten stand und nun übers Treppengeländer hinunterrief, wohl, weil er Christoph hatte kommen hören: „Ah! Da ist er ja."

Christoph rutschte das Herz in die Hose. Hastig drehte er sich um, ob nicht doch noch jemand hinter ihm das Haus betreten hatte, der gemeint sein könnte. Doch Herr Mehring nahm ihm mit seiner Begrüßung jede Hoffnung: „Hallo, Christoph. Komm doch mal her!"

Christoph musste sowieso an ihnen vorbei, weil er direkt über Sebastian König wohnte. Während er langsam die Treppe weiter hinaufstieg, kamen ihm die beiden Studenten entgegen.

„Was ist denn da los?", fragte Christoph.

„Das können die oben dir besser erklären", antwortete Heiko ausweichend, der Ältere der beiden. „Wir müssen los. Sind ohnehin schon zu spät dran, jetzt, nach all den Fragen. Aber wir kannten den ja kaum."

„Wen?", fragte Christoph.

„Herrn König!", rief ihm Bernd noch zu. Dann waren beide schon aus der Tür.

Im selben Moment hörte er wieder die Stimme von Herrn Mehring: „Er kannte den Herrn König ganz gut."

Offenbar sprach er von ihm, Christoph.

Aber *kannte?* Zum zweiten Mal das Wort in der Vergangenheitsform, erst bei den Studenten, jetzt beim Hausmeister. Das Wort brannte sich alarmierend in Christophs Schädel: Wieso *kannte?* Langsam stieg er weiter die Stufen hinauf und sah nun, dass einer der beiden Polizisten eine Frau war. Beide empfingen ihn mit ernsten Mienen.

„Du bist …?“

„Christoph Renner“, antwortete Christoph mit einem Kloß im Hals, zeigte mit dem Finger hinauf und erklärte, dass er im zweiten Stock mit seinen Eltern wohnte.

„Du hattest Kontakt zu Sebastian König?“

Wieder diese verräterische Vergangenheitsform: *hatte*.

Christoph nickte zögernd und zuckte mit den Schultern. Was hieß schon Kontakt?

Sebastian König war so etwas wie ein guter Nachbar. Mitte dreißig. Ein Typ, der ganz okay war. Und vor allem mit einem entscheidenden Vorteil: Er besaß *Sky*. Deshalb guckte Christoph oft samstagnachmittags gemeinsam mit Benni und Lukas bei ihm Fußball.

„Was ist denn mit ihm?“, fragte Christoph leise.

„Weißt du, ob er Angehörige hat?“, fragte die Polizistin zurück, ohne auf seine Frage einzugehen. „Freundin, Geschwister, Eltern? Er hat ja wohl allein hier gelebt?“

Der Hausmeister nickte und auch Christoph konnte bestätigen, dass niemand bei Sebastian wohnte. Auch nicht unangemeldet. Na ja, manchmal besuchte ihn eine Frau. Christoph wusste nicht, ob Arbeitskollegin, gute Freundin oder Geliebte. Blond, schlank, im gleichen Alter wie Sebastian König. Sah eigentlich ganz gut aus, war aber eine typische Banken-Tussi. Weiße Bluse, blaues Halstuch, beigefarbenes Kostüm. Deshalb tippte Christoph, dass Sebastian sie von der Arbeit kannte. Sie hatten nie über sie gesprochen, wenn sie gemeinsam Fußball schauten. Christoph hatte sie auch nur ein paar Mal gesehen. Zufällig im Treppenhaus, wenn sie gerade gegangen oder gekommen war.

„Name?“, fragte der Polizist.

„Christoph Renner“, wiederholte Christoph.

„Von der Frau, du Scherzkeks!“, blaffte der Polizist ihn an.

Was hieß hier Scherz? Den Namen der Frau kannte Christoph nicht. Doch dann fiel ihm etwas ein: Sie hatte ihren Namen mal mit Lippenstift an den Badezimmerspiegel geschrieben, unter einigen Lippenstiftherzen. Christoph hatte das gesehen, als er in der Halbzeitpause kurz pinkeln war.

„Jasmin“, antwortete er deshalb und fügte an: „Vielleicht!“ Konnte ja auch eine andere Frau gewesen sein, die das geschrieben hatte.

„Okay“, befand der Polizist. „Und sonst? Angehörige?“

Christoph zog wieder die Schultern hoch. Keine Ahnung.

„Gut“, sagte der Polizist. Und wandte sich an den Hausmeister. „Dann gehen wir mal rein.“

„Was ist denn mit ihm?“, fragte Christoph noch einmal.

Und diesmal erhielt er auch eine Antwort: „Er ist tot!“

„Tot? Wie – tot?“ Benni sah Christoph verständnislos an, als ob es gar nicht möglich wäre, dass ein Mensch, den man am Samstag noch gesprochen hatte, am Dienstag schon nicht mehr am Leben war. Für einen Moment unterbrach er sogar das Drehen seiner Zigarette. Obwohl sie nur noch vier Minuten hatten bis zum Beginn des Unterrichts, wollte er rasch noch ein paar Züge nehmen. Zumal sie hier von der kleinen Wiese gegenüber der Schule, auf der sie morgens oft hockten, wenn das Wetter es zuließ, einen guten Überblick auch über die Seitenstraße hatten, die zum Lehrerparkplatz führte, und der Wagen von Herrn Kinski war noch nicht zu sehen.

Benni drohte vor Erstaunen über das eben Gehörte das offene Tabakpäckchen vom Schoß zu rutschen. „Wir haben doch noch Fußball bei ihm geguckt!“

Lukas grinste breit und gab Benni einen Klaps auf den Hinterkopf. „Na und, du Hirni? Was hat das damit zu tun? Deshalb kann ihn doch gestern einer über den Haufen gefahren haben!“

Benni schüttelte ungläubig den Kopf. Mechanisch drehte er die Zigarette fertig, führte sie quer vor die Lippen, leckte das Blättchen an, klebte es zu, zupfte die Tabakreste glatt und steckte sich das vollendete Werk in den Mundwinkel.

Lukas gab ihm Feuer.

„Echt?“, fragte Benni nach und blies blauen Qualm in die Luft. „Über den Haufen gefahren?“

Christoph nickte und erzählte genauer, was er wusste.

Verkehrsunfall!, hatten die Polizisten gesagt. In seiner Mittagspause war Sebastian König an diesem Tag nicht wie sonst von der Bank in der Fuhlsbüttler Straße, wo er arbeitete, in das Restaurant auf der gegenüberliegenden Straßenseite gegangen, sondern mit dem Wagen nach Billbrook gefahren, in das Industriegebiet am Rande der Hamburger Innenstadt. Niemand konnte sagen, was er dort gewollt hatte. Man hatte nur seinen Golf in der Nähe der Unfallstelle gefunden. Mitten auf der Straße war er von einem Wagen erfasst worden. Der Fahrer hatte Fahrerflucht begangen. Es gab keine Zeugen. Niemand hatte den Unfall gesehen. Und man wusste bis jetzt nicht einmal, ob Sebastian König sofort tot war oder ob er eine Zeit lang noch schwer verletzt auf der Straße gelegen hatte. Als man ihn fand, war er schon ohne jedes Lebenszeichen gewesen.

Christoph spuckte sein Kaugummi auf die Wiese und schob sich ein frisches in den Mund.

„Billbrook?“, fragte Lukas. „Was wollte er denn da?“

„Keine Ahnung.“ Christoph zuckte die Schultern. „Vielleicht ein neues Auto oder ein Motorrad anmelden. Soviel ich weiß, sind da der TÜV und das Verkehrsamt.“

„Und der Straßenstrich“, ergänzte Lukas grinsend.

„Sebastian? Bei ’ner Straßennutte?“ Benni schüttelte den Kopf und schnippte die Asche seiner Zigarette ab. „Der doch nicht. Und außerdem ist da nur abends was los!"

Lukas setzte erneut sein Grinsen auf und tippte Benni ein zweites Mal an den Hinterkopf. „Du musst es ja wissen, Alter!"

Wüsste er auch, behauptete Benni. Denn immerhin hatte er schon zweimal im Verkehrsamt ein Moped angemeldet. Und in der Nähe, im Heidenkampsweg, war eine angesagte Disco. Wenn er von dort nach Hause fuhr, kam er genau am Straßenstrich von Billbrook vorbei. Nur nachts sah man die Frauen dort stehen, tagsüber nicht. Sonst hätte ja wohl auch irgendeine von ihnen den Unfall beobachtet, schlussfolgerte Benni.

Eigentlich konnte man beide Möglichkeiten ausschließen, dachte Christoph bei sich. Denn weder beim Straßenstrich noch beim Verkehrsamt parkte man seinen Wagen ein paar Straßen weiter, um dann zu Fuß zu gehen. Und wieso hatte der Fahrer nicht gehalten und sich um sein Opfer gekümmert? Laut Polizei war Sebastian wohl von einem Lkw überrollt worden. Rund um den Straßenstrich hatte sich ein großer Fernfahrertreff etabliert. Oder vielleicht auch umgekehrt: Weil dort der Fernfahrertreff war, befand sich dort auch der Straßenstrich. Jedenfalls lag die Vermutung nahe, dass irgendein ausländischer Lkw-Fahrer – vielleicht angetrunken, übermüdet oder durch die Suche nach einer der Damen abgelenkt – Sebastian König überfahren hat und dies entweder gar nicht bemerkte oder abgehauen ist, um sich Ärger zu ersparen und den Job zu behalten. So in etwa lautete die offizielle Theorie der Polizei.

Doch je mehr Christoph mit Benni und Lukas über den Unfall grübelte, desto mysteriöser kam er ihm vor. Ihre Theorien waren jedoch auch schnell wieder vergessen. Denn es läutete zum Unterrichtsbeginn und mit dem Läuten kam Lehrer Kinski wie immer mit quietschenden Reifen die Straße entlanggeschrubbt, bog scharf rechts in den Käthnerort ein, um kurz darauf wieder scharf links auf den Parkplatz zu brettern.

„Der fährt auch noch mal einen über den Haufen, bei seinem Fahrstil", sagte Christoph.

Sie erhoben sich lässig vom Rasen, um über die kleine Straße hinüber ins Schulgebäude zu gehen. Entgegen seiner Gewohnheit betrat Kinski nicht von hinten das Schulgebäude, sondern ging den Fußweg entlang, weil der Unterrichtsraum im vorderen Teil des Schulgebäudes lag. Da war er auf diesem Weg schneller. Unter seinem Arm wehte ein verdächtig kleiner Stapel loser Zettel.

„Scheiße", fluchte Lukas. „Sag bloß, der will 'nen Test schreiben?"

„Bloß nicht!", entgegnete Christoph. Nichts konnte er jetzt weniger gebrauchen als einen Mathetest.

„Einen Test?", wunderte sich Benni. „Was ist los mit euch? Das ist 'ne Klassenarbeit! Hat er doch angekündigt!"

„Echt?", fragte Lukas entgeistert.

Benni nickte.

Christoph wurde blass. „Verdammt. Nichts wie weg!"

Er hatte bereits die erste Mathearbeit des Jahres verhauen, die zweite musste einfach besser ausfallen. Eine Fünf in dem Fach war absolut undenkbar. Wenn er die Arbeit schwänzte, konnte er sie nachschreiben und vorher noch mal lernen. Aber dann durfte ihn heute niemand mehr in der Schule sehen. Er hoffte, Kinski hatte ihn nicht erspäht, als sie noch auf der Wiese gesessen hatten. Lukas folgte Benni mutig zur Klausur in den Klassenraum, aber die beiden hatten in der ersten Arbeit auch jeweils eine Zwei geschrieben.

Christoph fuhr nach Hause. Wieder mit dem Rad, bei dem er am Abend zuvor noch schnell den Schlauch gewechselt hatte. Mopeds ließen ihn kalt, in einem halben Jahr wollte er den Führerschein fürs Auto machen. Ein bisschen hatte er dafür schon gespart, die Hälfte würden seine Eltern dazugeben, deren alten Vectra er dann mitbenutzen durfte. Außerdem hoffte er, zu seinem achtzehnten Geburtstag das restliche fehlende Geld dafür geschenkt zu bekommen.

Wer sein Leben verändern würde, wenn er eine Million gewinnt, sollte es verändern. Auch ohne die Million. Seinen ungeliebten Job im Getränkemarkt würde er dann allerdings sofort aufgeben. Ohne die Million den Job aufzugeben, wäre ein Fiasko. So ganz haute Lauras Theorie dann vielleicht doch nicht hin. Er jedenfalls sah weder die Möglichkeit, ohne Job sein Abi zu machen – dafür war sein Taschengeld einfach zu gering –, noch jemals eine Million zu gewinnen. Er beteiligte sich grundsätzlich nicht an Glücksspielen. Umso erstaunter war er, als ihn Hausmeister Mehring vor der Tür mit den Worten abfing: „Glückwunsch, du hast was gewonnen!“

„Das kann nicht sein“, entgegnete Christoph.

„So?“ Mehring lächelte. „Na gut. Nicht direkt gewonnen. Sondern geerbt. Hier!“ Er hielt Christoph eine Laptoptasche vor die Nase. Der brachte nicht mehr heraus als ein verständnisloses: „Hä?“

Mehring grinste ihn jetzt breit an. „Seinen Laptop. Hat Herr König dir vermacht. Er hatte ja sonst niemanden.“

„Woher wollen Sie wissen, dass der Laptop für mich ist?“, wunderte sich Christoph.

Die Polizisten hatten in Königs Wohnung ein Testament gefunden, erklärte Mehring. „Also zumindest einen handschriftlich aufgesetzten letzten Willen, dass du das Gerät bekommen sollst. Und da sonst nichts weiter vermerkt ist, meinten die Beamten, du könntest es sofort haben. Sie klären, ob das noch von einem Notar bestätigt werden muss oder so. Aber sie wollen möglichst wenig bürokratisches Theater machen, bloß wegen eines Laptops."

Mehring drückte dem Jungen die Tasche in die Hand.

„Schönes Teil!", bemerkte er noch. „Hätte ich auch gern, so was. Aber du kannst ohnehin mehr damit anfangen. Wenn die Wohnung freigegeben ist, darfst du gucken, ob du noch was brauchen kannst."

Schließlich müsse er demnächst alles ausräumen, erklärte er weiter, und da es keine natürlichen Erben gab, wollte er alles von einer Firma entrümpeln lassen. Vorher könnte Christoph eben noch mal schauen.

Christoph stand verdattert da, hielt die Tasche in der Hand und sah dem Hausmeister nach, der seinem Büro zustrebte, um sich wieder seiner Arbeit zu widmen. Es war das erste Mal, dass Christoph etwas erbte. Und dann noch auf so merkwürdige Art. Noch immer schaute er dem Hausmeister verdutzt hinterher, obwohl der längst im nächsten Hauseingang verschwunden war. Einen guten Laptop hatte Christoph sich immer schon gewünscht; trotzdem konnte er sich nicht so recht freuen. Es war ein beklemmendes Gefühl, etwas von einem Toten geschenkt zu bekommen. Noch dazu von einem, den man kannte und mochte. Er überlegte, ob er das Gerät nicht einfach wieder zurückgeben sollte. Aber an wen? Sebastian war tot. Und Mehring zu beschenken machte die Sache nicht besser.

Christoph fragte sich, wieso Sebastian überhaupt ein Testament geschrieben hatte? Sebastian war gerade mal sechsunddreißig Jahre alt gewesen und, soweit Christoph wusste, auch nicht krank. Und selbst wenn: Wieso ein Testament nur über seinen Laptop? *Sonst nichts weiter vermerkt*, hatte Mehring gesagt. Also nichts über irgendwelches Vermögen, Bargeld, Auto, seine Möbel. Nichts. Nur über den Laptop.

Das war nicht normal, fand Christoph. Und plötzlich spürte er die Tasche schwer in seiner Hand. Es war nicht der Computer, der da so schwer wog. Es war das Gewicht, das Sebastian König diesem Computer offenbar beigemessen hatte.

Unwillkürlich blickte Christoph sich nach allen Seiten um, ob ihn jemand gesehen hatte. Irgendwie beschlich ihn plötzlich das Gefühl, dass es besser wäre, wenn niemand davon wusste, dass der Laptop nun in seinem Besitz war. Das war zwar eine Illusion, weil Hausmeister Mehring ihm ja den Laptop überreicht hatte. Und was Mehring wusste, hätte man ebenso gut auf die Titelseite einer Boulevardzeitung drucken können, um es geheim zu halten. Trotzdem aber huschte Christoph ins Treppenhaus hinein, als ob ihn jemand beobachten würde.

Dass eine dunkelblaue Suzuki langsam an seinem Haus vorbeifuhr, während er die Haustür passierte, war hoffentlich nur Zufall.

In seinem Zimmer probierte Christoph den Laptop sofort aus und war überrascht: Denn außer den üblichen Standardprogrammen entdeckte er so gut wie nichts. Wenn der vorige Besitzer genauso langweilig gewesen wäre wie seine Festplatte, hätten sie vielleicht niemals Kontakt zu ihm gehabt. Aber genau das war Sebastian König eben nicht gewesen: langweilig. Im Gegenteil: Wenn sie bei ihm gesessen und Fußball geguckt hatten, standen nicht nur sofort Bier und Knabberzeug auf dem Tisch, sondern Sebastian war auch sonst immer voll bei der Sache gewesen. Schoss der FC St. Pauli, ihrer aller Lieblingsverein, ein wichtiges Tor, war es vorgekommen, dass er laut johlend auf den Knien durchs Wohnzimmer gerutscht war oder eine La-Ola-Welle auf dem Sofa entfacht hatte. Ganz und gar nicht der Typ, den man hinter dem Schalter einer Bank vermutet hätte. Nach Feierabend hatte er seine biederen Anzüge und Krawatten gegen Jeans und Sweatshirt getauscht, manchmal auch gegen Lederjacke oder Sportklamotten. Sonntags, am Vormittag, hatte er selbst oft im Stadtpark mit irgendwelchen Kumpels Fußball gekickt. Einmal hatte Christoph ihn sogar dabei gesehen, aber normalerweise war Sonntagvormittag nicht Christophs Zeit. Sebastian hingegen war oft schon auch werktags in aller Frühe, vor der Arbeit, eine Stunde durch den Park gejoggt. Nicht selten kam er zurück, wenn Christoph gerade erst zur Schule losfuhr. Wie konnte man bloß freiwillig so früh aufstehen? Aber gut, das war Sebastians Sache gewesen.

Aber von alle dem nichts auf seiner Festplatte. Keine Spiele, keine Musik, keine Filme, keine Fotos. Nicht mal „Jasmin", die sich mit Lippenstift auf seinem Spiegel verewigt hatte. Auch nicht vom Fußball oder irgendwelchen Urlaubsfahrten. Oder vom Hamburg-Marathon, den Sebastian zweimal mitgelaufen war. Einfach nichts. Nicht einmal E-Mails. Eine Handvoll Word- und Excel-Dateien gab es noch. Das war's.

Christoph hatte sich eigentlich vorgenommen, die Festplatte neu zu formatieren und das Betriebssystem neu draufzuspielen, um einen jungfräulichen Computer zu haben. Aber das konnte er sich sparen. Die wenigen Dateien auf der Festplatte konnte er leicht löschen. Und auch sonst war nichts installiert, was den Rechner ausbremste. Also verband er den Laptop mit seinem WLAN für spätere Downloads und markierte einfach nur die Dateien, drückte die Entfernen-Taste und – es erschien ein Fenster, das ihn aufforderte, ein Passwort einzugeben.

Christoph wunderte sich. Nicht, weil er das Passwort natürlich nicht kannte. Etwas anderes war ungewöhnlich: Er konnte die wenigen Dateien öffnen und lesen, wenn er wollte, aber nicht löschen. Äußerst seltsam! Sebastian hätte es offenbar nichts ausgemacht, wenn jemand seine Daten gelesen hätte. Warum aber hatte er Angst davor gehabt, jemand könnte sie löschen wollen? Zudem konnte

Christoph nicht im Entferntesten erkennen, was die Dateien bedeuten könnten. Endlose Zahlenkolonnen, die sich abwechselten mit kryptischen Buchstabenfolgen.

Wahrscheinlich hatte Sebastian diesen Rechner nur beruflich genutzt. Und die Zahlen hatten irgendeine Bedeutung für die Bank, in der er gearbeitet hatte. Vielleicht, so überlegte Christoph, sollte er den Rechner einfach dorthin bringen und … Doch sogleich verwarf er den Gedanken. Wenn dem so war, würde Sebastian die gleichen Dateien sicher auch auf dem Computer im Büro gespeichert haben. Vielleicht war es gar nicht erlaubt, sie auf dem privaten Laptop mit nach Hause zu nehmen? Christoph wollte Sebastian nach dessen Tod nicht noch in Verruf bringen. Und er nahm an, dass es Sebastian wohl wirklich nur darum gegangen war, dass Christoph den Laptop erbte. Offenbar waren die Daten unwichtig oder woanders noch mal gespeichert.

Überhaupt hätte Christoph Sebastian nicht für einen Typen gehalten, der sich Arbeit aus der Bank mit nach Hause nahm. Vielmehr hatte er ihn immer für den totalen Freizeitmenschen gehalten. Der hatte doch seine Krawatte schon abgebunden, bevor er überhaupt das Treppenhaus betreten hatte. Okay, manchmal hatte Sebastian auch Überstunden gemacht. Aber das ließ die Sache mit den Daten erst recht höchst seltsam erscheinen. Warum nahm sich jemand Arbeit mit nach Hause, wenn er sie auch im Büro erledigen konnte?

Egal. Christoph wischte seine skeptischen Gedanken beiseite. Der Mann wird schon gewusst haben, warum er das tat und was er mit den Dateien wollte. Was ging es ihn an?

Blöd war nur, dass er die Daten nicht löschen konnte, weil er das

Passwort nicht kannte. Sie nahmen nicht allzu viel Platz ein, und dennoch störten sie ihn. So musste er dann wohl doch seinen ursprünglichen Plan umsetzen, die Festplatte zu formatieren und das Betriebssystem neu draufzuspielen. Dazu allerdings benötigte er die entsprechende Original-DVD, die sich noch in Sebastians Wohnung befinden musste.

Christoph nahm sich vor, am nächsten Tag Hausmeister Mehring zu fragen, wann er einmal in die Wohnung durfte. Schließlich hatte der ihm das sogar schon angeboten. Er entschied sich, bis dahin die Beschäftigung mit dem Laptop zu unterbrechen. Schließlich war er ohnehin nur zu Hause, weil er die Mathearbeit schwänzte. Also tat er besser daran die Zeit zu nutzen, um Gleichungen zu pauken, denn spätestens in zwei Tagen würde Kinski ihn die Arbeit nachschreiben lassen.

Er wollte eben den Laptop zuklappen, als eine Mail einging. Ein sich selbst öffnendes Fenster zeigte sie an. Erneut wunderte Christoph sich. Da keinerlei Mails auf dem Gerät gespeichert waren, hatte er angenommen, auf diesem Computer wäre gar kein Account eingerichtet gewesen. Doch es kam noch verrückter. Denn in dem Fenster wurde auch der Betreff der Mail angezeigt, und der lautete: „Hallo Christoph!"

Christoph schreckte zurück, als hätte er einen Stromschlag erhalten. Scheiße! Nervös fuhr er sich durchs Haar. Wieso kam eine Mail für *ihn* an Sebastian Königs Adresse, auf *dessen* Laptop, den er, Christoph, gerade mal erst vor zwei Stunden bekommen hatte?

Die konnte doch nur Mehring abgeschickt haben, der Hausmeister! Niemand sonst wusste, dass er diesen Laptop jetzt besaß.

Christoph rückte auf seinem rollenden Bürostuhl wieder dichter an den Rechner heran und las den Absender. Und der hatte nun wieder rein gar nichts mit Mehring zu tun, denn er lautete: „Bundesnachrichtendienst“.

Was war denn nun los?

„Bundes-nachrichten-dienst!“ Christoph las sich das Wort selbst noch mal vor. BND. War das nicht der Geheimdienst der Bundesrepublik? Der für Auslandsangelegenheiten zuständig war?

Er schaute sich unsicher um, als ob er erwartete, dass ein BND-Agent nun plötzlich in einer Ecke seines Zimmers hockte und sich über ihn amüsierte. Doch da saß niemand. Natürlich nicht!

Mit zittrigen Händen klickte Christoph auf das Fenster zum Öffnen der Mail.

Lieber Christoph Renner,

wir benötigen Ihre Hilfe in einer wichtigen Angelegenheit.

Bitte melden Sie sich umgehend unter …

Es folgte eine Handynummer.

Christoph wusste nicht, was er von der Nachricht halten sollte. Natürlich hatte er noch nie etwas mit dem Bundesnachrichtendienst zu tun gehabt. Welcher siebzehnjährige Jugendliche hatte das schon? BND, waren die nicht auch für Terrorismus zuständig? Zumindest meinte Christoph, das schon häufiger in den Nachrichten gehört zu haben. Was aber hatte er mit Terrorismus zu tun? Nichts. Aber sie schienen ihn ja auch gar nicht zu verdächtigen, sondern im Gegenteil: Sie benötigten seine Hilfe, hieß es. In einer wichtigen Angelegenheit. Wie sollte er denn dem BND helfen? Und mit welcher wichtigen Angelegenheit hatte er zu tun?

Christoph fiel keine ein, außer ... die seltsamen Daten auf dem Laptop! Waren die gemeint? Sebastian König, ein geheimer Agent des BND? Absurd!

Einen Moment ließ Christoph dennoch diesen Gedanken zu. Weshalb nahm der BND dann auf eine so seltsame Art mit ihm Kontakt auf? Zugegeben, genau so stellte man sich Agenten vor, wie man sie von Geheimdiensten aus Filmen kannte. Das hier war aber kein Film.

Die Leute vom BND hätten einfach an seiner Haustür läuten können und sagen, was sie wollten: Dass auf dem Laptop Daten gespeichert waren, die für den Geheimdienst wichtig waren. Oder was auch immer. Christoph hätte nicht das geringste Problem damit gehabt ihnen den Rechner sofort auszuhändigen.

Weshalb also taten die das nicht? Wieso nahmen sie auf so geheimnisvolle Weise Kontakt mit ihm auf und gaben eine Handynummer an? Eine Handynummer! Saßen die nicht in Büros mit Festnetztelefonen? Höchst merkwürdig.

Plötzlich kam ihm eine Idee. Er kopierte die angegebene Nummer, suchte im Internet eine Telefonauskunft heraus, fügte sie dort ein und startete die Rückwärtssuche.

Kein Suchergebnis. Das Handy war nicht eingetragen. Natürlich, er hätte es sich denken können, aber einen Versuch war es wert gewesen, fand er. Doch was sollte er jetzt tun?

Als Erstes schaltete er sein WLAN ab, dann notierte er die Nummer auf einem Zettel, schloss die Mail und stellte den Computer aus.

Irgendwie fühlte er sich wohler bei dem Gedanken, dass Königs Computer nicht mehr mit seinem Netzwerk verbunden war. Wenngleich ihm das natürlich auch nicht wirklich weiterhalf.

Er legte den Zettel mit der Nummer auf den zugeklappten Laptop, erhob sich, ging in seinem Zimmer auf und ab, wobei er den Zettel nicht aus den Augen ließ und sich immer wieder fragte, was er als Nächstes tun sollte. Anrufen? Oder die Mail ignorieren?

Er befürchtete, Letzteres würde nichts bringen. Die vom BND wussten nicht nur, dass er Sebastians Laptop besaß, die wussten auch, dass er gerade daran gesessen hatte. Sonst hätten sie die Mail für ihn nicht in diesem Moment an Sebastians Adresse geschickt. Mit anderen Worten: Sie wussten, wo er wohnte. Und sie beobachteten ihn!

Als Christoph das bewusst wurde, sprang er ans Fenster und zog die Gardinen zu. Das half natürlich nichts, aber er fühlte sich doch ein klitzekleines bisschen wohler. Der Laptop war vom Netz, die Vorhänge zugezogen. Immerhin.

Erneut sah er sich in seinem Zimmer um. Ob sie es verwanzt hatten? Und wenn, wozu? Was wollten sie von ihm? Was wollten sie herausbekommen, wenn sie ihn observierten? Er hatte doch gar nichts zu verbergen! Wie er die Sache auch drehte und wendete, für ihn ergab das alles keinen Sinn.

Plötzlich blieb er stehen.

„KOMMT HER UND HOLT EUCH DEN BESCHISSENEN LAPTOP!“, rief er ins Zimmer hinein. „ICH BRAUCHE IHN NICHT UND DAS, WAS ICH GESEHEN HABE, HABE ICH NICHT BEGRIFFEN. ALSO, WO LIEGT EUER PROBLEM? KOMMT HER UND HOLT EUCH DAS TEIL!“

Er wartete.

Wenn sie ihn abhörten, kam vielleicht gleich jemand, um den Rechner zu holen.

Aber es kam niemand. Und es meldete sich auch niemand auf seinem Telefon. Auch das konnte wiederum alles Mögliche heißen. Entweder sie wollten nicht auf sein Angebot eingehen, weil sie ihm nicht trauten oder weil sie nicht zugeben wollten, dass sie ihn abhörten. Oder – sie hörten ihn gar nicht ab.

Sie! Wer waren *sie?*

Ob wirklich der BND dahintersteckte? Das konnte schließlich jeder behaupten. Andererseits: Wer dachte sich ausgerechnet eine Bundesbehörde als Decknamen aus? Das war doch total hirnrissig. Um ihn irgendwo hinzulocken, hätten sie – wer auch immer es war – sich als sonst wer ausgeben können. Als Kinski zum Beispiel, der sich wegen der Mathearbeit meldete. Als Schuldirektor. Als sein Zahnarzt. Oder als Benni oder Lukas, vielleicht sogar als Laura. Tausend Möglichkeiten. Aber ausgerechnet als Bundesnachrichtendienst? Das war doch total bescheuert!

Nun ja, und wenn aber doch …?

Christoph ging wieder zum Fenster, schob die Gardine ein wenig zur Seite, schaute durch den Spalt hinunter auf die Straße, dann auf die Fenster der Häuser gegenüber. Saß da irgendwo jemand, der ihn gerade im Visier hatte? Beschäftigte der BND Leute, die sich heimlich hinter Büschen oder Fenstern verschanzten, um unbescholtene Jugendliche zu beobachten? Das war doch ebenso bescheuert.

Aber die E-Mail existierte. An ihn gerichtet: Christoph! Absender: der Bundesnachrichtendienst. Eine einfache Junkmail konnte es nicht sein, weil sein Name genannt wurde – ansonsten hätte da „Hallo Sebastian" gestanden oder „Lieber Freund" oder sonst etwas.

Da meinte jemand gezielt ihn. Und deshalb blieb ihm keine Wahl. Zumindest fiel ihm keine Alternative ein. Er griff nach dem Telefon, wobei er bemerkte, dass ihm plötzlich die Finger zitterten vor Aufregung und auch vor Angst. Zögernd wog er den Hörer in der Hand – und legte ihn zurück. Er entschied sich doch lieber für sein Handy – einem Gefühl folgend, das er nicht genau benennen konnte. Vorsorglich schaltete er die Nummernweitergabe aus und rief anonym die angegebene Mobilnummer an.

Der Typ hatte offenbar mit seinem Anruf gerechnet. Er war sofort dran. Und meldete sich, ohne vorher seinen eigenen Namen zu erwähnen oder gar nachzufragen, wer da anrief, prompt mit: „Hallo, Christoph!"

„Wer ist da?", fragte Christoph.

„Gut, dass du anrufst", überging die tiefe männliche Stimme die Frage. „Du hast ein schönes Erbe gemacht."

„Nein, habe ich nicht." Christoph war gespannt, wie der Mann mit der Lüge umgehen würde. Was wusste der wirklich von ihm?

Zur Antwort erntete er Gelächter: „Das war gar nicht mal so dumm."

Der Mistkerl hatte ihn durchschaut! Und wurde sofort wieder ernst: „Hör zu, es hat keinen Zweck mich an der Nase herumführen zu wollen. Wir machen dir ein gutes Angebot. Im eigenen Interesse solltest du es schnell und unkompliziert annehmen."

„Angebot?" Wovon sprach der Typ? „Was denn für ein Angebot? Wofür?"

„Nicht am Telefon“, bestimmte der Mann. „Wir treffen uns.“

„Was? Wieso? Ich …“ Christoph fiel so schnell nicht ein, was er hätte sagen können. „Wieso sollte ich …“, begann er unbeholfen, doch sofort fuhr der andere ihm über den Mund.

„… weil es sonst sehr unangenehm für dich werden könnte“, drohte er.

Christoph schluckte.

Der Mann wartete keine weitere Reaktion ab. „Zwölf Uhr. McDonald’s.“

Hastig schaute Christoph auf die Uhr. „Das ist in einer halben Stunde!“

„Du brauchst nur fünf Minuten zu Fuß.“ Klick. Aufgelegt.

Christoph war geschockt. Er hatte keine Ahnung, wie viele Filialen von McDonald’s es in Hamburg gab, aber der Typ wusste auf Anhieb, in welcher Christoph für gewöhnlich verkehrte. Dorthin brauchte er tatsächlich nur fünf Minuten. Es stimmte. Verflucht, seit wann beobachteten die ihn schon? Oder war es nur ein Zufall? Schließlich lag die nächste McDonald’s-Filiale geradezu vor seiner Haustür, so dass anzunehmen war, dass er die bevorzugte.

Sollte er hingehen?

Ich muss!, dachte Christoph und hatte die Stimme des anderen noch im Ohr: *Weil es sonst sehr unangenehm für dich werden könnte …* Wer auch immer der Mann war, für wen auch immer er arbeitete, so, wie der sich mit seinem, Christophs, Leben auskannte, waren das keine leeren Drohungen. Besser, er erschien am Treffpunkt, als dass der Typ zu ihm kam.

McDonald’s ist ein öffentlicher Ort. Eigentlich kann mir da nichts passieren!, versuchte Christoph sich zu beruhigen, als er in die Fuhlsbüttler Straße einbog. Eine der ältesten Einkaufsstraßen Hamburgs. Man hatte es von hier aus nicht weit zum Stadtpark, einem der größten städtischen Parks Europas, und auch hinter den Ladenpassagen und zwischen den Wohnhäusern tauchten immer wieder ruhige Grünflächen auf. Auf der Höhe der Bankfiliale, in der Sebastian König gearbeitet hatte, blieb er stehen und blickte auf den Eingang der Bank. Sebastian war nie mit seinem Wagen hier gewesen, erinnerte sich Christoph. Und wieder beschäftigte ihn die Frage, was Sebastian dann in der Mittagspause mit seinem Auto plötzlich in Billbrook gewollt hatte.

Christoph schüttelte den Gedanken ab, drehte sich um und schaute auf die gegenüberliegende Seite der Straße, wo sich die McDonald's-Filiale befand. Er war allein auf sich gestellt.

Lukas und Benni saßen in der Schule, genau wie Laura. Seine Eltern waren zur Arbeit und ahnten von alle dem ohnehin nichts. Nichts von dem Laptop, von den Daten, von der Mail.

Christoph hatte niemanden, dem er Bescheid geben oder den er mitnehmen konnte zu dieser Verabredung. Nicht mal die beiden Polizisten, die ihn befragt hatten. Denen hätte er auch gar nichts erzählen können außer verworrenes Zeug, das er ja selbst nicht verstand. Was wollte der BND bloß von ihm? Er würde es erfahren.

Mit einem mulmigen Gefühl im Magen schloss Christoph sein Rad vor McDonald's an. Wie immer doppelt, obwohl sein Vater ihm ein sündhaft teures, extrem sicheres Schloss gekauft hatte, das fast schwerer war als das Rad selbst. Christoph dachte sich, egal wie gut ein Dieb auch Schlösser knacken konnte, wenn er die Wahl hatte, eines oder zwei aufbrechen zu müssen, entschied er sich für das mit nur einem Schloss. Immerhin war ihm mit dieser Methode noch nie ein Rad gestohlen worden.

Während er das Schloss durch die Speichen führte, beobachtete er aus dem Augenwinkel die Umgebung. Genau deshalb war er überhaupt geradelt, statt zu Fuß herzukommen: um sich jetzt unauffällig, während er hantierte, umschauen zu können. Gab es irgendetwas Außergewöhnliches, etwas Verdächtiges? Parkte vielleicht irgendwo ein Wagen, mit dem man ihn entführen wollte? Obwohl er das eigentlich für unwahrscheinlich hielt. Im Gegenteil: Ihm sollte doch ein „Angebot" unterbreitet werden. Fragte sich nur, wofür!

Christoph konnte in der Umgebung nichts Außergewöhnliches entdecken, musste sich allerdings eingestehen, dass ihm etwas

Außergewöhnliches vermutlich auch nicht aufgefallen wäre. Er kannte sich mit solchen Sachen nicht aus. Im Grunde war es also völliger Quatsch, dass er sich hier wie in einem Agententhriller aufführte. Er wusste ja nicht einmal, woran er seine „Verabredung" erkennen sollte.

Er betrat das McDonald's-Restaurant und steuerte schnurstracks auf den Verkaufstresen zu, stellte sich in der kürzesten Schlange an und studierte die Angebotstafel, obwohl er sie auswendig kannte.

Plötzlich sprach ihm jemand ins Ohr: „Zwei Hamburger, mittlere Pommes, kleine Cola light. Wie immer. Steht schon auf dem Tisch."

Erschrocken wandte Christoph sich um und blickte in das schmächtige Gesicht eines Mannes, schätzungsweise in Sebastian Königs Alter, aber gut einen Kopf kleiner, mit kurzen, akkurat geschnittenen dunklen Haaren, einer randlosen Brille und fahler Haut, die offenbar nicht allzu oft ins Sonnenlicht gelassen wurde. Das Kopfnicken des Mannes hielt Christoph zuerst für eine nervöse Zuckung, bis er merkte, dass er ihm damit den Weg zu ihrem Tisch wies.

Der Mann ging voran, setzte sich auf einen Platz, dem gegenüber tatsächlich Christophs bevorzugtes Menü bereitstand.

Christoph blieb zögernd vor dem Tisch stehen, bis der Mann ihm erneut mit einem Kopfnicken bedeutete, dass er sich setzen sollte.

„Lass es dir schmecken", sagte er betont freundlich und versuchte ein Lächeln, das ihm nicht besonders gut gelang.

Auf Christoph wirkte der Typ keineswegs böse oder hinterhältig, sondern eher wie Kinski, dem die Fähigkeit zu guter Laune einfach nicht auf seine Gene programmiert worden waren.

Wortlos trank Christoph einen Schluck Cola und kam innerlich zu der Überzeugung, dass die Stimme seines Gegenübers identisch war mit jener, die sich am Telefon gemeldet hatte.

Der Mann schob ihm eine Visitenkarte zu und stellte sich zudem mündlich vor: „Herbert Kostawa, Sonderermittler beim BND."

„Sonderermittler?", wiederholte Christoph. „Was ermitteln Sie denn?"

„Sonderfälle", antwortete der Mann.

Guter Spruch. Aber Kostawas Miene blieb wie eingefroren. Er meinte es nicht als Witz. Und er war ganz offensichtlich auch nicht zu heiteren Gesprächen aufgelegt.

„Ich mache es kurz", sagte er schneidig. „Wir bieten 25.000."

Christoph rutschte ein kompletter Eiswürfel aus dem Colabecher in den Mund. Einen Augenblick behielt er ihn dort, was aber auch nicht half, einen kühlen Kopf zu bewahren, dann ließ er ihn wieder in den Pappbecher zurückflutschen. „25.000 was?"

Der Mann musterte ihn, als würde er überlegen, ob Christoph ihn verarschen wollte oder die Frage ernst meinte.

„Euro natürlich", präzisierte er.

Zum Glück war Christophs Mund gerade leer, sonst hätte er vermutlich eine Ladung Cola quer über den Tisch gespuckt.

„Fünfundzwanzigtausend Euro? Wofür?"

Wieder folgte dieser verständnislose Blick.

„Was soll die Frage?" Der Blick wurde schärfer. „Für Königs Laptop natürlich."

„25.000 Euro? Für *das* Teil?“ Benni saß auf Christophs Bett und starrte den Freund an, als ob man ihm von einem Ufo erzählt hätte. Dann sprang er auf und schlich sich ehrfürchtig an Königs Laptop heran. Wie ein Gutachter bewertete Benni den Laptop mit Kennerblick: „Der ist ja sogar neu keine tausend wert. Den kriegste gebraucht bei eBay für zweihundert oder so.“

„Ich weiß“, stimmte Christoph ihm zu.

Unmittelbar nach dem Treffen mit Herbert Kostawa hatte er Lukas und Benni zu sich gerufen und ihnen die ganze Geschichte erzählt. Aber auch sie konnten sich keinen Reim darauf machen, sahen sich die eigenartigen Zahlenkolonnen und wirren Buchstabenfolgen auf dem Rechner an, die für sie ebenso wie für Christoph nicht entzifferbar waren.

Klar war ihnen allen dreien nur, dass dieser Kostawa weniger an dem Gerät als an diesen Dateien interessiert gewesen sein dürfte.

„Wer weiß“, hatte Lukas eingeworfen, „vielleicht ist im Gehäuse eine Lieferung Kokain versteckt?“ Aber keiner der beiden anderen hatte das ernst genommen und wohl auch er selber nicht recht.

Nach einigem Hin und Her, das sie aber auch nicht weiterführte, stand für Benni nur eines fest: „Egal was das für Zahlen sind, sie müssen enorm wichtig sein. Und 25.000 sind eine Menge Kohle!"

Da konnten die anderen Benni nur zustimmen.

Vorsorglich hatte Christoph bei McDonald's keine Sekunde gezögert, keine weiteren Fragen gestellt und schon gar keine Diskussion angezettelt, sondern sofort zugesagt. Für den nächsten Tag um drei Uhr hatte er ein weiteres Treffen mit Kostawa vereinbart, diesmal nicht bei McDonald's, sondern vor der Bank, in der Sebastian König gearbeitet hatte, um das Geld in Empfang zu nehmen und umgehend auf sein Konto einzahlen zu können.

Doch für Benni war das noch längst nicht das letzte Wort.

„Eine Menge Kohle", wiederholte er. „Aber wenn dieser Typ für das Ding ...", er zeigte auf den Laptop, „... ohne mit der Wimper zu zucken, 25.000 bietet, dann zahlt er auch 50.000."

„Was?" Jetzt war Christoph es, der vom Bett aufsprang.

Hatte Benni sie nicht mehr alle? Als ob die ganze Sache nicht seltsam genug war, jetzt sollte er auch noch feilschen?

„*Fünf-und-zwanzig-tausend*", sprach Christoph ihm langsam vor. „Weißt du, wie viel das ist? Ich kaufe jedem von uns davon ein megageiles MacBook. Und dann hab ich immer noch genug, um meinen Führerschein zu machen ohne den Ätzjob im Getränkemarkt!"

Benni sah ihn mit seinem coolsten Gesichtsausdruck an und wiederholte betont ruhig: „Er zahlt auch fünfzig. Jede Wette."

Christoph konnte es nicht fassen. Sein Blick huschte hinüber zu Lukas. Der stand an den Schreibtisch gelehnt, grinste ihn lässig an, nippte an dem in diesem Hause üblichen Kaktusfeigentee und nickte stumm. Sollte heißen: Benni hat Recht!

Benni fühlte sich bestätigt.

„Ruf ihn an!“, forderte er Christoph auf.

Dem gefiel das nicht. Ganz und gar nicht. Von solch einer Schacherei hielt er nichts. Schließlich war das Angebot nur die eine Seite der Medaille. Die andere Seite, die Benni und Lukas geflissentlich übersahen, war eine erneut ausgesprochene unverhohlene Drohung: Dass es sehr ungemütlich für ihn werden könnte, wenn er das Angebot ausschlagen würde – und vielleicht auch, wenn er plötzlich das Doppelte der angebotenen Summe forderte?

Doch Benni winkte überlegen ab.

„Drohung!“, spuckte er aus. „Was soll denn das schon für eine Drohung sein? Meinst du, der BND schickt Killer aus, oder was?“

Er kicherte vor sich hin und Christoph wurde den Eindruck nicht los, dass Benni den Ernst der Lage nicht kapiert hatte. Kein Wunder, *er* wurde ja auch nicht beobachtet. Von *ihm* wusste dieser Kostawa nicht, welche McDonald's-Filiale er gewöhnlich aufsuchte und welches Menü er dort regelmäßig bestellte.

Doch auch Lukas redete Christoph zu: „Du hast doch nichts zu verlieren. Wenn der Typ drauf eingeht, okay. Wenn nicht …“, er grinste, als hätte er Christophs Gedanken gelesen, „… wird er das alte Angebot nicht zurückziehen.“

Christoph kaute auf den Lippen und dachte nach. Für einen Moment bedauerte er Lukas und Benni gefragt zu haben und nicht Laura. Die wäre vermutlich vernünftiger gewesen.

„Wenn ich etwas nicht ausstehen kann, dann ist es Geiz und Gier“, hatte sie mal gesagt. Und Christoph hatte wieder einmal das Gefühl gehabt Laura sehr nah zu sein. Wie so oft in letzter Zeit. Was sie sagte, entsprach einfach immer voll und ganz dem, was auch er dachte und fühlte.

War es nicht total gierig das Doppelte zu fordern, wenn einem für einen Laptop bereits das Vielfache des Neuwerts geboten worden war?

„Es ist nicht der Laptop", beschwor Benni ihn noch mal. „Es sind die Daten, die für dich wertlos, für die Leute von der Behörde aber offenbar sehr wichtig sind. Dass du sie besitzt, ist wie ein Jackpot. Der Typ will dich über den Tisch ziehen. Glaub es mir. Bestimmt sind die mysteriösen Zahlenkolonnen und Buchstabenreihen in Wahrheit das Zehnfache wert von dem, was er dir geboten hat."

Das mochte sein. Aber wenn Benni Recht hatte, dann hatte Sebastian König sich die Daten auf illegale Weise besorgt. Wie auch immer er das gemacht hatte, jetzt besaß Christoph sie. Und das hieß, er konnte nicht nur Geld damit machen, sondern, wenn er die Daten behielt, dafür vielleicht auch in den Knast wandern. Vielleicht war es das, was Kostawa mit seiner Drohung gemeint hatte?

„Ach ja?", widersprach Benni, nachdem Christoph seine Befürchtung ausgesprochen hatte. „Und warum sind sie nicht schon hier, machen eine Hausdurchsuchung und beschlagnahmen deinen Laptop einfach? Überleg mal."

Christoph zog die Stirn in Falten, aber er kam nicht drauf.

Benni stöhnte laut auf. „Weil die offenbar selbst mit drinhängen. Irgendetwas stimmt nicht mit diesen Daten, und der Deal soll heimlich geschehen. Es soll kein Aufsehen geben!"

Er drückte Christoph das schnurlose Telefon in die Hand. „Ruf an. Fordere das Doppelte. Er wird drauf eingehen."

„Ich glaube, du hast zu viele Hollywoodfilme gesehen", entgegnete Christoph.

Ihm war äußerst unwohl, aber er gab Benni das Telefon zurück und benutzte sein Handy, in dem er die Nummer nur aus der Anrufliste aufrufen musste.

Kostawa war sofort dran.

Christophs Blick fiel auf Benni, der ihm ermutigend zunickte, während er seine Forderung, seine Bitte, seinen Vorschlag ... irgendwie herausstotterte – und schließlich seinen Ohren nicht traute, als er die Antwort hörte: „Okay, aber dann ist Schluss. Und wir bringen das Geschäft unverzüglich über die Bühne. Noch heute. 17 Uhr 45. Wir treffen uns vor der Bank. Die hat bis 18 Uhr geöffnet."

Klick. Aufgelegt.

Perplex starrte Christoph das Handy an, während Lukas aufsprang, die Siegerfaust emporstreckte und grölte: „Geil, Alter. Fünfzigtausend!"

Benni kam lässig auf Christoph zu, tätschelte ihm die Schulter und verkündete gönnerhaft: „Von wegen Hollywood, oder?"

Christoph machte eine entschuldigende Geste. Okay, Benni hatte Recht behalten.

„Der hätte auch hunderttausend bezahlt", behauptete Benni und grinste über das ganze Gesicht.

„Jetzt hör aber auf!", stoppte Christoph ihn.

Benni winkte ab. „Ich meine ja nur. Aber vergiss nicht: Du hast jedem von uns ein MacBook versprochen."

Es war bereits fünf vor sechs. Die Bank machte jeden Moment zu. Aber von Kostawa keine Spur. Vorsichtig blickte Christoph hinüber auf die andere Straßenseite, wo Benni und Lukas sich bemüht unauffällig herumdrückten. Benni hatte sich einfach auf den Stromkasten neben die Telefonzelle gesetzt und rauchte eine Selbstgedrehte. Lukas hockte ein paar Meter weiter links, zwischen Telefonzelle und McDonald's, und konzentrierte sich weitgehend darauf den Eingang der kleinen Bankfiliale nicht aus den Augen zu lassen.

Vielleicht war Kostawa deshalb noch nicht aufgetaucht? Denn die beiden wirkten alles andere als unauffällig. Eher wie zwei amateurhafte Bankräuber, die sich nicht trauten endlich rüber in die Bank zu laufen und ihre Waffen zu ziehen.

Für jemanden mit geschultem Blick fielen die beiden auf wie eine Sirene bei Feueralarm, dachte Christoph und versuchte Benni mit einer Kopfbewegung deutlich zu machen, dass es vielleicht besser wäre, wenn er und Lukas verschwinden würden. Aber Benni tat so, als ob er ihn nicht verstünde. In Wahrheit wollte er nur einfach dableiben und weiter glotzen. Da war Christoph sich sicher.

Vielleicht war Kostawa früher gekommen?, fiel Christoph plötzlich ein. Und stand bereits in der Bank und wartete?

Sofort betrat Christoph die kleine Filiale und schaute sich in der Schalterhalle um. Wirklich komisch, dass Sebastian König ausgerechnet hier möglicherweise Daten gesammelt haben sollte, die etwas Illegales belegten. Die Filiale machte nicht den Eindruck, als hätte sie mehr zu verwalten als ein paar hundert Sparbücher alter Omis aus der Umgebung. Das Durchschnittsalter der anwesenden Kunden sprach ebenfalls dafür. Christoph sah zwei ältere Frauen am Kassenschalter, einen betagten Rentner am Beratungstresen. Zwei weitere Pensionäre saßen auf einer Sitzbank und schienen auf etwas zu warten. Dafür, dass die Bank gleich Feierabend machte, war noch eine Menge los. Ein Mann Anfang fünfzig betrat die Bank und war neben Christoph mit Abstand der jüngste Kunde. Hier also hatte Sebastian König gearbeitet. Kein Wunder, dass der jeder Minute Freizeit entgegengefiebert hatte. Keine Woche hätte Christoph es hier ausgehalten, und Sebastian hatte mehr als zehn Jahre an einem dieser Schalter gesessen, soweit Christoph wusste. Einen öderen Ort konnte man sich kaum vorstellen. Wenn hier Bankräuber hereinstürmten, hätte man sie sofort im Verdacht, angeheuert zu sein, um mal ein wenig Stimmung in die Bude zu bringen, dachte Christoph und musste innerlich lachen. Und ausgerechnet hier wartete er auf jemanden, der ihm für einen Laptop mit irgendwelchen Daten fünfzigtausend Euro zahlen wollte.

Doch von Kostawa keine Spur.

Christoph verließ die Bank wieder, trat hinaus ins Freie, wollte gerade seinen beiden Freunden ein Zeichen geben, dass nichts passiert war, als plötzlich ein Polizeiwagen mit Blaulicht herangerast kam. Direkt auf Christoph zu, der erschrocken zusammenzuckte. Sofort packte ihn ein schlechtes Gewissen wegen seines Deals mit Kostawa und automatisch dachte er, die Polizisten hätten es auf ihn abgesehen. Er sah, wie Benni und Lukas auf der gegenüberliegenden Straßenseite aufgesprungen waren und aufgeregt in die Seitenstraße neben der Bank blickten, in die jetzt auch der Polizeiwagen mit quietschenden Reifen einbog. Im gleichen Moment kam aus Richtung des Barmbeker Krankenhauses ein Rettungswagen herangerauscht, der dem Polizeiwagen folgte und kurz hinter der Abbiegung stehen blieb. Die Sirenen verstummten. Das zuckende Blaulicht aber war aus der Straße heraus immer noch zu sehen. Ein kurzer Blickwechsel zwischen Christoph, Benni und Lukas genügte. Alle drei rannten los zum Ort des Geschehens. Der Polizeiwagen stand quer und versperrte die Zufahrt in die Seitenstraße. Ein Polizist hatte sich neben den Wagen postiert und sprach ins Funkgerät. Zwei Sanitäter kümmerten sich um einen Mann, der auf dem Pflaster in einer Blutlache lag. Ein zweiter Polizist sperrte den Tatort rund um den leblosen Mann mit einem Flatterband ab.

Schnell bildete sich eine Menschentraube auf der Straße, die die beiden Polizisten nun mühsam auseinanderzutreiben versuchten.

„Gehen Sie bitte weiter“, forderte der eine die Schaulustigen barsch auf. „Hier gibt es nichts zu sehen!“

Was eine platte Lüge war. Christoph konnte es deutlich erkennen: Der Mann in der Blutlache war niemand anderes als Kostawa! Einer der Sanitäter bestätigte gegenüber einem Polizisten Christophs Vermutung: „Der ist tot. Erschossen.“

Nachdem Christoph Kostawa erkannt hatte, genügte ein kurzer Blickkontakt mit Benni und Lukas. Sofort waren die drei sich einig: Nichts wie weg, bevor jemand auf die Idee kam, dass sie mit dem Toten etwas zu tun haben könnten. Langsam bewegten sie sich rückwärts aus der Traube der Schaulustigen heraus, gingen zurück um die Ecke vor den Eingang der Bankfiliale, und ab dort rannten sie los, ohne ein weiteres Wort zu verlieren, bis zu Christoph nach Hause, wo sie nun völlig außer Atem und noch immer geschockt ankamen und ausgerechnet auf Mehring trafen. Der Hausmeister kontrollierte mal wieder, ob der Müll auch korrekt getrennt wurde, und sortierte entsprechend unter lautem Genörgel den Inhalt der Tonnen neu. Trotzdem entgingen die drei nicht seiner Aufmerksamkeit.

„Was ist denn mit euch los?“, fragte er mit Blick auf die hochroten Köpfe der drei. „Jugend trainiert für Olympia, oder wie?“

„So ähnlich!“, bestätigte Christoph schnell, um jegliches Gespräch schon im Keim zu ersticken. „Schönen Abend noch.“

Gerade wollte er an ihm vorbei, doch Mehring rief ihm nach: „Stopp mal, bitte!“

Christophs genervter Blick schoss zum Himmel, dann aber riss er sich zusammen, setzte ein freundlich interessiertes Gesicht auf und drehte sich zu ihm um.

Mehring hielt ihm eine Plastiktüte entgegen, voller alter Computerzeitschriften: „Das ist nicht deine, oder?"

Christoph wusste sofort, was er meinte: Die Zeitschriften gehörten in die Papiertonne, die Plastiktüte in die gelbe. Mann, der Typ hatte Probleme!

„Nein!", schwindelte Christoph, obwohl er wusste, dass bei nächster Gelegenheit Bernd und Heiko, die beiden Studenten von oben, nun eine Standpauke verpasst bekommen würden. Aber er hatte in diesem Moment wirklich keinen Kopf, solchen Mist zu diskutieren.

Prompt brummelte Mehring vor sich hin: „Dann waren's die beiden von oben! Die lernen's auch nie!"

Der Hausmeister war wieder vereint mit seinen Mülltonnen und Christoph erlöst. Er eilte, gefolgt von Lukas und Benni, die Treppen hinauf in seine Wohnung.

Er atmete auf, dass seine Eltern noch nicht zu Hause waren. So konnten sie sich ungestört in sein Zimmer fläzen und erst einmal in Ruhe kapieren, was da eigentlich eben passiert war.

„Habt ihr das nicht mitbekommen?", fragte er seine Freunde. „Ihr müsst den Mord doch von eurer Straßenseite aus gesehen haben."

Lukas und Benni schüttelten gleichzeitig die Köpfe.

„Da hielt ein Bus bei Rot. Als der weg war, fuhren da immer noch Autos entlang. Also ich hab den da nicht liegen sehen, bis die Polizei kam. Du?" Lukas' Blick ging zu Benni.

Benni war es ebenso wie Lukas ergangen. Auch er hatte nichts gesehen, was ihn aber nicht davon abhielt, wieder als Erster seinen Senf abzulassen: „Scheiße, Alter. Das war's mit den fünfzigtausend! So ein Mist!"

„Du hast vielleicht Probleme!", fauchte Christoph ihn an.

Benni warf ihm einen unschuldigen Blick zu. „Was denn?"

Christoph versuchte ihm klarzumachen, was er offenbar noch nicht kapiert hatte: „Vor zwei Tagen kommt Sebastian bei einem mysteriösen Autounfall ums Leben. Heute wird vor unseren Augen einer abgeknallt, der Sebastians Daten von mir kaufen wollte. Das ist doch kein Zufall! Da ist jemand unterwegs, der bereit und willens ist, für die Daten zu töten. Die Daten, die *ich* besitze! Checkst du das nicht? Ich bin in Gefahr! Denn selbst wenn ich die Daten loswerden wollte, wie soll ich das machen? Löschen kann man die nicht. Und selbst wenn ich es könnte, würde der Mörder es vermutlich gar nicht mitbekommen. Und wenn ich sie verkaufen will, wird der Käufer abgemurkst! Es ist doch nur eine Frage der Zeit, wann der Täter auch bei mir auftaucht!"

Ihm standen plötzlich Tränen in den Augen und er zitterte am ganzen Leib. Das Bild des erschossenen Kostawa flimmerte vor seinem geistigen Auge: der Kopf in der Blutlache auf dem Asphalt; das Loch im Schädel, aus dem ein Teil des Hirns als braunroter, glitzernder Matsch auf die Straße sickerte.

Ihm wurde schlecht. Er musste würgen, stieß Benni beiseite, raste aus dem Zimmer zur Toilette und kotzte in die Kloschüssel. Gerade noch rechtzeitig.

Lukas und Benni blieben in seinem Zimmer, schwiegen, sahen sich ernst an und nippten bloß an ihren Wassergläsern.

„Was soll ich denn jetzt machen?", fragte Christoph die beiden verzweifelt, als er aus dem Bad zurückkam.

Lukas biss sich nachdenklich auf die Lippen und stierte in sein Glas.

Und selbst Benni platzte nicht sofort mit einer unbedachten Antwort heraus, sondern überlegte, bevor er den Mund auftat.

„Wer erschießt einen vom BND?", fragte Lukas schließlich leise.

„Terroristen!", posaunte es nun doch aus Benni heraus.

„Terroristen?", wiederholte Christoph. „Bist du bekloppt? Was hatte Sebastian denn mit Terroristen zu tun?"

„Weiß ich doch nicht!", entschuldigte sich Benni. „Aber wer sonst erschießt einen Agenten der Bundesrepublik? Terroristen oder jemand von der Mafia!"

„Jetzt hör aber auf!", unterbrach Christoph ihn. Obwohl er insgeheim zugeben musste, dass Benni Recht habe könnte. Auch Lukas' Frage war vollkommen in Ordnung. Wer erschießt einen vom BND? Und was konnten das überhaupt für Daten sein, die den BND so sehr interessierten?

„Waffenhändler vielleicht?" Benni stand sofort mit neuen Lösungen parat. „Rüstungsindustrie, die illegal Waffen in Kriegsgebiete verscherbelt."

Christoph verstand nichts von solchen Dingen. Benni natürlich ebenso wenig und irgendwie sahen die Daten auch nicht so aus, als würden sie auf einen Waffenhandel hindeuten, fand Christoph. Da hätten doch Typenbezeichnungen auftauchen müssen, Preise, Bestimmungsorte. Und nicht bloß einfach Zahlenkolonnen und seltsame Buchstabenreihen.

Er wusste nur eines: Er wollte die Daten loswerden. So schnell wie möglich, bevor auch noch sein Leben in Gefahr geriet. Egal ob für fünfzigtausend, fünfundzwanzigtausend oder gratis! Aber wie? An wen? Er konnte sich schlecht vor die Eingangstür des BND in Berlin stellen und jeden, der dort hineinging, fragen, ob er nicht einen Laptop mit ein paar Daten haben wollte, wegen denen ganz offensichtlich schon zwei Menschen sterben mussten.

„Warum übergeben wir die Daten nicht einfach der Polizei?“, schlug Lukas plötzlich vor.

Christoph fand die Idee nicht schlecht, sie war ihm selbst auch schon durch den Kopf gegangen.

Doch Benni war sofort dagegen.

„Du willst die Daten auf irgendeinem Polizeirevier abgeben?“, fragte er. „Die Leute dort wissen doch gar nichts damit anzufangen! Am Ende gehen die Daten verloren und die Mörder laufen immer noch frei herum. Dann lieber gleich zum BND. Die wissen wenigstens mit so einer Situation umzugehen!“

Lukas und Christoph schauten sich an. Irgendwie klang es plausibel, was Benni sagte. Es bedeutete aber auch, dass sie dann tatsächlich Kontakt zum BND aufnehmen mussten. Wie aber nahm man Kontakt zu einem Geheimdienst auf?

„Anrufen!“, schlug Lukas vor.

„Einfach so?“, wunderte Christoph sich.

Lukas zuckte mit den Schultern. „Die Zentrale halt. Nach Kostawa fragen. Wir müssen ja nichts von seinem Tod wissen. Und so erfahren wir vielleicht wenigstens, wie die Abteilung heißt, in der er gearbeitet hat.“

Kein schlechter Vorschlag, räumte Christoph ein. Sie hatten ja nichts zu verlieren. Es kostete zwar immer einige Mühe, von einer Behörde die richtige Telefonnummer herauszubekommen, aber schneller als erwartet stießen sie im Internet tatsächlich auf die Nummer der Zentrale des BND.

Während Christoph auf seinem Schreibtischstuhl saß und mit zittrigen Händen die Nummer tippte, bauten sich Lukas und Benni neben ihm auf wie zwei Bodyguards. Um sich gemütlich aufs Bett oder den einzigen Sessel, ein Erbstück von Christophs Opa, zu setzen, waren sie viel zu aufgeregt.

Es meldete sich eine Frauenstimme mit sächsischem Dialekt. Christoph wollte schon fast auflegen, weil er glaubte, doch nicht mit der Zentrale in Berlin, sondern mit einem Callcenter in Leipzig oder so verbunden zu sein, doch die Frau in der Telefonzentrale bestätigte ihm, dass er tatsächlich beim BND gelandet war. Nur einen Kostawa, den gab es nicht im Bundesnachrichtendienst!

„Sicher?“, fragte Christoph nach.

„Ja. Wo soll der denn arbeiten? Wer sind Sie? Was wollen Sie von ihm?“, wollte die Telefondame wissen.

Ohne zu antworten, drückte Christoph die Aus-Taste und schaute Benni und Lukas an. Hatte die Frau die Wahrheit gesagt?

„Vielleicht war Kostawa ein Deckname?“, überlegte Benni und ließ sich nun doch in den Sessel fallen. „Ich meine, der Typ war immerhin vom Geheimdienst.“

„*Wenn* er das war“, schränkte Lukas nachdenklich ein, schenkte sich noch ein Glas Mineralwasser nach und nahm auf dem Bett Platz.

Christoph drehte sich auf seinem Bürostuhl den beiden zu. Hinter ihm auf dem Monitor flimmerte noch immer die Webseite des Bundesnachrichtendienstes:

Willkommen auf der Website des BND, dem Auslandsnachrichtendienst der Bundesrepublik Deutschland.
Wir freuen uns, dass Sie sich für uns interessieren.

Christoph musste kurz auflachen. Wer sich hier wohl für wen interessierte! Dann wandte er sich wieder an Lukas: „Du meinst, er hat sich nur als Agent des BND *ausgegeben?* Warum hätte er das tun sollen?“

Lukas zuckte erneut mit den Schultern. „Keine Ahnung.“

Agent für Sonderfälle, fiel Christoph ein. Vermutlich gab es die Abteilung überhaupt nicht. Er wurde die Daten nicht los. Er saß damit wie auf einem Pulverfass, von dem er nicht herunterspringen konnte, weil ihn jemand festgebunden hatte.

„Vielleicht ist es das Beste, erst einmal abzuwarten?“, schlug Lukas vor. „Wer immer hinter den Anschlägen steckt, er wird ja wohl die Daten haben wollen. Also wird er sich über kurz oder lang bei dir melden.“

Daran hatte Christoph auch schon gedacht. Die Frage war nur, wie dieses „sich melden“ aussehen würde. Wie bei Sebastian König, so dass er vielleicht schon am nächsten Tag von einem Auto überfahren wurde? Vielleicht aber hatte Sebastian die Daten auch einfach nur nicht herausrücken wollen und deshalb seine Weigerung mit dem Leben bezahlen müssen?

„Ich glaube, du hast Recht“, stimmte Christoph Lukas zu. Ihm kam eine Idee, was er jetzt tun konnte. Doch er beschloss es allein anzugehen. Seine Freunde Lukas und Benni steckten ohnehin schon viel zu tief mit drin. *Er* war es, der den Laptop von Sebastian geerbt hatte. Und es gab keinen Grund das Leben seiner Freunde unnötig zu gefährden.

„Ich denke, für heute ist es genug", begann Christoph Benni und Lukas zu verabschieden. „Morgen sehen wir weiter."

Er schien damit den beiden aus der Seele gesprochen zu haben. Fast erleichtert stimmten sie sofort zu und keine zwei Minuten später waren sie auch schon verschwunden. Allerdings nicht ohne dass Benni noch mal klarstellte: „Melde dich auf jeden Fall, wenn es etwas Neues gibt!"

Christoph versprach es, obwohl ihm nicht wohl dabei war. Er begleitete die beiden durch den Flur, schloss die Wohnungstür hinter ihnen und blieb noch für einen Moment dort stehen. War es richtig gewesen, ihnen überhaupt von der ganzen Sache zu erzählen? Andererseits hatte er natürlich nicht ahnen können, dass sich die Erbschaft eines Laptops zu etwas Derartigem entwickelte!

Mit einem Blick aus dem Fenster vergewisserte er sich, dass Benni und Lukas auch wirklich fort waren, dann ging er hinunter in den Keller. Denn ihm war eingefallen, dass Sebastian König dort einen Zweitschlüssel für seine Wohnung deponiert hatte. Christoph wusste nur deshalb davon, weil er es war, dem Sebastian schon vor einem Jahr den Ersatzschlüssel für seine Wohnung hatte anvertrauen wollen. Doch Christoph hatte dankend abgelehnt. Ihm war das Risiko zu hoch gewesen, ihn zu verlieren. Es wäre nicht der erste Schlüssel gewesen, den er irgendwo liegen gelassen hätte. Genau so, wie er auch ein Hemd, eine Jacke, ein paar Schulbücher und einiges mehr vermisste. Von manchen Sachen glaubte Christoph sogar, dass er sie eines Tages in seinem Zimmer wiederfinden würde – wenn er mal zum Aufräumen käme, wie es sich seine Mutter seit langem wünschte.

„Okay", hatte Sebastian damals gesagt und ihm das Versteck im Keller gezeigt.

„Man weiß doch nie. Vielleicht ist man auf Reisen und plötzlich fällt einem ein, dass die Kaffeemaschine nicht ausgestellt ist. So kann ich dir immer Bescheid sagen."

Also hatte Christoph seinerzeit zugesagt, seinem Nachbarn den Gefallen zu tun, im Bedarfsfall in dessen Wohnung nach dem Rechten zu sehen. Dieser Fall war allerdings nie eingetreten. Weder war Sebastian jemals auf Reisen gewesen noch hätte er vergessen, die Kaffeemaschine auszustellen. Sebastian König war der größte Pedant, den Christoph je kennengelernt hatte. Nichts in seiner Wohnung hatte am falschen Platz gelegen, alles hatte seine Ordnung, die penibel eingehalten worden war. Das exakte Gegenteil von Christoph. Allerdings ohne dass er andere damit genervt hätte. Wenn sie zum Beispiel bei ihm Fußball geschaut hatten, hatten sie jegliche Freiheiten genossen, massenhaft Chips gegessen und Dosenbier getrunken, aber – wie von Geisterhand weggeräumt – hatten die leeren Dosen nie herumgestanden.

Unten im Flur der Kellerräume hing der Hauptsicherungskasten, die Box für den Kabelanschluss und der Kasten für die Telefonanschlüsse. Und genau darunter war – wie Christoph wusste – ein Mauerstein locker. Man konnte ihn herausziehen und dahinter lag der Zweitschlüssel für Sebastian Königs Wohnung.

Christoph griff in die Öffnung – und stutzte: Das, was er da in der Hand hielt, war nicht Sebastians Wohnungsschlüssel! Auf den ersten Blick sah er aus, als gehörte er zu einem Safe oder einem Schließfach. Seit wann lag der hier?

Damals, als Sebastian ihm das Versteck gezeigt hatte, hatte es diesen Schlüssel noch nicht gegeben, und seitdem war Christoph auch nicht mehr hier unten gewesen. Er fasste noch einmal in den kleinen Hohlraum. Auch der Wohnungsschlüssel lag noch da. Christoph nahm beide mit, lief hinauf in den ersten Stock, lauschte, ob jemand im Treppenhaus war, etwa Mehring, öffnete dann Sebastians Tür und trat langsam ein.

Es war ein merkwürdiges Gefühl die Wohnung eines Menschen zu betreten, der nicht mehr lebte, nur um etwas zu suchen. Für einen Moment zögerte Christoph und überlegte sogar, ob er es überhaupt tun sollte. Es erschien ihm pietätlos einfach so in Sebastians persönlichen Dingen suchen zu wollen – andererseits war es ja Sebastian selbst gewesen, der Christoph in diese Lage gebracht hatte. Weshalb nur? Was immer das für Daten waren, hätte Sebastian ihn damit nicht in Ruhe lassen und sein Wissen mit ins Grab nehmen können? Oder aber zumindest hätte er fragen können, ob Christoph überhaupt etwas von ihm erben wollte, und ihn darüber aufklären, was der Laptop verbarg. Stattdessen besaß er jetzt so einen geheimnisvollen Computer mit brisanten Daten, deren Bedeutung er sich mühselig zusammensuchen musste.

Für einen Moment wurde Christoph richtig ärgerlich. Doch dann dämmerte ihm, wie wichtig es Sebastian erschienen sein musste, dass jemand sein Werk fortführte. Ganz offensichtlich gab es niemand anderen, dem Sebastian so vertraut hatte wie Christoph. Absurd! Wieso ausgerechnet ihm? Christoph hatte regelmäßig bei ihm Fußball geschaut, mehr nicht. Und damit war er schon zu Sebastians engstem Vertrauten geworden? Jedenfalls konnte es bei den Daten nicht nur ums Geld, um den Verkaufswert gehen. Es musste Sebastian wichtig genug erschienen sein, dass diese Daten nicht in falsche Hände gerieten.

Die Antworten auf all diese Fragen konnte Christoph hoffentlich hier in Sebastians Wohnung finden.

Kaum hatte er sie betreten, blieb er schon wieder stehen und stutzte: Jemand war hier gewesen! Die gesamte Wohnung war durchwühlt worden! Und zwar erst vor kurzem!

Hausmeister Mehring war eifrig damit beschäftigt sich um die Auflösung des Nachlasses zu kümmern. Das hieß, Sebastians Sachen für die Räumungsfirma durchzusehen und zu schauen, ob nicht vorher irgendjemand noch irgendwelche Dinge brauchen konnte. Einige Kartons hatte er offenbar dafür schon gepackt. Aber die lagen jetzt umgekippt quer im Wohnzimmer, der Inhalt verstreut auf dem Boden. Der Einbrecher hatte regelrecht gewütet. Die Wohnung glich einem Schlachtfeld.

Christoph wusste, er brauchte mit dem Suchen nun gar nicht erst zu beginnen. Wenn es hier auch nur den kleinsten Hinweis gegeben hatte, der ihm etwas über die Daten hätte verraten können, war der jetzt mit Sicherheit verschwunden. So, wie hier alles zerwühlt worden war, hatte der Einbrecher garantiert gefunden, was er gesucht hatte – wenn es denn überhaupt hier gewesen war.

Christoph wollte die Wohnung durchsuchen, weil er den Inhalt der Daten nicht verstand. Weshalb aber war der Eindringling hier in Sebastians Wohnung gewesen? Kostawa war ermordet worden, damit er den Laptop nicht kaufen konnte. Also wussten der Eindringling oder dessen Auftraggeber doch eindeutig, dass Christoph den Laptop besaß. Den also hatte der Einbrecher sicher nicht gesucht, sonst wäre er in Christophs Wohnung eingebrochen, nicht in Sebastians. Was aber sonst? Fehlte etwas, womit man die Daten entschlüsseln musste? Und hatte der Einbrecher jetzt danach gesucht, bevor Mehring die ganze Wohnung ausgeräumt hatte?

Ent*schlüsseln!* Durch den Begriff fiel es Christoph mit einem Schlag ein. Er fühlte den Schließfachschlüssel in seiner Hand, den er nun fester mit der Faust umschloss. War es das, wonach der Eindringling hier alles zerwühlt hatte? Wenn das so war und er ihn nicht gefunden hatte, lag die Schlussfolgerung nahe, dass der Schlüssel bereits dort war, wo sich der Laptop schon befand: bei ihm, Christoph! Es war nur eine Frage der Zeit, wann der Eindringling ihn aufsuchen würde. Scheiße!

Plötzlich ein Geräusch!

Es kam jemand!

Verflucht, vielleicht war der Kerl noch da?

Oder war es nur Mehring? Wenn der das Chaos sah und ihn mittendrin, würde er denken, Christoph wäre das gewesen! Meine Güte, der würde abgehen wie ein Zäpfchen, da war Christoph sicher. Wo konnte man sich hier verstecken?

Im Bad?

„Hallo?“ Tatsächlich: Mehrings Stimme.

„Ich Idiot!“, fluchte Christoph leise vor sich hin. Was sollte er jetzt machen? Mit ihm reden? Was aber sollte er ihm erzählen? Dass irgendjemand hinter den Daten auf dem vererbten Laptop her war, der bereit war dafür zu töten?

„Ist da jemand?“ Erneut Mehring.

Christoph verschwand hinter dem umgekippten Sofa.

„Ist hier ...?“ Mehring verschlug es glatt die Sprache, als er das Chaos im Wohnzimmer sah. Aber nur für einen Moment.

„Sauerei!“, schimpfte er laut. „Was ist denn hier passiert?“

Wieder ein Geräusch.

Mehring fuhr herum. „Hallo? Halt! Hiergeblieben!“

Die Tür schlug mit einem lauten Knall zu.

Mehring rannte laut brüllend hinterher.

Christoph kauerte noch immer hinter dem Sofa. Sein Puls raste! Da war wirklich noch jemand in der Wohnung gewesen! Der Einbrecher! Er musste sich versteckt haben, als Christoph hier aufgetaucht war.

Vielleicht hatte Mehring ihm mit seinem Erscheinen sogar das Leben gerettet? Auf jeden Fall aber stand fest: Der Einbrecher hatte ihn gesehen und konnte sich ausmalen, dass Christoph dabei war, mehr über die Daten herauszubekommen. Wenn er nicht sogar schon überzeugt war, dass Christoph den wahren Wert der Daten längst kannte und nun versuchte, daraus Kapital zu schlagen. Christophs Befürchtung verdichtete sich: Er musste damit rechnen, als Nächster „Besuch“ vom Einbrecher zu bekommen. Und das bedeutete, er sollte zusehen, sowohl Laptop als auch den Schlüssel verschwinden zu lassen und – dabei dachte er an Sebastian – auch sich selbst in Sicherheit bringen. Wie aber sollte er das anstellen?

In Christoph wuchs eine Idee. Benni hatte zwar ausdrücklich noch mal betont, dass er ihn anrufen sollte, wenn sich etwas Neues ergab. Aber nach wie vor hielt Christoph es für zu gefährlich seine beiden Freunde weiter in die Sache mit hineinzuziehen. Er rechnete damit demnächst Besuch von dem Einbrecher zu bekommen. Und wenn er daran dachte, dass sogar sein kurzfristig vereinbartes Treffen mit Kostawa sofort aufgeflogen war, lag es nahe, dass nun auch Benni und Lukas den Tätern bereits bekannt waren.

„Den Tätern." So lückenlos, wie seine Überwachung offenbar funktionierte, und so brutal, wie jeweils sofort gehandelt wurde, vermutete Christoph, dass nicht ein einzelner Täter hinter den Daten her war, sondern irgendwelche mächtigen Leute oder gar eine Organisation, die vor nichts zurückschreckte.

Jedenfalls durfte Christoph seine beiden Freunde weder noch mehr gefährden noch hätte es vermutlich Sinn den Laptop und den Schlüssel bei einem von beiden zu verstecken. Aber von einer Person wussten die Täter bisher nichts: von Laura!

Laura …

Die wusste ja selbst noch nicht mal etwas davon, wie nah Christoph ihr stand. Wie auch? Bisher hatte er sich noch immer nicht getraut, Laura außerhalb der Rauchertreffen vor dem Schultor zu begegnen. Da sie aber in die Parallelklasse ging, hätte er sie ausdrücklich zu einem Treffen bitten müssen. Oft hatte er es sich schon vorgenommen, sie zu irgendwas einzuladen, Kino, ein Konzert, was auch immer, aber dann, wenn sie vor ihm stand, hatte er sich doch nie getraut. Allein schon, weil meistens auch Benni und Lukas dann gerade in der Nähe gewesen waren.

Angesichts der Situation, in der Christoph sich jetzt befand, entpuppte sich seine Schüchternheit als Vorteil. Die Täter, die ihn beobachteten, wussten nichts von Laura. Und wenn das so blieb, dann wäre sie eine gute Adresse, den Schlüssel aufzubewahren. Wenn das niemand mitbekam, nicht einmal Benni und Lukas, dann blieb Laura auch außerhalb jeglicher Gefahr.

Der Einbrecher würde zunächst in Christophs Wohnung die Daten und den Schlüssel suchen. Danach vermutlich bei Lukas und Benni. Aber er durfte nie erfahren, dass Laura von der Sache wusste. Darauf kam es an. Und genau das würde er mit Laura auch so besprechen.

Wenn er nur gewusst hätte, wo sie wohnte! Aber nicht einmal ihre Telefonnummer hatte er. So etwas Blödes! Aber okay, die konnte er leicht herausbekommen. Schwieriger würde es sein, was er ihr sagen sollte. Es hätte ihn nicht gewundert, wenn sein Telefon inzwischen abgehört wurde. Woher sonst hatten die alles gewusst: dass er Sebastian Königs Laptop bekommen hatte; zu welchem McDonald's er für gewöhnlich ging; wann und wo er sich mit Kostawa hatte treffen wollen? Es gab keine andere Erklärung: Sie mussten ihn beobachten und abhören. Vielleicht sollte er Laura deshalb auch lieber nicht anrufen, sondern ihr den Schlüssel stattdessen heimlich auf dem Schulhof zustecken? Alles andere würde die Typen doch nur auf Laura aufmerksam machen.

Andererseits beschlich ihn das Gefühl, dass er nicht warten durfte. Vielleicht würden die Kriminellen keine Zeit verlieren und ihn noch in der gleichen Nacht besuchen? Wo mochte der Typ, der eben noch aus Sebastians Wohnung verschwunden war, jetzt stecken? Lauerte er bereits, gar nicht weit von hier, und würde diese Nacht zuschlagen? Oder jetzt gleich? Immerhin war Christoph gerade allein zu Haus. Erst jetzt, als er darüber nachdachte, wurde ihm das bewusst. Die Gelegenheit wäre günstig!

Im selben Moment klingelte es an der Tür. Christoph fuhr zusammen.

Verdammt! Wenn das der Einbrecher war?

Zum Glück hatte er gerade keine Musik laufen. In der Wohnung war es ruhig und auch er selbst verhielt sich schlagartig mucksmäuschenstill.

Vermutlich war es nur Mehring, der irgendwas wollte, versuchte er sich zu beruhigen. Aber wenn nicht? Christoph entschied sich erst mal abzuwarten.

Es klingelte nochmals.

Er hielt den Atem an und überlegte, ob er im Korridor das Licht angelassen hatte, das unter der Tür durchscheinen könnte. Soweit er sich erinnerte, nicht.

Das Läuten hörte auf.

Christoph rührte sich nicht. Und wartete.

Langsam erhob er sich vom Stuhl, achtete darauf, dabei nicht versehentlich nach vorn zu rollen und gegen den Schreibtisch zu stoßen oder sonst irgendwie ein Geräusch zu verursachen. Er verließ sein Zimmer und trat in den Korridor. Er lauschte, machte ein paar Schritte, um genauer hören zu können, ob sich da draußen vor der Tür noch etwas tat. Doch so sanft er auch auf den Parkettboden trat: Er konnte nicht verhindern, dass es knarrte. Christoph hielt inne. Die Position, in der er nun verharren musste, empfand er als äußerst unbequem, aber er wagte nicht sich zu rühren.

Das Klingeln wiederholte sich zwar nicht, aber er hörte auch keine Schritte, die sich entfernten. Wer immer dort draußen geläutet hatte, er war noch da!

Noch langsamer und behutsamer als zuvor hob Christoph seinen Fuß an und zog ihn von der knarrenden Stelle im Parkett zurück, um in eine angenehmere Haltung zu gelangen.

Plötzlich hörte er ein weiteres Geräusch, das ihm den Schreck in die Glieder fahren ließ. Jemand fummelte am Türschloss herum! Waren es vielleicht seine Eltern? Aber wieso sollten die vorher klingeln? Außerdem waren die bei Freunden zum Essen eingeladen. Vor Mitternacht würden sie nicht zurück sein.

Mehring? Der würde sich doch nicht trauen ungefragt mit einem Zweitschlüssel in ihre Wohnung zu kommen! Seine Eltern würden dem was erzählen!

Nein, nein. Das konnte nur *er* sein! Derselbe Typ, der vorhin in Sebastians Wohnung herumgeschnüffelt hatte. Der klingelte erst mal, um festzustellen, ob die Luft rein war. Jetzt wollte er in Ruhe

Christophs Zimmer nach dem Schlüssel durchsuchen, so, wie er auch Sebastians Wohnung auf den Kopf gestellt hatte. Was würde der Typ tun, wenn er hier unverhofft auf ihn traf? Christoph ging fest davon aus, dass der Mann bewaffnet war. Sebastian König war ums Leben gekommen und Kostawa auf offener Straße erschossen worden.

Er sollte zusehen, dass er von hier verschwand! Auf Zehenspitzen schlich er zurück in sein Zimmer und schloss die Tür von innen ab. Das verschaffte ihm ein wenig mehr das Gefühl von Sicherheit. Anschließend kippte er den Rucksack mit seinen Schulsachen aus, steckte den Laptop hinein und schaute aus dem Fenster. Sie wohnten im zweiten Stock. Das war 'ne gefährliche Kiste, aber eine andere Chance sah er in diesem Moment nicht. Über das Fallrohr der Regenrinne konnte es gehen. Christoph dankte Gott in einem Stoßgebet für die Kletterwand, die sie seit einem Jahr an der Schule hatten – und Benni und Lukas für die vielen Stunden, die sie gemeinsam an ihr verbrachten. So sah er eigentlich kein größeres Problem durchs Fenster zu entkommen. Hauptsache, unten traf er nicht ausgerechnet wieder auf Mehring, der dumme Fragen stellte.

Er hatte Glück.

Unbemerkt gelang es ihm hinunter in den Hof zu klettern. Auch dort war nichts zu sehen. Vom Einbrecher nicht, von Mehring nicht, auch von keinem Nachbarn. Rasch lief er durch die Hintertür, durchs Treppenhaus und hinaus nach vorn auf die Straße. Auch hier war ausnahmsweise mal nichts von Mehring zu sehen. Vor der Tür allerdings entdeckte er eine blaue Suzuki.

Vermutlich wäre sie ihm gar nicht aufgefallen, wenn nicht Benni seit einiger Zeit damit genervt hätte pausenlos Motorradzeitschriften mit in die Schule zu schleppen und jedem zu zeigen, welches Motorrad er sich kaufen werde – *werde!* –, wenn er denn erst den Jackpot im Lotto geknackt hatte.

Benni! Christoph schüttelte den Kopf, als er an ihn dachte. Denn erstens konnte von einem Lottogewinn natürlich überhaupt keine Rede sein und zweitens hatte Benni noch nicht mal einen Motorradführerschein.

Aber zumindest fiel ihm jetzt die Suzuki auf und er war sicher, die Maschine gehörte dem Einbrecher!

Christoph vergewisserte sich, dass ihn niemand sah, und ließ vorsorglich die Luft aus den Reifen. Und dabei kam ihm schon die nächste Idee: Wenn der Typ nach seiner erfolglosen Suche hier unten auftauchte und erst mal zusehen musste, wie er wieder Luft in die Reifen bekam, würde Christoph genug Zeit haben, ihn mit seiner Handykamera zu fotografieren.

Ein gutes Versteck hatte er auch schon ausgemacht: Hinter Mehrings heiß geliebten Mülltonnen, die in Reih und Glied wie zu einem Appell neben dem Hauseingang standen. Dort konnte er unbemerkt warten.

Er nutzte die Zeit, um Laura anzurufen. Das hieß, er rief ihren frisch gespeicherten Namen aus dem Kontaktverzeichnis auf, hielt den Daumen über das grüne Telefonhörerlogo, wartete aber noch damit den Wählmodus zu aktivieren und überlegte, was er ihr sagen sollte, oder besser: *wie* er es ihr sagen sollte.

Mitten in diese Überlegung hinein kehrte der Motorradfahrer zurück. In Lederkombi, mit Helm auf dem Kopf.

Verdammt, das hätte er sich eigentlich denken müssen! Ein Foto konnte er sich schenken. Der Motorradfahrer sah aus wie tausend andere auch.

Trotzdem fotografierte er ihn. Vielleicht konnte man später etwas Besonderes an seiner Kleidung entdecken, eine seltene Marke des Helms oder so etwas. Man wusste ja nie. Im Krimi hatte man das alles schon gesehen.

Das Nummerschild! So was Blödes! Jetzt hatte er sich tatsächlich die Nummer nicht gemerkt! Das Motorrad stand parallel zum Fußweg, so dass er von seiner Position aus das Schild nicht erkennen konnte. Christoph fluchte und ärgerte sich maßlos über seine Dummheit, während der Fahrer fassungslos auf seine platten Reifen sah. Dann hob er den Blick, zuerst zur Haustür, dann hinauf zu den Fenstern. Als ob er erwarten würde dort oben Christoph feixend irgendwo hinter den Scheiben zu entdecken. Auch bei diesem Blick setzte er den Helm nicht ab, das Visier weiter heruntergelassen. Klar, der wollte auf keinen Fall erkannt werden. Dann marschierte er wieder ins Haus!

Christoph beobachtete ihn mit offenem Mund.

Ob der zurück zu mir geht?, fragte er sich. Oder in Sebastian Königs Wohnung? Egal! Denn nun hatte er die Gelegenheit, das Nummernschild zu fotografieren, ein zweites Mal wollte er sich diese Chance nicht entgehen lassen. Christoph flitzte los, fotografierte das Schild mit dem Handy und haute ab.

Die Hauszeile entlang, bis zu ihrem Ende.

Erleichtert lehnte er sich mit dem Rücken gegen die Hauswand, spähte noch einmal vorsichtig um die Ecke herum, aber im Moment war von dem Motorradfahrer noch nichts zu sehen. Er prüfte einmal kurz, ob sein Bild etwas geworden war, und dann endlich rief er Laura an. Einfach so. Ohne einen Plan zu haben, was er ihr sagen sollte.

„Stockmann?“ Ihre Mutter.

Christoph stellte sich brav vor und fragte nach Laura.

„Moment“, bat ihn die Mutter freundlich.

Er wartete.

Dann *ihre* Stimme: „Ja?“

„Laura?“

„Ja!“

„Ich bin’s. Christoph.“

„Hallo!“ Freudiges Erstaunen lag in ihrer Stimme. Einen winzigen Moment wartete er. Aber sie sagte nichts weiter, sondern wartete ihrerseits einfach ab. Das brachte ihn zum Stottern.

„Ich … äh … sag mal, hast du deine Hausaufgaben schon gemacht?“

„Was?“, fragte Laura verblüfft.

Christoph hätte sich ohrfeigen können. Was für eine beknackte Frage! Sie gingen nicht mal in dieselbe Klasse. Was interessierten ihn da ihre Hausaufgaben?

„War ein Scherz!“, versuchte er sich schnell aus der Situation zu retten. „Ich wollte eigentlich fragen: Lust auf Kino?“

„Ja.“

Yeah! Jetzt hatte er die Sache wieder im Griff. Glaubte er. Ihre feine gespannte Neugier kehrte zurück in ihre Stimme, als sie fragte: „Wann?“

„Jetzt!"

„Jetzt?"

„Genau: jetzt!" Christoph staunte über sich selbst.

„Was läuft denn?"

Fuck! Das wusste er natürlich nicht! Erneutes Stottern: „Äh …!"

Sie lachte. Zum Glück!

„Du rufst mich an, ob ich mit ins Kino will, und weißt nicht mal, was läuft?"

Christoph konnte nicht mehr zurück. Es galt: alles oder nichts!

„Genau. Es ist mir nämlich egal, was läuft. Hauptsache, du kommst mit!"

Sie lachte. „Ach ja? Wieso?"

„Wieso?" Er schluckte. Und fasste sich erneut ein Herz. „A, weil ich dich nett und sympathisch finde. B, weil ich dich nicht ausstehen kann. Möchtest du einen Fünfzig-fünfzig-Joker?"

Laura lachte erneut. Und dann: „Okay. Welches Kino? Oder weißt du das auch nicht?"

„Du hast freie Wahl."

„Dann ins Alabama!"

Das kleine Programmkino auf dem Gelände des Kampnagel-Theaters, nicht allzu weit entfernt. Warum nicht?

„Okay. In einer halben Stunde!"

„Bis dann!"

Christoph legte auf. Und konnte es nicht fassen. Eigentlich war er auf der Flucht vor einem Mörder. Und herausgekommen war sein erstes Date mit Laura!

Im Programmkino lief ein Film, den sie beide schon zwei Mal gesehen hatten. Und so wurde aus dem Kinobesuch ein Einkauf im Kiosk am U-Bahnhof Borgweg. Von dort war es nicht weit in den Stadtpark. Mit Dosenbier und einer Packung Studentenfutter setzten sie sich in eine gemütliche Ecke auf der großen Wiese zwischen Planetarium und Stadtparksee.

Laura hatte noch ein paar Teelichter spendiert und so entwickelte sich an diesem lauen Maiabend ein romantisches Minipicknick, wenngleich es für die Kerzen noch zu hell war. Aber zufrieden registrierte Christoph, dass Laura sich auf einen längeren Aufenthalt eingestellt hatte.

Während sie die erste Bierdose leerten, begann er zu erzählen, weshalb er sie so spontan angerufen hatte.

Wortlos hörte sich Laura die ganze Geschichte an. Nur einmal, als er erwähnte, wie Benni den Preis auf 50.000 Euro hochgeschraubt hatte, schüttelte sie den Kopf und murmelte: „Typisch Benni!“

Als er geendet hatte, schwieg sie noch eine Weile und dann stand für sie fest: „Du musst zur Polizei!“

Christoph winkte ab. Das hatten er, Benni und Lukas ja auch längst ausdiskutiert.

„Das ist zu gefährlich!“, versuchte er Laura zu erklären. „Was ist, wenn Sebastian König genau das getan hat und deshalb sterben musste?“

„Wenn er Kontakt zur Polizei aufgenommen hätte, würde die seinen Tod nicht als einfachen Verkehrsunfall verbuchen“, wandte Laura ein. „Und die beiden Polizisten, die dich befragten, haben doch auch nicht den Eindruck gemacht, dass er mit ihnen bereits in Kontakt stand, oder?“

Das stimmte, musste Christoph einräumen.

„Ich sage dir, der wollte seine Daten verkaufen“, behauptete Laura. „Genau wie der Zweite, wie hieß der gleich?“

„Kostawa!“, antwortete Christoph. „Aber der war vom BND. Der wollte die Daten *kaufen*, nicht verkaufen!“

Laura trank den letzten Schluck Bier, zerknüllte die leere Dose, sah sich vergeblich nach einem Abfallkorb in der Nähe um und legte die leere Dose erst mal neben sich.

Christoph holte ein weiteres Bier aus seinem Rucksack und reichte es ihr.

Laura nahm es dankend entgegen, öffnete die Dose mit einem lauten Zischen, hielt sie von ihrem Körper ab, ließ den Schaum auf die Wiese spritzen, beugte sich über die Öffnung, schluckte das schäumende Bier, bis sie die Dose gebändigt hatte.

„Zu warm“, beklagte sie sich.

„Ist aus dem Kühlfach, hat der Verkäufer behauptet“, sagte Christoph.

„Dann hat er gelogen“, stellte Laura trocken fest. „Genau wie Kostawa.“

„Der Typ vom BND?“, wunderte sich Christoph. „Warum sollte er?“

„Du hast doch selbst gesagt, dass beim BND ein Kostawa nicht bekannt ist. Ich glaube nicht, dass der von dort kam. Das war eine Privataktion!“

Christoph erinnerte sich, dass Lukas etwas Ähnliches geäußert hatte. Trotzdem fragte er nach: „Woher willst du das wissen?“

„Ich weiß es nicht, ich vermute es nur“, gab Laura zu. „Ich kann mir nicht vorstellen, dass der BND so mit Zigtausenden von Euro um sich wirft. Die beschatten dich, bekommen heraus, was du wo versteckt hast, und schwups, findet bei dir plötzlich eine Razzia statt. Dann holen die alles raus, was sie gesucht haben. Bei Anti-AKW-, Umwelt- und autonomen Gruppen ist das alles schon passiert. Aber die löhnen doch keine 50.000 Euro für eine Sache, von der du nicht mal ahnst, dass die so viel wert ist. So etwas glaubt wirklich nur Benni!“

Klang sehr plausibel, fand Christoph. Die Frage war nur, was er daraus schlussfolgern sollte. Irgendjemand war da unterwegs, der bereit war für diese Informationen auf dem Laptop zu töten.

„Vielleicht sollte ich die Daten gar nicht verstecken, sondern sie mir einfach von dem Typen stehlen lassen. Dann hab ich meine Ruhe!“, schlug er schließlich vor.

„Spinnst du?“, brauste Laura auf.

Christoph erschrak über ihre heftige Reaktion, ließ es sich aber nicht anmerken. Schnell nahm er einen weiteren Schluck aus der

Bierdose, während Laura fortfuhr: „Ganz offenbar sind schwerkriminelle Mörder hinter den Daten her. Die werden wissen, warum. Vermutlich Beweismaterial für irgendwas. Wenn du denen die Daten gibst, vertuschst du Straftaten."

Christoph zuckte darauf nur mit den Schultern. *Und wenn schon!,* dachte er bei sich. *Bevor ich mein Leben aufs Spiel setze …* Doch zum Glück sprach er seinen Gedanken nicht aus.

Denn Laura inspizierte ihn skeptisch und herausfordernd. „Das würdest du doch nicht tun, oder?"

„Natürlich nicht!", wehrte er ab und atmete innerlich auf, dass er den Mund gehalten hatte. Denn genau das hatte er gerade vorgehabt.

„Und was mache ich nun?", fragte er vorsichtig.

Laura stellte ihre Dose Bier beiseite, rückte näher an ihn heran, sehr nah, und fragte Christoph: „Wieso bist du mit der Sache überhaupt zu mir gekommen?"

Auf diese Frage war Christoph nicht vorbereitet. Also jedenfalls nicht so. Denn Laura hatte ihm diese Frage nicht nüchtern und sachlich gestellt, so wie sie bis eben darüber gesprochen hatten. Christoph spürte nicht nur Lauras körperliche Nähe, sondern sehr stark das, was seit Wochen sein Gefühl prägte, wenn er an Laura dachte oder mit ihr zusammen war. Er fühlte sich zu ihr hingezogen, spürte Wärme und Vertrautheit. Sie verstanden sich. Mit Blicken, mit Gesten, mit ihrer Mimik. Zu selten bisher mit Worten.

„Ich …", brachte Christoph nur heraus. „Hätte ich es nicht tun sollen?"

„Das war eine Frage. Sag mir eine Antwort", forderte Laura ihn auf. Ihre Stimme war noch leiser geworden, ihr Gesicht noch dichter an seines gerückt. Sie blickten sich tief in die Augen. Er spürte ihren Atem, den angenehmen Geruch ihrer Haut.

„Ich hab manchmal das Gefühl, wir kennen uns schon ewig", hauchte Christoph. Seine Stimme wurde heiser, er wagte einen zarten Räusperer.

„Ich auch", flüsterte sie zurück.

„Ich glaube, mit dir kann ich einfach über alles reden", gestand Christoph.

Sie lächelte, ließ ihre Nasenspitze ganz sacht gegen seine stupsen und drückte ihm ihre warmen, weichen Lippen auf seinen Mund.

„Äh … aber …" Christoph wehrte sich nicht. Im Gegenteil. Überrascht, aufgeregt und mit pochendem Herzen erwiderte er Lauras Kuss.

Als Nächstes schmeckte er das Dosenbier in ihrem Mund. Bier ist irgendwie ein blödes Getränk zum Küssen, dachte er wie jedes Mal, wenn er einen Biermund küsste. Aber schnell verdrängte er den Gedanken wieder, konzentrierte sich lieber auf den Geruch ihrer Haut, spürte, wie der Geschmack von Laura mehr und mehr den des Bieres verdrängte, fühlte ihren Körper, der sich nun dicht an ihn schmiegte. Sie fielen aus der sitzenden Position rückwärts auf die Wiese. Laura lag halb auf ihm, er ließ es sich gern gefallen, umschlang ihren Körper, drückte ihn sanft, aber bestimmt noch fester an sich heran.

Mann!, schoss es ihm durch den Kopf. *Ich küsse Laura! Der pure Wahnsinn!* Dann schloss er die Augen und genoss die anbrechende laue Mainacht.

Manche Anrufe kommen immer zum falschen Zeitpunkt. Wieso hatte er auch sein Handy nicht ausgeschaltet? Oder wenigstens auf lautlos? Stattdessen dröhnten genau in dem Augenblick, in dem Christoph nackt zu Laura ins Bett stieg, zart seinen Arm um ihren wunderschönen Körper legte und soeben ihre wohlgeformten Brüste küssen wollte, die Toten Hosen aus seinem Handy:

Leben ist tödlich,
man weiß,
alles hat seinen Preis,
mach dich zum Zahlen bereit,
wenn man dir die Rechnung vooooorhält.

Scheiße!, fluchte Christoph innerlich. Er musste dringend seinen Klingelton ändern.

„Och nö!", nörgelte Laura. „Du musst doch wohl nicht rangehen? Es ist nach Mitternacht!"

„Eben!", antwortete Christoph und schälte sich aus dem Bett. Er ahnte schon, wer ihn anrief. Ein Blick aufs Display zeigte die Bestätigung: seine Eltern! Die waren gerade nach Hause gekommen und …

„… ich befürchte, bei mir wurde eingebrochen!“, erklärte er, weshalb er das Gespräch annahm.

„Was?“ Laura richtete sich auf.

In dem warm schimmernden Licht der orangefarbenen Salzkristalllampe neben ihrem Bett erschienen ihre nackten Brüste wie sonnengebräunt und ein samtseidener Glanz lag auf ihnen.

Christoph lächelte ihr zu. Und nahm das Gespräch an.

Seine Mutter meldete sich völlig aufgelöst. Trotzdem lautete ihre erste Frage: „Wo steckst du?“

„Was gibt's?“, fragte Christoph zurück, ohne die Frage zu beantworten.

Seine Mutter berichtete nun genau das, was er sich gedacht hatte und weshalb er im Park auch vorgeschlagen hatte, zu Laura zu gehen statt zu ihm. Der Typ war bei ihnen eingebrochen.

„Komischerweise hat der nur *dein* Zimmer durchwühlt, sonst nichts“, berichtete seine Mutter. „Papa hat deshalb gleich behauptet, deine Höhle würde immer so aussehen und von einem Einbruch sei gar nichts zu merken. Nun ja, du kennst ja deinen Vater … Natürlich war da jemand Fremdes drin. Dein Fenster stand offen und alle Schubladen sind ausgekippt, alles liegt herum. Und dann wurde der Einbrecher vermutlich irgendwie gestört und ist durchs Fenster abgehauen. Vielleicht hat Herr Mehring was gehört. Ich meine, sonst hätte der doch die ganze Wohnung durchwühlt.“

„Ist etwas gestohlen worden?“, fragte Christoph in den Redeschwall seiner Mutter hinein.

„Keine Ahnung", antwortete sie. „Dein Computer ist jedenfalls noch da. Deine Musikanlage auch. Zum Glück ist mit dir alles in Ordnung. Mein Gott, wenn man sich vorstellt, dass hier ein wildfremder Mensch alles durchwühlt hat. Das ist doch furchtbar. Wo steckst du überhaupt?"

„Bei einer Freundin."

„Bei einer Freundin?" Plötzlich war der Einbruch nur noch Nebensache. „Bei wem denn? Kenn ich die?"

„Mama, sie heißt Laura, ist wunderschön und ich bin hier gut aufgehoben. Und morgen besprechen wir alles in Ruhe, in Ordnung?"

Laura lächelte und warf ihm einen Handkuss zu.

Er küsste sie pantomimisch zurück.

„Du hast ja Nerven!", fand seine Mutter. „Ich muss doch die Polizei rufen!"

„Das können wir auch morgen machen, Mama. Oder glaubst du, der Einbrecher hat sich im Küchenschrank versteckt?"

„WAS?", quiekte seine Mutter auf.

„Das war ein Scherz, Mama. Rühr nichts an. Lass alles so. Ich komme morgen früh vorbei und kümmere mich drum. Versprochen."

„Nein, nein! Das geht doch nicht. Ich kann doch nicht bis morgen früh warten, um die Polizei zu rufen!", protestierte seine Mutter.

Christoph stöhnte auf. „Mama, wenn jetzt die Polizei kommt und mein Zimmer durchsucht, dann wollen die mich auch gleich sprechen und fragen, ob etwas fehlt und so weiter. Bitte, ich möchte jetzt bleiben, wo ich bin!"

Seine Mutter zögerte.

Christoph aber kannte sie. Vermutlich allein der Gedanke, dass sie ihren Sohn jetzt nicht noch mitten in der Nacht auf den Heimweg schicken müsste, ließ sie einlenken. „Na gut. Aber morgen gleich um sieben ruf ich die Wache an."

„Ich komme ganz früh nach Haus, noch vor der Schule", versprach Christoph. „Gute Nacht!"

„Du hast gut reden", kommentierte seine Mutter. „Die *gute* Nacht ist mir vergangen!" Dann beendete sie das Gespräch.

Christoph kehrte zurück zu Laura ins Bett. Aber die Stimmung war erst einmal dahin.

Laura stand auf, stellte den Player an, aber leise, um ihre Eltern nicht zu wecken. Irgendeine asiatische Chill-Musik.

„Besser als die Toten Hosen, oder?", fragte sie.

„Viel besser", gab Christoph zu.

„Und bei dir? Auch tote Hose?"

„Davon kann überhaupt keine Rede sein!"

Die schöne, nackte Laura lächelte und kam zu ihm zurück ins Bett.

Am nächsten Morgen inspizierte Christoph sein Zimmer. Es sah darin aus wie in der Wohnung von Sebastian König. Wie seine Mutter es erzählt hatte, waren die Schubladen herausgerissen und ausgekippt worden: Dazu hatte der Einbrecher alle Kleidung aus dem Schrank gezerrt und im Zimmer verteilt. Sämtliche Bücher lagen über den Boden verstreut. Jedes Schächtelchen, jede Tasche, jeder Karton war gefilzt worden. Keine Frage, der Typ suchte den Schlüssel, den Christoph zusammen mit dem Laptop rechtzeitig bei Laura deponiert hatte.

Für die Polizisten, die seine Mutter wie angekündigt in aller Frühe verständigt hatte und die nun penibel nach Spuren suchten, handelte es sich um einen klaren Fall von Beschaffungskriminalität.

„Da hat ein Junkie Bargeld gesucht“, behauptete der Beamte vom Einbruchsdezernat.

„Und warum hat der ausgerechnet in meinem Zimmer gesucht und nicht bei meinen Eltern im Wohnzimmer?“, entgegnete Christoph, worauf der Beamte nur mit den Schultern zuckte. Seine Erklärung: „So wie der gewütet hat, war er vermutlich stark auf Entzug.

Da fasst man keinen klaren Gedanken mehr, sondern sucht eher panisch nach Geld, um sich möglichst schnell den nächsten Schuss besorgen zu können."

„Aha", erwiderte Christoph, der es besser wusste, knapp und beobachtete weiter die Arbeit der Polizisten, die tatsächlich so aussah, wie er es aus dem Fernsehen kannte: Der Fensterrahmen wurde eingepinselt, um Fingerabdrücke zu nehmen, die Tür, durch die der Typ eingebrochen war, wurde aus allen erdenklichen Blickwinkeln fotografiert.

Christoph entschloss sich nichts über die Daten und den Motorradfahrer zu erzählen. So, wie er es mit Benni und Lukas besprochen hatte und letztlich auch mit Laura, erschien ihm die Sache zu heikel, um sie irgendeinem Polizisten auf die Nase zu binden.

Beschaffungskriminalität! So ein Unsinn. Weder bei ihm noch in der Wohnung von Sebastian König war irgendetwas weggekommen. Als ob ein Junkie, der Kohle brauchte, einen iPod, CD-Player, Digicam und Ähnliches liegen lassen würde. Alles Dinge, die sich prima am Bahnhof verticken ließen. Aber das alles schien die Polizisten nicht zu stören, weil sie entweder nicht auf die Idee kamen, was sonst das Motiv für einen Einbruch sein könnte, oder weil es ihnen lieber war, es bei einem so einfachen Delikt zu belassen. Schließlich war niemand zu Schaden gekommen, was sollte man da eine große Ermittlung in Gang setzen? Sie kamen ja auch nicht einmal entfernt auf den Gedanken, dass Sebastian König nicht durch einen Verkehrsunfall gestorben war, sondern ermordet wurde, so wie auch Kostawa. Und erst recht stellten sie keinen Zusammenhang her zwischen dem Tod der beiden und diesem Einbruch.

Christoph fragte sich, weshalb die Beamten überhaupt alles so genau unter die Lupe nahmen, denn sie vermittelten stark den Eindruck, dass sie selbst nicht daran glaubten den „Junkie“ jemals zu fassen …

Nach einer Stunde akkurater Bestandsaufnahme verließ die Polizei die Wohnung und Christoph machte sich daran das ganze Chaos wieder zu beseitigen.

Seine Eltern hatten wie immer um halb acht das Haus verlassen. Jetzt war es kurz vor halb neun und Christoph entschloss sich heute nicht zur Schule zu gehen.

Als Erstes schaltete er den PC an. Mit Musik ließ sich einfach besser aufräumen. Ihm fiel siedend heiß ein, was wäre, wenn der Einbrecher wirklich den Computer gestohlen hätte. Es wurde Zeit eine neue Sicherungskopie all seiner Musik anzulegen …

Da um diese Zeit am Vormittag niemand im Haus war, konnte er ordentlich aufdrehen. Er klickte die Toten Hosen an und musste an Laura denken. Es war ein schöner Abend mit ihr gewesen und eine noch schönere Nacht. Sie hatte es tatsächlich geschafft, dass er die Daten, die Morde, den Einbruch, einfach alles für eine Zeit lang vergessen hatte und sie sich vollends gemeinsam aufeinander einlassen konnten.

Auch dieser Morgen, als der Wecker zwar viel zu früh geklingelt hatte, aber dafür Laura nur mit einem dünnen Hemd bekleidet und zwei Bechern Kaffee ans Bett gekommen war, hätte kaum schöner für ihn beginnen können. Erst die Polizisten und das Chaos in seinem Zimmer hatten ihn in die Realität zurückkatapultiert und daran erinnert, dass er ein Problem hatte. Ein dickes, lebensgefährliches Problem. Für den Nachmittag hatte er sich mit Laura verabredet. Sie hatte ihm zugesagt, gemeinsam mit ihm herauszubekommen, wozu der gefundene Schlüssel passen könnte.

Als Christoph die ersten T-Shirts in den Schrank zurücklegte, überlegte er, ob er nicht die Gelegenheit nutzen sollte sein Zimmer endlich mal gründlich aufzuräumen. Das grüne T-Shirt zum Beispiel, das er gerade in der Hand hielt, hatte er bestimmt schon zwei Jahre nicht mehr getragen. Vermutlich passte es ihm gar nicht mehr. Vor dem Spiegel hielt er es sich an die Brust. Tatsächlich, zu klein und …

… nanu? War da eben etwas im Spiegelbild vorbeigehuscht, hinter ihm im Flur? Christoph drehte sich schnell um. Dann stoppte er die Musik und verhielt sich still. Sah er jetzt schon Gespenster?

Er ging zwei Schritte bis zur Türschwelle.

„Hallo?", rief er, obwohl er das jedes Mal total bescheuert fand, wenn er so etwas im Fernsehen sah. Als ob ein Eindringling nun aus seinem Versteck rufen würde: *Huhu, hier bin ich. Schade, dass du mich entdeckt hast!*

Aber irgendwie beruhigte es, wenn man in die Stille hineinrief. Er wagte sich zwei weitere Schritte in den Flur, warf von dort einen Blick ins Wohnzimmer. Da war niemand. Dann riss er auf der gegenüberliegenden Seite die Tür zum Badezimmer auf und brüllte: „Wer da?"

Niemand.

Er schlich in die Küche. Auch sie war leer. Weiter zum Fenster. Dort schaute er hinunter auf die Straße – und erstarrte! Dort unten stand die blaue Suzuki!

Sein Herz schlug bis zum Hals!

Hatte er sich also doch nicht getäuscht? War der Typ tatsächlich schon wieder da? Und zwar hier in der Wohnung!

Sein Blick flog zur Tür. Der Schlüssel steckte von innen. Sie war verschlossen; da konnte niemand hereingekommen sein. Unmöglich! Genau in dem Moment klingelte es. Christoph zuckte erschrocken zusammen, verharrte bewegungslos. Es klingelte ein zweites Mal.

Genau so hatte der Suzuki-Fahrer es vor seinem ersten Einbruch auch gemacht, fiel Christoph ein. Er war gekommen und hatte geklingelt, bevor er dann später eingebrochen war.

Was wollte der hier? Es war gerade mal eine halbe Stunde her, dass die Polizei gegangen war. Was glaubte er hier noch finden zu können?

Dieses Mal wollte Christoph nicht abwarten, dass der Typ die Tür öffnete und er wieder durchs Fenster türmen musste.

Er nahm an, dass Hausmeister Mehring damit beschäftigt war, Sebastian Königs Wohnung aufzuräumen, nachdem der Einbrecher auch dort, genau wie in Christophs Zimmer, alles auf den Kopf gestellt hatte.

Christoph spekulierte darauf, dass Mehring sein Schreien hören würde, falls der Motorradtyp ihn angriff. Also nahm er all seinen Mut zusammen, riss abrupt die Wohnungstür auf und brüllte hinaus ins Treppenhaus: „WAS IST?“

Vor ihm zuckte Laura erschrocken zusammen. Unwillkürlich wich sie drei Schritte zurück.

„Spinnst du?“, pflaumte sie ihn an.

Mit allem hatte er gerechnet, aber nicht mit ihr!

„Wieso bist du nicht in der Schule?“, fragte er verblüfft.

„Die Frage hätte jetzt auch gut von meiner Mutter kommen können“, antwortete sie muffig, atmete einmal tief durch und fuhr sich mit der Hand durchs Haar. „Ich dachte, du freust dich vielleicht, mich zu sehen?“

„Ja klar“, stotterte Christoph verlegen, entschuldigte sich und bat Laura herein, während sein Blick das Treppenhaus scannte.

„Hast du jemanden gesehen?“, fragte er sie. „ Als du hochgekommen bist?“

„So’n Typ kam mir entgegen“, antwortete sie.

Christoph reagierte wie elektrisiert. „Echt? Hast du ihn erkannt? Wie sah er aus?“

Laura schaute ihn befremdlich an. „Wie euer Hausmeister, würde ich mal sagen. Oder rennt ihr hier alle mit Kittel und Phasenprüfer herum?“

Christophs Anspannung verflog. „Das war Mehring.“

Immerhin: Mehring wäre im Zweifel wohl zur Stelle gewesen.

Christoph schloss die Tür, zog zusätzlich den Riegel vor und drehte den Schlüssel zweimal um.

Laura registrierte es mit gekräuselter Stirn, sagte aber nichts.

Christoph ignorierte ihren kritischen Blick, wies ihr stattdessen den Weg zu seinem Zimmer, ging selbst in die Küche und rief ihr die Frage zu, ob sie etwas trinken wollte.

„Cola light!“, hörte er ihre Antwort, während er vorsichtig aus dem Küchenfenster linste.

Die Suzuki war verschwunden.

Laura blieb schon nach dem ersten Schritt in Christophs Zimmer stehen.

„Himmel!“, stieß sie aus. „Was ist denn hier los? War das der Einbrecher?“

Christoph kam aus der Küche. „Ja, was dachtest du denn? Er hat das gesucht, was jetzt bei dir ist.“

Sofort fiel ihm etwas Furchtbares ein: Wenn der Suzuki-Fahrer oder seine Hintermänner beobachtet hatten, wo er die letzte Nacht verbracht hatte, und nun Laura hier bei ihm im Haus auftauchte, dann war sie erstens kein sicheres Versteck mehr und zweitens jetzt auch selbst in Gefahr, ebenso wie er!

„Es war keine gute Idee zu mir zu kommen!“, erklärte er ihr.

Laura lächelte ihn selbstbewusst an. „Keine Sorge, bei *uns* einzusteigen ist nicht ganz so leicht.“

„Ach nein?“ Christoph war erstaunt. Soweit er sich erinnern konnte und überhaupt darauf geachtet hatte, war er in Lauras Haus auf keinerlei Sicherheitsvorkehrungen aufmerksam geworden.

Laura griff in ihre Hosentasche, zog das Handy hervor und zeigte ihm ein darauf gespeichertes Foto.

Obwohl es nur die Größe des Miniaturdisplays aufwies, wich Christoph unwillkürlich zurück.

„Meine Güte!“, entfuhr es ihm. Auf dem Bild stand Laura neben einem Hund. Zumindest sah das Tier irgendwie aus wie ein Hund. Von der Größe her hätte er eher auf ein Kalb oder ein Pony geschlossen, denn der Kopf des Tieres mit einem gewaltigen Maul war auf gleicher Höhe wie Lauras Brust. Und wohlgemerkt, der Hund stand auf allen vier Beinen!

„Das ist Bernhard!", schmunzelte Laura. „Der Hund meines Bruders. Er wollte ursprünglich einen Bernhardiner, dann ist es aber doch diese Dogge geworden. Daher der Name."

„Du hast einen Bruder?"

Laura nickte. „Daniel ist drei Jahre älter als ich und von Beruf Hundetrainer. Seit einem Jahr sucht er eine eigene Wohnung. Ist aber nicht so leicht eine zu finden, wenn man mit Bernhard eine Wohngemeinschaft bildet."

Christoph musste lachen. Es lag ein Stück Erleichterung in diesem Lachen, darüber, dass Bernhard nur auf dem Foto anwesend war. Er konnte sich vorstellen, wie schwer es sein musste mit solch einem Hund eine Wohnung zu finden. Abgesehen davon, dass jeder Vermieter einen Schock bekam, für so ein Kaliber von Hund brauchte man mindestens ein eigenes Zimmer, und am besten dazu noch einen großen Garten. Angesichts von Bernhard brach niemand so schnell in ein Haus oder eine Wohnung ein wie etwa in seine oder Sebastians. Nur: Bei seinem Besuch in der vergangenen Nacht hatte er nichts von dem Tier bemerkt.

Doch dafür hatte Laura eine Erklärung: Ihr Bruder Daniel war gerade mit Bernhard für zwei Tage auf einem Hundeseminar.

Hundeseminar! Christoph schüttelte den Kopf, als hätte er sich verhört. Was es alles gab! Jedenfalls schien ihm Bernhard beeindruckend genug, um zumindest eine Zeit lang auf Laptop und Schlüssel aufzupassen.

Dieser Schlüssel allerdings unterlag derzeit gar nicht Bernhards Obhut. Stattdessen zog Laura ihn aus der Hosentasche, bevor sie ihr Handy dort wieder verstaute. „Was machen wir jetzt mit dem?"

Christoph nahm ihn an sich und betrachtete ihn eingehend. Und dann erinnerte er sich: Seine Eltern hatten mal ein Bankschließfach besessen, in dem sie irgendwelche Wertpapiere aufbewahrten. Der Schlüssel dafür hatte so ähnlich ausgesehen. Da Sebastian König selbst in einer Bank gearbeitet hatte, lag der Schluss natürlich nahe, dass er das entsprechende Fach in seiner eigenen Bank eingerichtet hatte.

„Das könnte gut sein", stimmte Laura ihm zu. Auch sie kannte sich ein wenig mit Bankschließfächern aus. Zwar wären sie einen Schritt weiter, wenn sie das Schließfach dort in der Bankfiliale wirklich finden würden, das eigentliche Problem aber bestand darin, dass dieser eine Schlüssel nicht ausreichte, um das Fach zu öffnen – man brauchte immer den zweiten, den der Bank, und damit die Begleitung eines Angestellten, um an den Inhalt heranzukommen.

„Das war für Sebastian bestimmt kein Problem. Er war sicher seine eigene Begleitperson. Aber für uns? Wir arbeiten schließlich nicht in der Bank!", gab Laura zu bedenken.

„Aber ich bin der rechtmäßige Erbe, wenn man so will", wandte Christoph ein. Er führte Laura in die Küche, weil in seinem Zimmer noch ein zu großes Chaos herrschte. Dort brühte er für sie beide einen Kaktusfeigentee auf.

Laura schnupperte vorsichtig daran. So eine Sorte hatte sie noch nie getrunken. Es war Christophs Lieblingstee und schon vor langem hatte er auch Benni und Lukas davon überzeugen können.

„Die Begründung wird den Bankangestellten nicht reichen", befürchtete Laura und pustete leicht in das heiße Getränk. „Hmm", lobte sie dann, „riechen tut der schon mal gut."

Sie nippte vorsichtig am Tassenrand, pustete wieder, rührte mit dem Löffel, pustete erneut, ehe sie es ein zweites Mal wagte einen kleinen Schluck zu nehmen. Sie behielt ihn einen Augenblick auf der Zunge.

„Schmeckt!“, bescheinigte sie schließlich.

„Schmeckt?“, wiederholte Christoph. „Das ist alles? Der Tee ist genial!“

Laura wiegte den Kopf hin und her. Ihre langen, glatten schwarzen Haare fielen nach vorn. Mit einer Handbewegung warf sie sie zurück.

„Na ja, genial“, schwächte sie ab.

„Ich finde ihn genial“, beharrte Christoph und trank nun seinerseits vorsichtig davon. Dann zog er ein gefaltetes Blatt Papier aus der Hosentasche, öffnete es und legte es Laura vor. „Das ist Sebastians ‚Testament‘, also jenes kurze Schreiben, mit dem er mir seinen Laptop vermacht hat.“

Laura schaute drauf und trank einen weiteren Schluck. „Und?“

„Die in der Bank wissen doch nicht, dass ich den Laptop schon habe. Ich sag einfach, er müsste im Schließfach liegen. Ich habe ja den Schlüssel. Ich vermute, dann lassen die mich das Fach öffnen.“

„Genial!“, kommentierte Laura.

„Sag ich doch!“, lachte Christoph.

„Ich meinte nicht den Tee!“, stellte Laura grinsend fest.

Christophs Plan ging auf. Überzeugend trug er in der Bank seine Geschichte vor.

Die „Stellvertretende Filialleiterin Frau Sommer", wie ein kleines Schildchen auf ihrer blau-weiß gestreiften Bluse auswies, ermöglichte ihm das Schließfach, unten in einem Tiefgeschoss, zu öffnen. Bevor er das tat, ging Frau Sommer ein paar Schritte zur Seite, stellte sich wartend an die Ausgangstür des Schließfächerraumes und schaute diskret in die Leere. Genau so ein Frauentyp wie diese Jasmin, dachte Christoph. Von ihr hatte er seit dem Tod von Sebastian König nichts mehr gehört oder gesehen. Er wusste nicht einmal, wer sich eigentlich um Königs Beerdigung kümmerte. Diese Jasmin vielleicht? Wenn sie wirklich eine Kollegin von ihm gewesen war, wie Christoph immer vermutet hatte, dann arbeitete sie vielleicht oben am Schalter? Als er die Bank betreten hatte und gleich an Frau Sommer geraten war, hatte er nicht darauf geachtet, sie vielleicht hier zu treffen. Er nahm sich vor, sich gleich beim Gehen oben genauer umzuschauen. Vielleicht wusste diese Jasmin etwas von diesen seltsamen Daten oder konnte sie entschlüsseln? Möglicherweise hatte

Sebastian ihr sogar ebenfalls irgendwelche Informationen hinterlassen? Wenngleich er damals betont hatte, dass er außer Christoph niemanden hätte, dem er vertrauen könnte. Aber damals, vor einem Jahr, hatte er diese Jasmin auch noch gar nicht gekannt, soweit Christoph sich erinnerte.

Er öffnete nun endlich das Schließfach, zog die Schublade heraus und merkte schon, wie viel Glück er hatte, dass Frau Sommer ihm seine Geschichte abgenommen hatte. Denn in diese Lade hätte niemals ein Laptop gepasst!

Entweder hatte Frau Sommer von solchen Dingen null Ahnung oder es war ihr egal, nach dem Motto: Wer im Besitz des Schlüssels war, durfte auch ans Schließfach.

Wie auch immer: Gespannt öffnete Christoph nun auch die Schublade und staunte nicht schlecht. Denn in ihr lag weiter nichts als eine CD-ROM!

Auch Laura, die ihm über die Schulter schaute, wunderte sich. Nicht, dass sie einen Laptop erwartet hätte, aber zumindest doch mehr als diese eine blanke silberne Scheibe. Papiere vielleicht, einen Hinweis, ein Notizbuch, Namen, Adressen, irgendwas. Jedenfalls mehr als nur eine einzelne CD-ROM.

Daten konnte man überall speichern. Auf virtuellen, passwortgesicherten Festplatten im Netz, auf Sticks, Speicherkarten. Klein und gut zu verstecken. Weshalb ausgerechnet auf einer CD-ROM in einem Schließfach?

Christoph nahm sie heraus und strich mit der Hand über den Boden der leeren Schublade, ob er nicht doch irgendetwas übersehen hatte. Aber da war nichts mehr.

Frau Sommer starrte noch immer ins Nirgendwo, so dass er die CD unbemerkt einstecken konnte. Er schloss das Fach wieder und ging gemeinsam mit Laura auf den Ausgang zu.

Frau Sommer schaute ihn fragend an: „Kein Laptop?"

Christoph zog die Schultern hoch. „Leider nein! Das Fach war leer!"

Die stellvertretende Filialleiterin fasste es beinahe als Vorwurf auf. „Es war sonst niemand hier an seinem Schließfach!"

Christoph winkte beschwichtigend ab. „Nein, nein. Das glaube ich gern. So war das nicht gemeint."

Frau Sommer ging voran und führte sie aus dem Schließfächerraum wieder hinaus, nach oben.

Dort angekommen suchte Christoph mit einem möglichst unauffälligen Blick die Schalterhalle nach dieser Jasmin ab, konnte sie aber nirgends entdecken. Allerdings musste er genau hinsehen. Denn irgendwie trugen diese Bankfrauen alle das Gleiche, fand er. Und so oft hatte er Jasmin ja auch nicht gesehen. Vier oder fünf Mal vielleicht.

Plötzlich stupste Laura ihn mit dem Ellenbogen in die Seite. Mit einem Kopfnicken wies sie auf ein Foto, das gleich neben dem Eingang auf einer kleinen Säule aufgebaut war: ein Bild von Sebastian König in einem Rahmen mit Trauerflor. Darunter Beileidsbekundungen für den „verehrten Mitarbeiter".

Und direkt daneben ein weiteres Foto, mit dem Bild von Kostawa! Ebenfalls mit Trauerflor und mit Beileidsbekundungen für den „verehrten Mitarbeiter". Nur, Kostawa hieß hier *Gruber!*

„Wieso zwei?", flüsterte Laura verwirrt.

Ebenso leise erklärte Christoph ihr, wer dieser Gruber war.

„Wow!“ Laura riss die Augen auf.

Bloß raus hier!, schoss es Christoph durch den Kopf.

Hastig bedankte er sich bei Frau Sommer, zog Laura am Arm mit sich und verließ eilig mit ihr die Filiale.

Draußen vor der Tür sah er sich nach allen Seiten um, ob womöglich wieder der Typ mit der blauen Suzuki in der Nähe parkte oder sie von jemand anderem beobachtet wurden. Doch beides schien nicht der Fall zu sein. Trotzdem zog Christoph Laura noch ein Stückchen weiter mit sich, verdrückte sich dann mit ihr in einen Hauseingang und musste erst mal durchatmen, bevor er wieder etwas sagen konnte: „Mann. Der Kostawa war ein Kollege von Sebastian!“

„Ich hab doch gleich gesagt, der war nicht vom BND!“, fühlte Laura sich bestätigt.

„Aber wieso hat er sich als solcher ausgeben? Mit falschem Namen?“, fragte Christoph. „Der hätte doch einfach sagen können, dass er ein Kollege von Sebastian war, Sebastian ein paar wichtige Daten von der Arbeit auf dem Laptop habe, die er brauche, und schon hätte ich sie ihm gegeben.“

„Ganz einfach“, vermutete Laura. „Der dachte, Sebastian hätte dich in die Sache eingeweiht und du wüsstest Bescheid!“

„Oh Mann!“, stöhnte Christoph. „Was für eine Geschichte!“

Er sah sich erneut um. Irgendwie war ihm nicht wohl in der Nähe der Bankfiliale. Zwei Menschen kannte er nun, die dort gearbeitet hatten, und beide waren ermordet worden …

Hier, wo sie standen, ging es zur einen Seite zu ihm nach Hause, zur anderen in die Richtung des Barmbeker Bahnhofs oder, wenn man abbog, zum Stadtpark. Dorthin wäre er jetzt am liebsten gegangen. Aber natürlich wollte er auch so schnell wie möglich wissen, was sich auf der CD-ROM befand.

Laura sah ihm seine Unentschlossenheit an. Ohne darauf einzugehen, führte sie ihn einfach mit über die Straße, weil die Fußgängerampel soeben auf Grün gesprungen war.

„Kostawa, oder besser Gruber, wie er ja wohl wirklich hieß, muss Sebastian ausspioniert haben“, fuhr sie mit ihrer Theorie fort. „Als sein Kollege war das vermutlich gar nicht so schwer. Als er herausbekam, worum es geht, wollte er an die Daten und das große Geschäft machen!“

Christoph stoppte abrupt, obwohl sie erst die Hälfte der Straße hinter sich gebracht hatten. „Du meinst, Kostawa, ich meine, Gruber hat Sebastian umgefahren?“

Ein Mann in grauem Anzug prallte in vollem Tempo gegen ihn.

„Was soll das?“, schimpfte der Mann.

Christoph beachtete ihn gar nicht.

Der Mann kurvte nun um Christoph herum, der noch immer mitten auf der Straße stand und Laura anstarrte.

Sie kräuselte nachdenklich die Stirn, zog Christoph aber mit sich, weil die Fußgängerampel bereits auf Rot umgesprungen war.

„Das hätte ich jedenfalls vermutet“, antwortete sie, als sie den Bürgersteig erreichten. „Wenn er selbst nicht erschossen worden wäre. Aber so nehme ich an, König und dann Gruber wurden vom selben Täter ermordet.“

Christoph kniff die Lippen zusammen und nickte bedächtig. „Gruber ist ihm in die Quere gekommen, so wie ich jetzt.“

Für eine Sekunde hoffte er, Laura würde ihm sofort heftig widersprechen und mit einer tröstlicheren Ansicht aufwarten. Aber die Beruhigung blieb aus.

„Wir sollten uns anschauen, was auf der CD-ROM ist", sagte sie nur, was so viel hieß wie: Auch sie sah Christoph mittlerweile in akuter Lebensgefahr!

Bei Laura angekommen erwartete Christoph der nächste Schock. Er war nicht darauf gefasst, dass Lauras Bruder mit Bernhard bereits wieder vom Seminar zurückgekehrt sein könnte. Sonst hätte er vermutlich keinen Schritt über die Türschwelle getan.

So aber dachte er überhaupt nicht an die kalbgroße Dogge. Kaum hatte er den Flur betreten, kam Bernhard um die Ecke und schaute Christoph in die Augen. Gefühlt lagen ihre Augenpaare auf gleicher Höhe. Aber das war es nicht einmal, was Christoph in absolute Schreckensstarre verfallen ließ. Denn Bernhard kam nicht kläffend angeschossen wie die meisten Hunde, die er kannte. Er sprang ihn auch nicht an, was vermutlich fatal geendet hätte. Er bellte nicht ein einziges Mal. Das alles lag weit unter Bernhards Würde. Bernhard schritt den Flur entlang auf Christoph zu. Überlegen, fast lässig. Sein Blick, die Art seiner Haltung, wie er eine Pfote vor die andere setzte, alles an ihm sandte unmissverständlich nur ein Signal aus: *Jeder Fluchtversuch ist hoffnungslos.*

Bernhard blieb einen halben Meter vor Christoph stehen, schaute ihn streng an und wartete auf eine Erklärung.

Die Laura zum Glück auch sofort abgab: „Das ist Christoph, ein Freund von mir."

Nun musterte Bernhard den Eindringling wie vielleicht ein Butler des Buckingham-Palastes einen Stadtstreicher mustern würde, der um eine persönliche Audienz bei der Queen gebeten hatte.

Bernhard schien einen Moment nachzudenken, ob er Lauras Erklärung akzeptieren würde, drehte sich dann um und schritt majestätisch durch den Flur zurück ins Wohnzimmer, ohne sich auch nur noch für eine Sekunde mit dem Fremden zu beschäftigen. Die Machtverhältnisse in diesem Haus waren geklärt. Damit war für Bernhard die Sache erledigt.

Christoph stand immer noch bewegungslos im Flur. Kleine Schweißperlen hatten sich auf seiner Stirn gebildet.

„Hoffentlich lässt er dich auch so ungeschoren wieder hinaus", sagte Laura ernst.

Entsetzt schaute Christoph sie an.

Laura kicherte. „Das war ein Scherz!"

Sie führte Christoph in ihr Zimmer, schloss die Tür, was Christoph sehr beruhigte, obwohl Bernhard nicht im Traum daran gedacht hätte, Lauras Zimmer grundlos zu betreten. Zumindest glaubte Laura das.

Christoph setzte sich neben sie aufs Bett und legte Sebastian Königs Laptop auf seine Knie.

Der erste Blick in die CD entpuppte sich als herbe Enttäuschung. Auf der CD befand sich nur eine klitzekleine Datei, die eine kryptische Tabelle enthielt.

„Was soll das denn sein?", fragte Laura.

Und auch Christoph konnte damit nichts anfangen außer: „Ein Raster. Sieht aus wie eine Algorithmus-Tabelle oder so“, die ihn an Kinski erinnerte und daran, dass er eigentlich zu Hause sitzen sollte, um Mathe zu pauken. Er stöhnte auf. Algorithmen! Die versauten ihm vermutlich schon sein Abi, wenn es übel kam, und jetzt sollte noch viel Schlimmeres davon abhängen, ob er Algorithmen richtig entschlüsselte?

Plötzlich aber läutete es in seinem Kopf wie Kirchenglocken zu Weihnachten.

„Wow!“, rief er. „Das ist es!“ Und sprang auf.

„Was ist denn nun los?“, wunderte Laura sich.

Und selbst Bernhard schien ein wenig irritiert. Christophs Freudenschrei musste so laut gewesen sein, dass der Herrscher des Hauses sich in seiner Ruhe gestört fühlte. Ein kurzes dumpfes „Wuff!“ dröhnte aus dem Wohnzimmer.

„Was hast du entdeckt?“, wollte Laura wissen.

„Entschlüsselung!“, erklärte Christoph ihr seinen freudigen Ausbruch. „Mit Hilfe dieser Tabelle kann man die Zahlen- und Buchstabenkolonnen auf dem Laptop entschlüsseln!“

Er griff sich die Flasche Mineralwasser, die neben dem Bett stand, setzte sie an und trank einen großen Schluck.

„Echt?“, staunte Laura unterdessen. „Und wie funktioniert das?“

Er setzte die Flasche wieder ab und konnte einen Rülpser nur schwer unterdrücken. Dann zuckte er mit den Schultern.

„Ich habe leider keine Ahnung!“, gestand er.

Laura verzog eine Miene. „Spinnst du jetzt total?“, schimpfte sie. „Und weshalb machst du dann so ein Theater?“

Christoph kehrte mit einem Lächeln auf den Lippen zu seinem Platz auf dem Bett zurück. „Weil ich jemanden kenne, der es wissen könnte: Benni!“

Laura verzog erneut enttäuscht das Gesicht. Sie hielt es für keine gute Idee, Benni weiter mit in die Sache einzubeziehen. Sie traute ihm nicht, oder besser gesagt umgekehrt: Sie traute ihm nahezu alles zu! Ihrer Meinung nach war Benni nur auf Kohle aus – und ansonsten eine ziemlich verantwortungslose Hohlbirne. Christoph wusste, dass die beiden sich nicht mochten. Aber Benni gehörte nun mal zu seinen besten Freunden; er besaß durchaus auch gute Seiten, die Laura leider nur nicht erkannte. Das Wichtigste aber war, und das musste auch Laura zugeben, dass sie niemand anderen kannten, der sich so gut mit Computern auskannte wie Benni. Gut, er hätte auch nicht gerade als Experte im Chaos Computer Club mitmachen können, aber für den Hausgebrauch wusste er erstaunlich viel.

Es fiel Christoph ohnehin schon schwer sich Benni und Lukas vom Hals zu halten. Natürlich fragten die beiden ständig nach, wie die Dinge stünden, ob sich jemand bei ihm gemeldet hätte und so weiter. Und natürlich hatten die beiden mitbekommen, dass Laura und er jetzt zusammen waren, und hatten Christophs Rückzug darauf geschoben, was ihm sehr recht war.

Jetzt aber benötigte er Bennis Hilfe. Laura übte sich im Schweigen, bis auf einen Satz. „Es sind ja deine Freunde“, sagte sie nur und überließ damit die Entscheidung ganz und gar ihm.

Am nächsten Morgen fuhr Christoph extra früh zur Schule, um Benni und Lukas noch vor der ersten Stunde von dem Fund im Schließfach zu erzählen und die ausgedruckte Tabelle zu zeigen.

Zum Glück kamen die beiden auch rechtzeitig, so dass sie alle drei noch Zeit hatten, vor dem Schulgebäude abzuhängen.

Als Benni kam, drehte er sich demonstrativ nach allen Seiten um, nur um seinen Spruch loszuwerden: „Romeo heute ganz allein?"

„Ich hätte gar nicht gedacht, dass du Shakespeares Tragödien kennst", konterte Christoph. Aber dann waren sie auch schon beim eigentlichen Thema.

Christoph zeigte ihm den Ausdruck der Datei und erklärte noch nicht, woher er die Tabelle hatte.

Benni warf einen Blick auf das seltsame Buchstabenfeld

Klar	a	b	c	d	e	f	g	h	i	j	k	l	m	n	o	p	q	r	s	t	u	v	w	x	y	z
1	B	C	D	E	F	G	H	I	J	K	L	M	N	O	P	Q	R	S	T	U	V	W	X	Y	Z	A
2	C	D	E	F	G	H	I	J	K	L	M	N	O	P	Q	R	S	T	U	V	W	X	Y	Z	A	B
3	D	E	F	G	H	I	J	K	L	M	N	O	P	Q	R	S	T	U	V	W	X	Y	Z	A	B	C
4	E	F	G	H	I	J	K	L	M	N	O	P	Q	R	S	T	U	V	W	X	Y	Z	A	B	C	D
5	F	G	H	I	J	K	L	M	N	O	P	Q	R	S	T	U	V	W	X	Y	Z	A	B	C	D	E
6	G	H	I	J	K	L	M	N	O	P	Q	R	S	T	U	V	W	X	Y	Z	A	B	C	D	E	F
7	H	I	J	K	L	M	N	O	P	Q	R	S	T	U	V	W	X	Y	Z	A	B	C	D	E	F	G
8	I	J	K	L	M	N	O	P	Q	R	S	T	U	V	W	X	Y	Z	A	B	C	D	E	F	G	H
9	J	K	L	M	N	O	P	Q	R	S	T	U	V	W	X	Y	Z	A	B	C	D	E	F	G	H	I
10	K	L	M	N	O	P	Q	R	S	T	U	V	W	X	Y	Z	A	B	C	D	E	F	G	H	I	J
11	L	M	N	O	P	Q	R	S	T	U	V	W	X	Y	Z	A	B	C	D	E	F	G	H	I	J	K
12	M	N	O	P	Q	R	S	T	U	V	W	X	Y	Z	A	B	C	D	E	F	G	H	I	J	K	L
13	N	O	P	Q	R	S	T	U	V	W	X	Y	Z	A	B	C	D	E	F	G	H	I	J	K	L	M
14	O	P	Q	R	S	T	U	V	W	X	Y	Z	A	B	C	D	E	F	G	H	I	J	K	L	M	N
15	P	Q	R	S	T	U	V	W	X	Y	Z	A	B	C	D	E	F	G	H	I	J	K	L	M	N	O
16	Q	R	S	T	U	V	W	X	Y	Z	A	B	C	D	E	F	G	H	I	J	K	L	M	N	O	P
17	R	S	T	U	V	W	X	Y	Z	A	B	C	D	E	F	G	H	I	J	K	L	M	N	O	P	Q
18	S	T	U	V	W	X	Y	Z	A	B	C	D	E	F	G	H	I	J	K	L	M	N	O	P	Q	R
19	T	U	V	W	X	Y	Z	A	B	C	D	E	F	G	H	I	J	K	L	M	N	O	P	Q	R	S
20	U	V	W	X	Y	Z	A	B	C	D	E	F	G	H	I	J	K	L	M	N	O	P	Q	R	S	T
21	V	W	X	Y	Z	A	B	C	D	E	F	G	H	I	J	K	L	M	N	O	P	Q	R	S	T	U
22	W	X	Y	Z	A	B	C	D	E	F	G	H	I	J	K	L	M	N	O	P	Q	R	S	T	U	V
23	X	Y	Z	A	B	C	D	E	F	G	H	I	J	K	L	M	N	O	P	Q	R	S	T	U	V	W
24	Y	Z	A	B	C	D	E	F	G	H	I	J	K	L	M	N	O	P	Q	R	S	T	U	V	W	X
25	Z	A	B	C	D	E	F	G	H	I	J	K	L	M	N	O	P	Q	R	S	T	U	V	W	X	Y
26	A	B	C	D	E	F	G	H	I	J	K	L	M	N	O	P	Q	R	S	T	U	V	W	X	Y	Z

und stieß einen leisen Pfiff aus.

„Sag bloß, du weißt, was das ist?“, fragte Lukas verblüfft, der es übernommen hatte, für Benni die Zigarette zu drehen, damit der sich ganz auf die seltsame Tabelle konzentrieren konnte.

„Logisch!“, prahlte Benni, griff sich die Selbstgedrehte aus Lukas’ Hand und schob sie sich in den Mund. „Das ist eine Vigenère!“

„Essig?“, fragte Christoph.

Benni grinste überlegen und zündete seine Zigarette an. Er nahm einen tiefen Zug, blies den Rauch senkrecht in den Himmel und erklärte: „Nicht Vinaigrette, du Vollpfosten, sondern Vigenère. Eine Verschlüsselungsmethode. Mit diesem Vigenère-Quadrat kannst du Worte verschlüsseln und – wenn du das Schlüsselwort kennst – einen nach diesem System codierten Text wieder entschlüsseln.“

Erst während er es so gönnerhaft erklärte, dämmerte es ihm: „Die Daten auf dem Laptop!“

Jetzt musste Christoph lachen. „Ja, du Genie! Natürlich die Daten auf dem Laptop. Aber kannst du mit diesem Quadrat auch umgehen, also es anwenden?“

Benni nickte. „Könnte ich, ist mir aber zu kompliziert.“

„Hey!“, empörte Christoph sich. „Was heißt hier zu kompliziert? Du weißt doch selbst, worum es geht!“

Benni winkte ab. „Ich meine, es manuell zu machen. Das geht viel einfacher. Dafür gibt es Programme im Netz. Hast du den Laptop mit?“

Entgeistert schaute Christoph Benni an. „Bist du nicht mehr ganz dicht? Für den mussten schon zwei Menschen sterben. Glaubst du, den schleppe ich lustig mit in die Schule?“

„Und wo ist er?“, wollte Benni wissen.

Auch Lukas spitzte sofort interessiert die Ohren.

Das Versteck bei Laura war trotz Bernhard nicht mehr viel wert, wenn alle Welt es kannte, schwirrte es Christoph durch den Kopf und deshalb antwortete er nur nebulös: „An einem sicheren Ort!"

„Pffft!", stöhnte Lukas und wiederholte verächtlich: „An einem sicheren Ort! Wie bist du denn drauf? Sind wir deine Freunde oder nicht?"

Christoph nickte ihm zu. „Eben. Und wer nichts weiß, aus dem kann man auch nichts herauspressen. Capito?"

„Oh, unser Casanova spricht jetzt auch Italienisch!", lästerte Benni.

„Ich glaube, du hast in den letzten zwei Tagen an einer Bildungsoffensive teilgenommen", gab Christoph zurück. „Das ist schon der zweite Klassiker innerhalb von fünf Minuten, den du zitierst. Also, mail mir den Link von dem Programm und gut ist, okay?"

Benni nahm einen weiteren Zug von seiner Zigarette, warf sie dann auf den Boden, trat sie aus und fluchte: „Scheiße!"

„Was denn?", verteidigte sich Christoph. „Ich dachte, wir waren uns eben einig, dass es besser ist, wenn ihr erst mal nicht allzu viel wisst."

„Ich meinte den da", stellte Benni klar und zeigte mit einem Kopfnicken auf Kinski, der mit seinem Jeep um die Ecke zum Schulparkplatz schrubbte. „Hast du Mathe gepaukt?"

„Scheiße", wiederholte Christoph. Denn natürlich hatte er nichts dergleichen getan. Wann hätte er das tun sollen? Wenn Kinski ihn jetzt die Arbeit nachschreiben ließ, war er geliefert. Dann wäre das Schwänzen der Klausur vergeblich gewesen. Und diesmal hatte

Kinski ihn gesehen. Denn er fuhr nicht bis zum Parkplatz, sondern hatte eine Parklücke auf der Straße entdeckt, sprang gut gelaunt aus dem Wagen und winkte den Jungs von weitem zu. „So, meine Herren. Auf geht's!"

Was sollte Christoph jetzt tun? Er sah keine Chance abzuhauen. Und eine Ausrede hatte er auch nicht parat. Wie hätte die auch aussehen sollen? Dass er sich in den vergangenen Tagen um einen geerbten Laptop und eine chiffrierte Liste hatte kümmern müssen, für die bereits zwei Menschen ermordet worden waren? Das stellte zwar einen guten Grund dar Mathe ausfallen zu lassen, aber leider einen, den ihm niemand abnehmen würde. Zuallerletzt Kinski.

Was der wohl getan hätte, wenn ihm ein Nachbar so einen Laptop vererbt hätte, fragte Christoph sich gerade, als Kinski nah genug herangekommen war, dass er seine Hand freundschaftlich auf Christophs Schulter legte und ihm sein Todesurteil ins Ohr säuselte: „Christoph, schön, dass du wieder gesund bist. Fit die Klausur nachzuschreiben?"

„Nein!", antwortete Christoph wahrheitsgemäß.

Kinski lachte. „Na bestens. Dann wollen wir mal!"

Zu Hause angekommen feuerte Christoph seinen Schulrucksack in die Ecke, stellte den Computer an, lud iTunes und drehte das Stück *You'll never walk alone* voll auf:

When you walk through a storm
Hold your head up high
And don't be afraid of the dark.
At the end of a storm
There's a golden sky
And the sweet silver song of a lark.
Walk on, through the wind,
Walk on, through the rain,
Though your dreams be tossed and blown.
Walk on, walk on with hope in your heart,
And you'll never walk alone,
You'll never walk alone.
Walk on, walk on with hope in your heart,
And you'll never walk alone …

Laura konnte gegen Benni sagen, was sie wollte, aber er war ein echter Freund und hatte ihm an diesem Tag den Arsch gerettet. Mehr noch, vermutlich das gesamte Abi. Denn kaum hatte Kinski das Nachholen der Klausur angekündigt, war Benni geistesgegenwärtig auf Christoph zugekommen und hatte seinen Arm tröstend um seine Schulter gelegt, was er zuvor noch nie gemacht hatte. Christoph hatte sich zwar gewundert, es aber über sich ergehen lassen. Er wusste, wenn Benni so etwas Ungewöhnliches tat, konnte es nur einen tieferen Grund haben. Und richtig. Bennis übertriebener und demonstrativer Trost hatte nur den Sinn, zu verdecken, dass er ihm mit der anderen Hand einen Zettel in die Hosentasche schob.

Als Christoph einsam und allein in einem Nebenraum des Lehrerzimmers saß, um die Klausur nachzuschreiben, und den Zettel herauszog, traute er seinen Augen nicht. Benni hatte es tatsächlich geschafft, als die Klasse die Klausur geschrieben hatte, an einen zweiten Aufgabenzettel Kinskis heranzukommen. Wie, das wussten nur die Götter! Zu Hause hatte er dann die Lösungen druntergeschrieben und Christoph diesen Zettel zugesteckt.

Zwar hatte Kinski die Aufgaben ein wenig verändert. Aber die Arbeit musste ja letztendlich noch vergleichbar bleiben. So war ungefähr die Hälfte der Aufgaben identisch geblieben. Das genügte vollkommen. Christoph war gerettet. *You'll never walk alone!*

Leise summte Christoph den Refrain mit, während er auf seinem Bett lag und mit geschlossenen Augen zuhörte. Das Lied ging zu Ende. Danach kam dasselbe Stück in der Version der Toten Hosen, die nur den Refrain sangen, oder besser gesagt: in ihrer Live-Version grölten. Es passte ganz gut zu seiner Stimmung und er nahm sich schon vor gleich lauthals mitzusingen. Es war ja niemand im Haus, den das stören konnte. So wartete er, ohne die Augen zu öffnen, auf den Beginn des Liedes.

Aber der kam nicht.

Christoph wunderte sich, wollte aufstehen und nachsehen, was mit seinem Computer oder der Playlist los war. Doch als er die Augen öffnete, fuhr ihm der Schreck durch die Glieder. Er schrie, setzte sich abrupt auf und presste sich an die Wand.

Auf dem Schreibtischstuhl saß der Typ von der blauen Suzuki! In schwarzer Lederkombi, das Gesicht maskiert mit der dunklen Motorradhaube. Seinen Helm hielt er lässig in der Hand.

„You'll never *be* alone!", spottete er.

Christoph stierte ihn nur an wie das berühmte Kaninchen die Schlange.

Erstarrt in Todesangst. Kein Wort brachte er heraus, spürte nur, wie seine Hände schweißnass wurden und zu zittern begannen.

„Keine Angst", sagte der Eindringling mit ruhiger Stimme. „Ich tu dir nichts."

Wer's glaubt!, dachte Christoph.

„Ich will gar nichts von dir. Nur meine Auftraggeber hätten gern etwas, das unglücklicherweise in deinen Besitz gelangt ist", erklärte der Eindringling.

Auftraggeber! Das klang schon so wie Auftrags*mörder,* fand Christoph.

Doch der Typ versuchte weiter beruhigend auf ihn einzureden.

„Es sind seriöse Geschäftsleute", behauptete er. „Und deshalb bieten sie dir durch mich ein seriöses Geschäft an."

Christoph sagte immer noch nichts. *Seriös!*, wiederholte er in Gedanken. *Deshalb schicken sie auch einen Maskierten, der in die Wohnung einbricht und neben meinem Bett auftaucht.* Während der Typ weitersprach, konzentrierte Christoph sich darauf Fluchtmöglichkeiten zu checken. Sein Fenster war geschlossen. Ehe er es öffnen könnte, um wieder über diesen Weg abzuhauen, würde der Typ ihn erwischen. Wenn er vom Bett aufsprang, um aus dem Zimmer zu laufen und weiter zur Wohnungstür, musste er verdammt dicht an dem Mann vorbei. Zu nah, als dass er wirklich eine Chance gehabt hätte ihm zu entkommen.

„Du hast gesehen, dass ich schon mal hier war", sprach der Maskierte weiter. „Und? Ist irgendwas weggekommen?" Er zog die Schultern hoch und wollte mit dieser Geste wohl sagen: Also alles kein Problem! Vertrau mir! „Ich hab nur ein bisschen Unordnung gemacht, damit du merkst, dass ich da war!"

„Bisschen ist gut", wagte Christoph zu antworten. Reden ist gut, fiel ihm ein. Das hatten sie mal in irgendeinem Film gesagt. Mit Entführern und Geiselnehmern immer versuchen zu reden, das baut eine persönliche Beziehung auf und erschwert die Anwendung von Gewalt. Das war zwar ein Hollywoodfilm und konnte totaler Blödsinn sein, aber etwas Besseres wusste er nicht. Also versuchte er zu reden: „Ich habe fast den ganzen Tag Klarschiff gemacht."

Er stellte sich vor, dass der Mann unter seiner Maske schmunzelte. Erkennen konnte er es nicht.

„Meine Mutter hatte schon gesagt …"

„Es wäre klug für dich einfach auf das Geschäft einzugehen", unterbrach ihn der Typ. Und wie um deutlich zu machen, dass er nicht zum Quatschen gekommen war, schickte er gleich die Drohung hinterher: „Sebastian König hätte es auch tun sollen."

Christoph musste schlucken, fasste sich aber und hakte, ohne zu wissen, woher er den Mut dazu nahm, nach: „Und Gruber?"

Vielleicht ließen sich dem Typen ein paar Informationen entlocken?

„Gruber wollte an sich reißen, was auch ihm nicht gehörte", lautete die Antwort. Sie bestätigte Lauras Theorie. Also doch!

„Sie haben beide getötet!", warf Christoph dem Maskierten an den Kopf und wartete mit einer gehörigen Portion Angst in der Hose ab, wie der darauf reagieren würde. Er presste sich, so weit es ging, mit dem Rücken an die Wand.

Der Mann aber winkte nur lässig ab. „Das gehört nicht in mein Aufgabengebiet. Ich vermittle nur das Geschäft. Wenn es nicht zustande kommt, übernimmt … sagen wir … eine andere Abteilung die Angelegenheit. Das heißt, solange du es mit mir zu tun hast, musst du keine Angst haben."

Pfft! Äußerst beruhigend. Argwöhnisch betrachtete Christoph den Maskierten. Konnte er glauben, was er sagte? Vermutlich nicht. Aber selbst wenn, Christophs Angst wich trotzdem nicht. Dennoch blieb er dabei: Solange sie miteinander sprachen, passierte nichts. Hoffentlich. Er wagte sich einen weiteren Schritt vor mit der Frage: „Was sind denn das eigentlich für wichtige Daten, dass Menschen dafür ermordet werden?"

Jetzt schaute sein Gegenüber ihn streng an. Nach wie vor konnte Christoph dessen Gesicht nicht erkennen. Aber seine Augen fixierten ihn eiskalt und durchdringend. Schon bereute Christoph seine

Frage. Vermutlich wäre es besser gewesen den Typ und dessen Hintermänner in dem Glauben zu lassen, er wäre voll im Bilde. Vielleicht zogen sie sogar ihr „Geschäftsangebot" zurück, wenn sie merkten, dass er nicht die Spur einer Ahnung besaß, was eigentlich genau Sache war.

Doch der Typ ging mit keiner Silbe auf die Frage ein, sondern wiederholte stattdessen: „Ich biete dir also ein Geschäft an."

Sein Tonfall blieb sachlich. Fast als säße er nicht maskiert und in einer Lederkombi vor Christoph in dessen Zimmer, in das er soeben eingebrochen war. Für einen Moment suggerierte der Tonfall Christoph hätte es mit einem Vertreter zu tun, der ihm eine Lebensversicherung andrehen wollte. Aber in gewisser Weise war es ja auch so.

„Wir – also meine Auftraggeber – bieten dir für Königs Erbe eine Million Euro."

Scheiße, ausgerechnet jetzt hatte Christoph nicht richtig zugehört und etwas verstanden, das geklungen hatte wie *eine Million Euro*. Das war doch idiotisch!

Wie sollte er reagieren auf ein Angebot, das er nicht richtig mitbekommen hatte?

Der Typ beobachtete Christoph und wartete.

Christoph hüstelte gekünstelt wie ein Theaterbesucher.

„Äh, Entschuldigung", stammelte er schließlich. „Können … äh … Sie das … ähem …", er räusperte sich „… bitte noch mal … wiederholen?"

Sein Besucher wiederholte ruhig und sachlich, als hätte er genau diese Reaktion erwartet: „Wir – das heißt meine Auftraggeber – bieten dir für Königs Erbe eine Million Euro."

Diesmal hatte Christoph genau hingehört. Der Typ hatte es wirklich so gesagt.

Eine. Million. Euro!

Trotzdem wiederholte er die Zahl, wobei er sich bemühte seinerseits möglichst ruhig und sachlich zu klingen, was ihm aber nur mäßig gelang. Seine Stimme vibrierte vor Erregung: „Eine Million?“

„So lautet das Angebot“, bestätigte der Mann vor ihm.

„Das ist doch nicht möglich!“, entfuhr es Christoph. „Was ist so wertvoll an dem, was Sie haben wollen?“

Es folgte wieder dieser durchdringende, kalte, prüfende Blick.

„Du weißt es“, behauptete der Mann schließlich. „Und wenn nicht, ist es vielleicht auch besser so. Mach dir darüber keinen Kopf. Du hast drei Tage Zeit das Angebot anzunehmen.“

„Und wenn ich ablehne?“ Christoph dachte nicht im Traum daran abzulehnen. Er fragte es eher interessehalber.

Die Antwort kam ebenso postwendend wie sachlich: „Dann wirst du vermutlich wieder der Nachbar von Sebastian König sein.“

Mit diesen Worten – so unspektakulär ausgesprochen wie: *Das Formular für Kontoeinzahlungen liegt dort rechts* – erhob der Maskierte sich.

Christoph presste sich erneut an die Wand, an der er saß. Unsicher, ob der Typ gehen wollte oder auf ihn zukam. Beides gefiel ihm im Augenblick nicht. Ihn überkam das verunsichernde Gefühl, dass längst nicht alles besprochen war, ihm noch viele offene Fragen eingefallen wären, wenn er die Zeit gehabt hätte genauer nachzudenken.

„Äh, warten Sie“, versuchte Christoph den Typ deshalb aufzuhalten, als der sich zur Tür wandte. Ihm fiel dabei auf, dass er Handschuhe trug. Und Plastiküberzieher über seinen Stiefeln. So, wie man sie teilweise in Krankenhäusern trug oder bei der Spurensicherung der Polizei.

Der Typ hinterlässt keine Spuren, dachte Christoph. Wie beim ersten Mal, als er eingedrungen war.

„Ich meine …“, stotterte Christoph. „Wie geht es denn jetzt weiter? Wie kann ich Sie erreichen und …?“

„In drei Tagen sehen wir uns“, versicherte er. „Es wäre besser für dich, wenn du dann dabeihättest, was ich von dir will.“

„Und die Million?“, fragte Christoph, ohne zu wissen, weshalb ihm ausgerechnet diese Frage durch den Kopf ging. Er kam sich schon vor wie Benni.

„Die bekommst du dann“, versprach der Mann. Seine Stimme klang plötzlich gereizt. „Ich hab dir doch gesagt, meine Auftraggeber sind Geschäftsleute. Sie halten sich an ihre Aussagen. An alle.“

Christoph schluckte. Denn dies klang nicht wie eine Versicherung, dass er das Geld bekam, sondern eher wie die Gewissheit, dass sie ihn umbringen würden, wenn er sich nicht auf den Deal einlassen würde.

Trotzdem: Wenn es also um ein Geschäft ging, dann sollten sie es auch wie eines behandeln, überlegte sich Christoph und beschloss einen Schritt weiterzugehen.

„Unter Geschäftsleuten pflegt man Sicherheiten anzugeben“, sagte er todesmutig und erschrak sogleich über sich selbst. Wie dumm er sich anhörte! Trotzdem setzte er fort: „Welche Sicherheiten habe ich, dass ich die Million auch wirklich bekomme?“

„*Ich* bin deine Sicherheit", erklärte der Mann knapp und in einem Ton, der keine weiteren Fragen oder Zweifel zuließ. Er klickte mit seinem behandschuhten Finger auf die Playtaste der Musikliste. Aus den Lautsprechern dröhnte *Ave Maria* in der Rockversion der Roten Rosen. Er verließ Christophs Zimmer und, wie Christoph trotz der lauten Musik an dem Klacken der Wohnungstür hörte, auch die Wohnung.

In drei Tagen … wiederholte er im Kopf. Und plötzlich fiel ihm ein: Wann? *Wann* in drei Tagen?

Er sprang vom Bett hoch, stürzte durch den Flur zur Wohnungstür, riss sie auf, rannte ins Treppenhaus und brüllte hinunter: „Wann? Um welche Uhrzeit in drei Tagen?"

„Was?" Mehring schaute aus dem ersten Stock zu ihm herauf. „Was für 'ne Uhrzeit? Wovon sprichst du?"

„Schon gut!", wehrte Christoph ab und hörte, wie unten die Haustür zuschlug. Der Typ war verschwunden.

Christoph taumelte zurück in sein Zimmer.

Drei Tage!, schwirrte ihm immer wieder durch den Kopf.

In drei Tagen war er Millionär.

Oder tot.

„Eine Million?“ Laura sprang auf und hätte fast den kleinen Tisch neben Christophs Bett umgeworfen.

Unmittelbar nachdem sein „Besuch“ verschwunden war, hatte er Laura, Lukas und Benni per SMS gebeten sofort zu ihm zu kommen. Kurz darauf standen sie fast gleichzeitig vor der Tür.

Schnell hatte Christoph erzählt, was passiert war.

Alle drei hatten bis zu diesem Moment still und aufmerksam zugehört. Benni hingefläzt auf dem Bett, Lukas und Laura im Schneidersitz neben ihm. Christoph hatte auf seinem Bürostuhl, den Rücken zum Schreibtisch gekehrt, Platz genommen.

Jetzt, als er die Summe nannte, die ihm der Typ geboten hatte, war die Ordnung dieser Zusammenkunft abrupt durcheinandergeraten.

„Mann, was läuft denn da?“, rief Laura entsetzt in die Runde. Sie stand nun mitten im Zimmer und wusste gar nicht, was sie vor Aufregung tun sollte, machte einen Schritt zum Fenster, wieder zurück, wäre fast aus dem Zimmer Richtung Küche gelaufen, besann sich aber, drehte um und überlegte, ob sie sich wieder im Schneidersitz hinhocken sollte, ging schon fast in die Knie, merkte dann aber, dass sie nicht still würde sitzen können, erhob sich wieder und fuhr sich mit der Hand einfach nur nervös durchs Haar. Eine typische Bewegung von ihr, wenn sie aufgeregt war.

„Mann, nimm die Kohle und gut ist!“, riet Benni. Doch auch er hatte sich aufgerichtet. Eine solche Summe ließ niemanden kalt.

Nur Lukas lag noch nachdenklich da und schaute interessiert zu Laura, die schon wieder kurz davor war auf Benni loszugehen.

„Die Kohle nehmen?“, zischte sie ihn an und tippte sich mit dem Zeigefinger heftig an die Stirn. „Haben sie dich gebissen?“

„Wieso denn?“, verteidigte sich Benni. „Was soll er denn sonst machen? Sich umbringen lassen?“

Sein Blick wanderte zu Christoph.

Dem wurde die Kehle trocken. Er wusste nicht so recht, was er denken sollte. Eigentlich stimmte er Benni zu. Er würde sich doch nicht mit irgendwelchen dunklen Typen anlegen! Und wenn die von selbst eine Million boten … wieso nicht? Er hatte sie ja nicht gefordert. Im Gegenteil. Ursprünglich hätte er den Laptop schon für 25.000 abgegeben.

„Was meinst du denn, warum die Christoph eine Million bieten, hä?“, ging Laura erneut auf Benni los.

Der zuckte mit den Schultern. „Weil die Daten offenbar so viel wert sind?“

Laura schüttelte den Kopf. „Quatsch. Die sind garantiert viel mehr wert. Aber wenn Christoph das Geld annimmt, dann hängt er mit drin. Verstehst du? Man geht nicht zur Polizei und sagt über Sachen aus, für die man gerade eine Million kassiert hat.“

Lauras Antwort traf Christoph wie ein Schlag. Daran hatte er gar nicht gedacht. Die wollten ihm die Daten nicht abkaufen, sie boten ihm Schweigegeld! Das war es! Er hatte sich die ganze Zeit gewundert, weshalb die Typen nicht viel intensiver versucht hatten an die Daten heranzukommen, sie ihm zu klauen oder mit Gewalt zu entwenden. Es ging ihnen gar nicht darum sie zu besitzen. Sie wollten nur, dass niemand von ihnen erfuhr. Sie betrachteten die Daten als ein Beweismittel, das man gegen sie verwenden konnte, und ihn – Christoph – als Zeugen. Und genau das wollten sie ändern: Ihn vom Zeugen zum Komplizen machen! Und sich damit einen weiteren Mord ersparen.

Genau so sah Laura die Sache auch.

„Vielleicht …“, sagte sie und schaute den Jungs nacheinander ernst in die Augen. „Ich wiederhole: *Vielleicht* lassen sie Christoph am Leben, nachdem er ihnen die Daten ausgehändigt hat. Aber wenn die Polizei der Sache auf die Spur kommt, wenn sie die Morde an König und Gruber aufklärt, dann hängt Christoph mit drin.“

Sie wandte sich jetzt direkt an ihn: „Dann bist du – *vielleicht!* – Millionär, sitzt aber als Mitwisser im Knast!“

Christoph schluckte. Die Zwickmühle, in der er sich befand, wurde ihm erst langsam wirklich bewusst.

Lukas’ Gegenargument klang auch nicht viel besser: „Aber wenn er zur Polizei geht, hat er gar keine Chance. Dann geht es ihm wie König und Gruber.“

Genau so lautete die Alternative zum Knast: Mordopfer! Und es schien Christoph in diesem Moment klarer als je zuvor. Es gab keinen Ausweg.

„Ich hab eben überhaupt nicht gesagt, dass er zur Polizei gehen soll“, stellte Laura fest. „Jedenfalls jetzt noch nicht.“

Die drei Jungs starrten Laura ungläubig an. Was gab es denn sonst noch für Möglichkeiten?

„Wie ich es sehe, hat Christoph eine organisierte kriminelle Bande am Hals. Und gegen die hilft nur eines: Öffentlichkeit.“ Aus Lauras Stimme klang mal wieder nicht der geringste Zweifel durch. Sie schien sich ihrer Sache sehr sicher.

„Öffentlichkeit?“ Benni guckte aus der Wäsche, als ob er fragen wollte: Habt ihr das Gleiche gehört wie ich? „Was denn für eine Öffentlichkeit?“

„Wir müssen rauskriegen, warum die Daten so brisant sind und für wen“, stellte Laura ihre Überlegung vor, als hätte sie sie schon seit Wochen in ihrem Kopf. „Wenn wir das wissen, gehen wir damit an die Presse. Ich denke, hinter dem Ganzen steckt ein handfester Skandal. Wenn das veröffentlicht wird, dann lohnt es nicht mehr Christoph umzubringen, weil dann die Zeitungen schon alles ausposaunt haben. Und eben die Zeitungen, nicht Christoph! Versteht ihr?“

„Nee, das verstehen wir nicht!“ Benni brauste jetzt richtig auf. „Hast du zu viele Hollywoodfilme geguckt oder geht deine Fantasie jetzt komplett mit dir durch?“, schimpfte er. „Wir sind keine Gruppe von Starjournalisten der New York Times. Wir sind auch keine Bürgerbewegung. Wir können weder die Mafia besiegen noch einen öffentlichen Skandal entfachen. Wir können nur unseren Arsch retten. Und das heißt auf das Angebot eingehen, die Million nehmen, Maul halten und den Sturm an uns vorbeiziehen lassen!“

„Wer sich einmal mit kriminellen Banden einlässt, kommt nie mehr von ihnen los!“, behauptete Laura.

„Ach nein?“, giftete Benni weiter. „Klar, du kennst dich ja damit aus.“

Er winkte verärgert ab und stampfte in die Küche, um eine neue Flasche Wasser zu holen. „So ein Schwachsinn!“, schimpfte er noch im Flur vor sich hin.

„Das Problem ist“, versuchte Lukas wieder etwas Ruhe in die Debatte zu bringen: „Selbst wenn du Recht haben solltest, Laura, in drei Tagen bekommen wir niemals so viel raus, dass irgendeine Zeitung das veröffentlichen würde.“

„Das stimmt!“ Nachdenklich biss sie sich auf die Lippe. Aber dann hellte ihr Gesicht sich wieder auf. Laura nickte ihm zu.

„Was?“, fragte Lukas nach.

„Internet!“, schlug Laura vor und erntete erneut einen skeptischen Blick von Lukas. „Wir stellen Bilder von dem Motorradtyp ins Internet und warnen vor ihm!“

Natürlich wusste sie so gut wie die anderen, dass sie noch kein Bild von dem Typen besaßen. Zumindest keines, auf dem man ihn erkennen konnte. Aber wenigstens hatte Christoph sein Nummernschild fotografiert.

„Das wäre doch ein Anfang, oder?“ Jetzt lächelte Laura.

„Und dann?“ Lukas verstand offensichtlich nicht, wie ihnen das weiterhelfen sollte.

„Zumindest wird der Typ vorsichtiger reagieren müssen, wenn er feststellt, dass jeder auf der Straße ihn registrieren könnte.“

Lukas runzelte die Stirn und überlegte.

Auch Christoph ließ sich das durch den Kopf gehen. Er fand, Lauras Vorschlag klang gut. Zumindest fiel ihm erst mal nichts Besseres ein. Andererseits aber sah er auch darin eine Gefahr. Wer wusste schon, wie der Typ reagieren würde, wenn er merkte, dass sie ihm die Internetgemeinde auf den Hals hetzten? Vielleicht machte er dann sofort kurzen Prozess mit ihm?

Laura schüttelte den Kopf. „Solange du im Besitz der Daten bist, bist du relativ sicher."

Doch das glaubte Christoph weniger. Wenn es stimmte, dass er vor allem ruhiggestellt werden sollte, dann schwebte auch durchweg die Gefahr über ihm, dass er sofort aus dem Weg geräumt wurde. Für immer. Wie Sebastian König. Dem zumindest hatte der Besitz der Daten nicht geholfen.

„Da hast du Recht", stimmte Laura ihm leise zu und fügte an: „Du musst geschützt werden, unter allen Umständen!"

In ihrer Stimme lag plötzlich eine große Zärtlichkeit und Christoph durchlief es warm. Ihr Vorschlag hingegen klang alles andere als zart: „Und deshalb solltest du vorsichtshalber solange untertauchen!"

„Was?", entfuhr es ihm aufgebrachter, als er es beabsichtigt hatte. „Untertauchen? Wie stellst du dir das denn vor?"

„Das frage ich mich auch!" Benni kam zurück aus der Küche, schenkte sich ein Glas Wasser ein und stellte die Flasche auf den Boden. „Das ist doch …! Hast du irgendeinen tollen Roman über 'ne Revoluzzer-Truppe gelesen, oder was?"

„Du bist so ein Schwachkopf, Benni!", giftete Laura zurück. „Dann sag mir mal, wie *du* dir das vorstellst!"

Doch dazu hatte Benni auch keine Idee.

Sie warf ihm einen stummen „Na siehst du“-Blick zu.

Christoph teilte Bennis Meinung, doch er traute sich nicht es gegenüber Laura so offen zu sagen. Wie stellte die sich das vor, unterzutauchen?

„Was ist mit der Schule? Was sage ich meinen Eltern?“, waren nur zwei der tausend Fragen, die ihm in diesem Moment durch den Kopf schwirrten.

Doch Laura konnte ihn ein wenig beruhigen.

„Du hast ja noch drei Tage Zeit“, betonte sie. „Bis dahin können wir alle Vorkehrungen treffen.“

Christoph wusste dennoch nicht so Recht, was er davon halten sollte. Einfach so unterzutauchen, auf der Flucht vor echten Killern. Wie sollte das funktionieren?

Hatte Benni nicht doch Recht? Die Million nehmen, die Daten abgeben und gut war’s. Okay, irgendwie müsste er gegebenenfalls erklären, woher er das Geld hatte. Aber das war sicher einfacher, als vor professionellen Verbrecherbanden zu fliehen. Der Maskierte in seinem Zimmer hatte ihn eindringlich gewarnt.

Mehrfach hatte Christoph im Fernsehen Krimis gesehen, in denen sich einer allein gegen die Mafia stemmte. Und es gab nicht nur diese Filme wie die Klassiker *Die Unbestechlichen* oder ähnliche, sondern auch Reportagen und Dokumentationen. Über Richter und Polizisten in Italien, die rund um die Uhr bewacht wurden, täglich ihren Weg zur Arbeit änderten, ihre Familien verließen, um sie aus dem Schussfeld zu nehmen, und schließlich doch ermordet wurden. Christoph hatte sich jedes Mal gefragt, was das für Menschen waren, die so viel Mut, Aufopferung und Selbstaufgabe aufbrachten. Und jetzt? Verlangte Laura nicht weniger von ihm, als genau das Gleiche zu tun: Statt still und heimlich Millionär zu werden, unterzutauchen und sein Leben aufs Spiel zu setzen! Das war doch der blanke Irrsinn!

Laura aber ließ ihm keine Zeit, jetzt darüber überhaupt nachzugrübeln.

„Wir sollten mal versuchen die Daten zu entschlüsseln“, schlug sie nun vor. Fast als ahnte sie, was in seinem Kopf gerade vorging. „Ich meine, anhand dieses Codes auf der CD.“

Sie zog den Laptop, hinter dem die Killer so sehr her waren, aus ihrem Rucksack.

Christoph erwischte sich dabei, wie er das Ding anstarrte, als hielte Laura eine Bombe in ihren Händen. Wenn der Motorradtyp wüsste, dass der Computer mit den Daten jetzt wieder hier im Zimmer stand, er würde sicher augenblicklich zurückkehren und sich das Teil holen. Ohne die Million.

„Ich weiß nicht, ob es eine gute Idee war den Laptop mit hierherzubringen“, wagte er seine Zweifel laut zu äußern.

Laura aber ging nicht darauf ein und so beließ Christoph es dabei. Ändern konnte er jetzt ohnehin nichts mehr. Der Laptop war da.

Christoph zog sein Mathebuch hervor, in dem er die CD-ROM versteckt hatte, schob sie in den Laptop und rief die seltsamen Dateien sowie den Algorithmus auf. Dann überließ er Benni seinen Platz, der die entsprechende Seite zur Entschlüsselung im Internet aufrief.

„Jetzt bräuchte ich nur noch das Schlüsselwort“, sagte er. „Habt ihr das irgendwo?“

Laura und Christoph schauten sich an. Bisher hatten sie keines entdeckt. Auf der CD-ROM gab es nur diese Algorithmus-Tabelle, auf dem Laptop lediglich die endlosen Reihen von Zahlen und kryptischen Buchstaben. Aber nichts, was man als Schlüsselwort hätte deuten können.

„Ohne Schlüsselwort keine Entschlüsselung", bedauerte Benni.

Laura konnte es nicht glauben. „Was soll das heißen? Sebastian König wird doch nicht extra etwas in einem Bankschließfach aufbewahren, Christoph in einem Geheimversteck den Schlüssel dazu hinterlassen – und alles nur, damit er das entscheidende Schlüsselwort mit ins Grab nimmt?"

Benni hob die Hände. „Beruhige dich. Vielleicht hielt Sebastian uns ja für schlaue Kerlchen!" Er grinste Laura an.

Die warf ihm einen genervten Blick zurück. „Hast du eine Lösung oder nicht?"

„Vielleicht sein Geburtsdatum", mutmaßte Benni. „Die meisten Menschen sind recht einfallslos, was ihre Passwörter angeht. Aber hier bei dem Schlüsselwort müsste es sich eher um einen Code aus Buchstaben handeln."

Laura sah ihn an und verzog das Gesicht. Sie hatte auf mehr Cleverness bei Benni gehofft. Hinzu kam: Keiner der Jungs kannte Königs Geburtsdatum.

„Da könnte man vielleicht diese Jasmin fragen", überlegte Christoph laut.

Weder Benni noch Lukas hatten Jasmin je gesehen und so erzählte Christoph ihnen von der Frau, die mal mit Lippenstift ihren Namen auf Königs Badezimmerspiegel geschrieben hatte.

Benni grinste breit und tippte den Namen JASMIN als Schlüsselwort ein.

In der ersten Buchstabenfolge

OFRFB DWSMR Z

erschien daraufhin:

FFZTTQNSUFR

auf dem Bildschirm.

„Hä?“, fragte Christoph. „Was soll das denn heißen?“

„Das heißt, dass das Schlüsselwort falsch war“, erklärte Benni lapidar.

Laura verzog erneut das Gesicht. Über das von Lukas hingegen huschte ein überlegenes Lächeln.

„Gib mal *König* ein“, schlug er vor.

Benni tippte sich an die Stirn. „Sein eigener Name? Das wäre ja wohl noch blöder als das Geburtsdatum!“

Doch Lukas widersprach: „Aber nicht, wenn er will, dass sein Rätsel entschlüsselt wird, und zwar von Christoph. Und außerdem, wenn man schon einen Namen hat wie ein Passwort? Manche nehmen König oder Kaiser oder Prinz dafür.“

„Ich hatte mal *miese Ratte*“, gestand Benni.

Laura grinste breit. „Na also, jeder seinen Namen. Kommt doch hin!“

„Sehr witzig“, muffelte Benni und tippte KÖNIG ein.

Auf dem Bildschirm erschien: EundefinedEXVTundefinedFELP

„Schuss in den Ofen!“, kommentierte er.

Doch Lukas gab nicht so schnell auf. „Mit oe!“, forderte er. „König nicht mit Umlaut, sondern mit oe.“

Benni folgte seinem Vorschlag, gab KOENIG ein und auf dem Bildschirm war plötzlich zu lesen: ERNSTXMEIER.

„Wow!“, brüllte Benni. „Das war’s! Die Lösung ist Ernst Meier!“

„Und das X?“, fragte Laura.

„Scheiß auf das X. Das ist nur das Leerzeichen“, entgegnete Benni und machte sich gleich an die zweite Entschlüsselung. Aus RCPTM XHGMR DKBG wurde HOLGERXSIEVERS und aus DCFVI YHZEZ XK entstand TOBIASXLAMPE.

Ernst Meier, Holger Sievers, Tobias Lampe.

„Was sind das für Namen?“, fragte sich Laura. „Und was bedeuten die Zahlenreihen dazu?“

Auch Lukas und Christoph konnten nichts mit ihnen anfangen.

Doch es entstanden immer weitere. Je mehr Buchstabenkombinationen Benni eingab, desto mehr Namen tauchten in der Liste auf. Lauter unbekannte Namen.

Irgendwann lehnte Benni sich zurück, streckte die Arme aus, legte die Finger ineinander und ließ sie laut knacken.

„Na toll!“, stöhnte er. „Lauter Leute, die uns nichts sagen und die nichts beweisen. So interessant wie ein Telefonbuch!“

„Gib doch einige der Namen mal in Google ein“, schlug Christoph vor. Er glaubte zwar auch nicht, dass ihnen das entscheidend weiterhalf, aber man wusste ja nie. Irgendetwas mussten die Namen bedeuten. Und wenn Sebastian König gewollt hatte, dass Christoph den Laptop und die CD-ROM erhielt, dann musste er auch davon ausgegangen sein, dass er diese Liste enträtseln konnte.

Auch Benni versprach sich von seiner Idee nicht viel. Lustlos tippte er den ersten Namen ein und wie befürchtet tauchten etliche

Ernst Meiers auf dem Bildschirm auf: ein Tischler aus Bad Reichenhall, irgendein Ernst Meier, der mal den New-York-Marathon mitgelaufen war, ein Bankangestellter aus Berlin, ein Autohändler in Freiburg und, und, und.

„Guck dir den mal genauer an!“ Laura tippte auf den Bankangestellten.

„Nur weil er auch bei einer Bank arbeitet?“, nörgelte Benni, aber er klickte ihn an.

Nach einigen weiteren Links schälte sich etwas Interessantes heraus: Der Mann war nicht einfach nur ein Bankangestellter, sondern saß im Vorstand einer der größten Banken Deutschlands.

„Und jetzt?“, fragte Benni.

Laura wusste es auch nicht. Sie vermutete nur, „dass das der Ernst Meier aus der Liste ist. Es geht um viel Geld.“ Sie blickte Christoph an. „Das Millionenangebot an dich beweist es. Und Sebastian König war bei einer Bank und dieser Meier ist Vorstandsmitglied einer Bank. Ich glaube nicht, dass das Zufall ist. Gib mal ein paar weitere Namen ein.“

Benni tippte die nächsten Namen in Google ein.

Holger Sievers war Vorstandsmitglied eines gigantisch großen Medienkonzerns und Tobias Lampe leitete ein Unternehmen, das Flugzeugteile baute.

„Alles hohe Tiere!“, stellte Laura fest.

„Ob alle, müssen wir noch prüfen“, präzisierte Benni, „aber selbst wenn, heißt das doch nichts. Vielleicht wollte Sebastian ein Buch schreiben über Karrieren.“

Laura verpasste ihm einen Klaps auf den Hinterkopf. „Ein Buch schreiben, du Hirni. Und deshalb sind jetzt zwei tot, oder wie?“ Sie schüttelte den Kopf. „Ich sag’s noch mal: Es geht um Kohle! Um reichlich fette Kohle!“

„Es ist und bleibt trotzdem einfach nur eine Namensliste“, pflichtete Christoph Benni bei. Und zu den Zahlenkolonnen hatten sie auch noch keine Idee.

„Nehmen wir mal an, die Zahlengruppen und die Namen gehören zusammen“, versuchte Lukas zu kombinieren. „Ganz schlicht: Der erste Name passt zur ersten Zahlenreihe und immer so weiter, was könnten das dann für welche sein?“

„Telefonnummern!“, fiel Benni als Erstes ein. Obwohl er selbst sofort zugeben musste, dass das ziemlich unwahrscheinlich war.

Trotzdem griff Christoph zum Hörer und tippte einfach mal ein paar der Ziffern ein. Immer wieder erhielt er die Meldung: „Kein Anschluss unter dieser Nummer.“

Telefonnummern waren es nicht.

„Safekombinationen!“, lautete Bennis nächster Tipp.

Lukas lachte auf. „Guck dir mal die Liste an! Das sind mindestens 300 Namen. Du glaubst doch nicht, dass König die Kombinationen von 300 Tresoren kennt?“

Warum nicht? Christoph dachte an die Schließfächer. Was, wenn König aus den Geheimcodes der Schließfächer Kapital schlagen wollte? Doch dann fiel ihm das Schließfach ein, in dem er selbst die CD-ROM hinterlassen hatte: Man brauchte ein Schlüsselpaar, um an das Fach heranzukommen, aber keine Nummer. Was also konnte es sonst sein? Kontonummern fielen ihm ein, aber was gäbe das für einen Sinn? Selbst wenn man die Kontonummer der einzelnen Personen kennen würde, hätte man keinen Vorteil davon. An die Konten käme man dennoch nicht heran, ohne die entsprechende Karte oder Unterschriften oder die TAN-Codes fürs Onlinebanking. Letztere konnten theoretisch auch in der Liste vermerkt sein. Doch Christoph glaubte nicht daran. Denn erstens würden die Betroffenen ihre Konten sofort sperren, sofern sie Unregelmäßigkeiten darauf feststellten, zweitens hielt er König nicht für kriminell und drittens – das war das gewichtigste Argument –, wenn es sich um die geheimen Zugänge zu den Bankdaten handeln würde, hätte Sebastian König keinen Grund gehabt, ihm diese Daten zu vererben. Der vererbte ihm doch keine kriminellen Daten, um fremde Konten zu bestehlen! Auch das ergab also keinen Sinn.

Die anderen stimmten ihm zu. Sie kamen nicht weiter. Trotzdem erledigte Benni noch fleißig die Aufgabe eine Liste der entschlüsselten Namen fertigzustellen. Schließlich druckte er sie vier Mal aus und verteilte sie. Man wusste nie, wozu das gut war, fand Benni, ließ noch einmal die Finger knacken, gähnte laut und verabschiedete sich. Für den heutigen Tag hatte er genug. Vielleicht würde ja jemandem nachts im Traum eine geniale Idee kommen, warum Sebastian König ausgerechnet diese Namen auf solch geheimnisvolle Weise gesammelt und aufbewahrt hatte.

Lukas begleitete Benni. Zusammen verließen sie das Haus und wären dabei fast noch auf Christophs Eltern gestoßen, die unmittelbar danach kamen.

Als sich ihr Schlüssel im Schloss drehte, war Christoph gerade dabei, Laura zu küssen. Rasch lösten sie sich voneinander und Christoph kam nicht umhin ihnen Laura vorzustellen.

So etwas war früher sicher förmlicher zugegangen, schoss es ihm durch den Kopf. Und auch er hätte sich den Moment, in dem Laura das erste Mal seinen Eltern gegenüberstand, ein klein weniger feierlicher vorgestellt als mal eben so zwischen dem Knacken von geheimen Codes, Fluchtplänen vor einem Killerkommando und dem Angebot von einer kriminellen Bande eine Million Euro zu kassieren.

Jetzt aber war es, wie es war, und glücklicherweise reagierte Laura sofort und clever.

„Hallo?", begrüßte seine Mutter Laura und hängte im Flur ihre Jacke auf. Sie wählte eine Betonung, die mehr eine fordernde Überraschung ausdrückte, als dass es wirklich als Begrüßung gemeint gewesen wäre.

„Hallo!", antwortete Laura brav, reichte Christophs Mutter die Hand und sagte: „Ich bin Laura. Ihr Sohn hat mir schon eine Menge von Ihnen erzählt!"

Christoph musste an sich halten, um nicht laut aufzulachen. WAS hatte er? Von seinen Eltern erzählt? Nicht ein einziges Wort! Es hätte nur noch gefehlt, dass Laura einen Knicks machte. Aber ihre Worte verfehlten ihre Wirkung nicht.

„Oh?", staunte seine Mutter. „Wirklich?" Ihr Seitenblick traf Christoph.

Der schaute schnell weg. Zum Glück kam sein Vater in die Tür. Er schleppte eine Kiste Mineralwasser und zwei schwere Tüten an ihnen vorbei in Richtung Küche.

Christophs Mutter sprach ihn an. „Wir haben Besuch!"

„Gleich!", wehrte sein Vater ab. Er wollte erst mal seine Last loswerden.

Eine prima Gelegenheit sich zu verpieseln, erkannte Christoph geistesgegenwärtig.

„Warte!“, rief er seinem Vater hinterher. „Ich helfe dir!“ Und nahm ihm die Tüten ab.

Sein Vater bedankte sich erleichtert.

Laura hingegen wirkte einen Augenblick weit weniger glücklich, von Christoph so allein stehen gelassen zu werden. Doch der war überzeugt, ihr würde schon etwas einfallen. Und so war es. In der Küche hörte er ihre Stimme und traute seinen Ohren nicht.

„Christoph hat Ihnen sicher schon erzählt, dass wir überlegen, Sonntag für eine Woche wegzufahren?“

WAS???? Fast wären ihm die schweren Tüten aus der Hand gefallen. Was erzählte Laura denn da?

„Nein, hat er nicht“, antwortete seine Mutter, nicht weniger verwundert als er selbst, der nun schnell die Tüten auf den Tisch hob. Sein lautes Stöhnen galt dabei mehr dem, was er mithörte, als dem Gewicht, das er stemmte.

„Wohin denn?“, fragte seine Mutter.

Christoph spitzte die Ohren. Das interessierte ihn auch sehr.

„Wir haben in der Schule eine Woche Zeit für eine Projektarbeit“, hörte er seiner Freundin staunend weiter zu. „Und Bekannte meiner Eltern haben ein schönes Wochenendhaus am Plöner See. Dort können Christoph und ich in Ruhe arbeiten.“

Plöner See? Projekt? Wovon sprach sie?

Seine Mutter schien ebenso perplex. „Ach? Aha! Na so was. Christoph hat überhaupt nichts davon erzählt. Was ist denn das für ein Projekt?“

Das war's dann wohl! War doch klar, dass die Frage kommen würde, dachte Christoph. Was wollte Laura jetzt sagen?

Sein Vater griff sich eine der beiden Tüten, um sie auszupacken.

Christoph stand wie gebannt und lauschte weiter in den Flur hinein.

„Wir sollen eine Geschichte schreiben. Oder ein Theaterstück. Oder ein Drehbuch für einen kleinen Film. Ist für den Deutschkurs. Schreibworkshop", erzählte Laura, ohne zu zögern oder zu stottern, als würde es das Projekt tatsächlich geben und sie seit Wochen im Unterricht nichts anderes vorbereiten. Wie schaffte Laura es, sich so etwas von einer Sekunde auf die andere auszudenken? Oder hatte sie etwa den Plan schon im Kopf gehabt, bevor sie Christoph besuchte? So langsam beschlich ihn dieser Verdacht. Schließlich war der Vorschlag unterzutauchen ja auch von ihr gekommen. Ihm schien, Laura hatte sich zu Hause seine Flucht bereits bis ins kleinste Detail ausgedacht. Das war ja echt ein Ding!

„Thomas?", rief seine Mutter nun ihren Mann. „Hast du gehört? Christoph und …", sie stutzte für den Bruchteil einer Sekunde, denn sie kannte Laura und ihren Namen ja erst seit zwei Minuten, „… Laura wollen für eine Woche an den Plöner See."

„Ist doch schön!", antwortete sein Vater, immer noch damit beschäftigt die Einkaufstüten auszupacken. Er zwinkerte seinem Sohn kurz zu und schnappte sich die zweite Tüte.

Christophs Mutter kam zu ihnen in die Küche. Laura blieb dezent hinter ihr in der Tür stehen. Als Christoph ihr kurz und heimlich einen fragenden Blick zuwarf, lächelte sie ihm überlegen zu. *Alles im Griff!*

Seine Mutter aber wirkte immer noch etwas verwirrt. Sie verabscheute solche Überraschungen. Genau genommen mochte sie überhaupt keine Überraschungen. Im Gegensatz zu Christophs Vater war sie diejenige, die gern alles unter Kontrolle behielt und stets weit vorausplante. Sie gehörte zu den Leuten, die bereits Mitte November sämtliche Weihnachtsgeschenke gekauft hatten. Entsprechend kam sie mit Lauras spontaner Ankündigung nur schwer klar.

„Hast du denn schon gepackt?", fragte sie Christoph mit tiefen Sorgenfalten auf der Stirn, als handelte es sich um eine schwere Lebensentscheidung. „Und müsst ihr Bettzeug mitnehmen oder einen Schlafsack? Mein Gott, Thomas, wo ist denn eigentlich Christophs guter Schlafsack? Und zu essen? Kannst du kochen, Laura? Ihr könnt doch nicht eine Woche lang nur Dosenfutter essen. Und Christoph macht sich nichts Frisches, das weiß ich und …"

„Mamaaaaaa", unterbrach Christoph sie gedehnt.

Laura warf ihm einen entschuldigenden Blick zu. Sie hatte begriffen, was sie mit ihrer Äußerung angerichtet hatte.

„Der Junge kommt schon klar", mischte sein Vater sich nur kurz ein.

Christoph vermutete, der fürsorgliche Redeschwall seiner Mutter ging nicht nur ihm auf den Senkel.

Entsprechend eingeschnappt war die Reaktion: „Ach ja, natürlich. Auf *den* Kommentar hab ich ja nur gewartet."

Ihr Mann verdrehte die Augen.

„Wir müssen jetzt los, noch einige Dinge besorgen", nutzte Christoph die Gelegenheit, dem Fragenbombardement seiner Mutter endlich zu entkommen.

Doch so leicht ließ seine Mutter sich nicht ablenken.

„Wie kommt ihr denn überhaupt dorthin, zum Plöner See?“, wollte sie wissen.

Gute Frage. Mit einem stummen Blick leitete Christoph sie an Laura weiter.

Aber auch hierauf wusste sie eine prompte Antwort: „Mein Bruder fährt uns! Und im Haus haben wir Fahrräder zur Verfügung.“

„Dein Bruder?“, hakte seine Mutter nach. „Wie alt ist denn der?“

Christoph atmete auf, als sich zum Glück wieder sein Vater einschaltete.

„Jetzt lass aber gut sein, Katja. Das sind doch keine Kleinkinder mehr. Oder willst du … äh … ihren Bruder erst eine Fahrprüfung machen lassen?“

Christoph schmunzelte über seinen Vater, dem Lauras Name offenbar schon wieder entfallen war; vielleicht aber auch hatte er ihn gar nicht erst verstanden.

Gleichzeitig fragte er sich, ob Laura diesen Teil ebenfalls erfunden hatte oder ihr Bruder sie tatsächlich zum Plöner See fahren würde. Wenn ja, hatte sie diese Tour längst mit ihm abgesprochen, noch bevor Christoph überhaupt davon erfahren hatte, dass er untertauchen sollte?

„Also, wir müssen jetzt“, unternahm er den zweiten Versuch sich so schnell wie möglich den Fängen seiner Mutter zu entwinden. Diesmal wartete er eine weitere Frage gar nicht erst ab.

„Tschüss!“, rief er einfach, verschwand aus der Küche, fasste Laura unter den Arm, düste mit ihr in sein Zimmer und packte seine Sachen für den Plöner See.

Eines hatte Christoph in der kurzen Zeit, in der er mit Laura zusammen war, schnell gelernt: Sie war immer für eine Überraschung gut.

Diese bestand am nächsten Morgen nicht darin, dass ihr Bruder sie bloß bis zum Hamburger Hauptbahnhof fuhr, weil das auf dem Weg zu seiner Arbeit lag. Die eigentliche Überraschung erwartete ihn erst nach einer längeren Bahn- und Busfahrt bis ans Ufer des Plöner Sees.

„Das ist es!", strahlte Laura, während Christoph sich noch immer vergeblich nach einem Ferienhaus umsah. Sie zeigte gut gelaunt auf ein Segelboot, das an einem langen Bootssteg, der als Minihafen diente, festgemacht war.

„Das ist *was?*", fragte er.

„Unser Ferienhaus!"

Christophs erster Schock legte sich schnell. Denn die Kajüte des Bootes war zwar eng, aber äußerst gemütlich. Es gab eine Minikombüse mit Kühlschrank und zwei Kochplatten, zwei anständige Betten, ein Miniatur-Badezimmer mit Klo, Waschbecken und Dusche und sogar Strom an Bord. Nichts, woran es fehlte.

„Ist doch nett hier, oder?“, stellte Laura mehr fest, als dass sie ernsthaft nach seiner Meinung fragte. „Zwei Minuten von hier auf dem Campingplatz gibt es einen Laden, wo wir alles kaufen können. An Deck sind zwei Fahrräder, so dass wir auch mal nach Ascheberg reinfahren können. Und hier vermutet uns keiner. Das Boot gehört meinen Eltern. Das sind auch die Einzigen, die wissen, dass wir hier sind. Deine Eltern werden denken – falls sie überhaupt nach uns suchen sollten –, wir wären in einer der Ferienwohnungen auf der anderen Seite des Sees. Und sonst weiß kein Mensch, wo wir abgeblieben sind.“

Christoph musste zugeben, so weit war an Lauras Plan nichts auszusetzen. Im Gegenteil: Für einen kleinen Augenblick hätte er sogar fast vergessen, dass er sich auf der Flucht vor professionellen Verbrechern befand, die spätestens in zwei Tagen mit der Jagd auf ihn beginnen würden. Als ihm das wieder ins Bewusstsein gelangte, ärgerte er sich.

Seit Wochen hatte er gegrübelt, ob Laura seine Zuneigung erwiderte, hatte überlegt, wie er ihr näherkommen konnte. Und jetzt, da sich von einem Moment auf den anderen die ganze Grübelei und Unsicherheit fast wie von selbst auflöste und sich sein absoluter Traum erfüllte, mit Laura einige Tage allein zu sein – und dann noch auf einem echt coolen Segelboot –, da befand er sich nicht mitten in einer prickelnden Romanze, sondern er versteckte sich vor irgendwelchen durchgeknallten Killern, die hinter ein paar Namenslisten her waren, du ihn nicht das kleinste bisschen interessierten! Und zu allem Überfluss hatte er keinen Schimmer, wie es weitergehen sollte.

Er versuchte sich seinen Ärger und Frust nicht anmerken zu lassen, sondern aus der Situation das Beste zu machen und das Zusammensein mit Laura, soweit es möglich war, zu genießen.

Zuerst richteten die beiden sich auf dem Boot ein, verstauten ihr Gepäck und kauften anschließend die nötigsten Dinge auf dem nahe gelegenen Campingplatz ein.

Zurück auf dem Boot begann Christoph ein Paket Spaghetti zu kochen, während Laura mit viel Aufwand eine Soße zusammenköchelte. *Mann, Sebastian König!*, dachte Christoph. *Hättest du mich mit der ganzen Scheiße nicht zufriedenlassen können?*

Laura entging nicht, wie Christophs Gesichtszüge immer ernster wurden.

„Hast du was?“, fragte sie.

Christoph verzog den Mund zu einem kurzen Lächeln. „Alles gut!“

Vielleicht, dachte er bei sich, wäre es unter anderen Umständen mit Laura und ihm gar nicht so zügig gegangen. Möglicherweise wären sie niemals zusammengekommen, wenn sie diese Zwickmühle, in die er hineingeraten war, nicht so intensiv miteinander verbunden hätte.

Nun gut, aber wenigstens vom Unterricht hatten sie für einige Tage Ruhe. Laura hatte in der Schule etwas von einem Vorsprechen an einem Schauspielseminar in München erzählt, wo sie beide sich angemeldet hätten. Diese Frau kam auf Ideen! Christoph musste jetzt noch lachen, als er sich daran erinnerte. Aber es hatte funktioniert. Sie beide waren offiziell für drei Tage vom Unterricht beurlaubt. Und wenn sie am Donnerstag noch fehlten, gab es höchstens einen kleinen Vermerk ins Klassenbuch. Am Freitag schließlich würde ohnehin niemand mehr etwas unternehmen, geschweige denn sich nach ihnen erkundigen.

So gesehen hatten sie erst einmal eine Woche Ruhe und Zeit. Die Frage blieb nur: Was würde der Motorradfahrer unternehmen, wenn er Christoph in zwei Tagen nicht antraf?

„Wir können gleich essen!“ Laura riss ihn aus seinen Gedanken. „Deckst du den Tisch? Dort in der Schublade findest du Besteck!“

Christoph zog die Schublade auf. Dabei fiel sein Blick aus dem Fenster über den Bootssteg, hin zur Straße, die am Wasser entlang bis zum Campingplatz führte und …

„Scheiße!“, rief er und duckte sich weg.

Laura drehte sich erschrocken um. „Was hast du?“

Langsam erhob Christoph sich, so dass er gerade mal über die Küchenplatte aus dem Fenster lugen konnte. Dort draußen fiel ihm nichts auf. Aber er war sich sicher, dass er da soeben eine blaue Suzuki vorbeifahren gesehen hatte.

Laura glaubte ihm nicht. Also schon, dass er ein blaues Motorrad gesehen hatte, aber nicht, dass es der Typ war.

„Warum?“, fragte sie. „Er hat dir drei Tage Zeit gegeben.“

Aber sie zeigte Verständnis für seine Verfassung. Wenn sie an seiner Stelle wäre, hätte sie auch totale Angst, versicherte sie, und würde an jeder Ecke eine Gefahr sehen, die dort lauerte.

„Jetzt lass uns erst mal essen“, drängte sie.

Christoph wandte seinen Blick nur langsam wieder vom Fenster weg, folgte Laura zum kleinen Esstisch. Er war sich immer noch sicher, dass *er* es war.

Laura suchte Gläser heraus, schenkte den Wein ein.

Christoph griff zum Glas, um mit ihr anzustoßen. Aber sein Blick huschte immer wieder hinaus zur Straße. Vielleicht kehrte der Mann gleich zurück?

„Du bist hier sicher!“, versprach Laura. „Glaub’s mir. Lass uns heute den Abend genießen. Ab morgen gehen wir an die Arbeit. Und horchen auch mal nach, was Benni und Lukas bis dahin herausbekommen haben.“

Bevor Laura und Christoph zum See gefahren waren, hatten sie vorher eingehend mit Lukas und Benni besprochen, was die beiden in den nächsten drei Tagen zu tun hatten. Hauptsächlich sollten sie versuchen herauszubekommen, was die Zahlenreihen bedeuten und in welchem Zusammenhang sie mit den entschlüsselten Namen stehen könnten. Außerdem sollten sie schon mal so viele Namen wie möglich entschlüsseln und herausbekommen, was das für Personen waren, die da auf der Liste aufgeführt wurden. Und zu guter Letzt natürlich darauf achten, ob sie den Suzuki-Typ sahen und was er unternahm. Besonders auch, was ihre Internetaktion bewirkte.

Obwohl sie gemurrt hatten, weil Laura sich weigerte ihnen ihren Aufenthaltsort zu verraten, hatten sie zugesagt ihre Aufgaben zu erledigen und täglich auf den Anruf zu warten, mit dem sie ihre weiteren Aktionen koordinieren und sich gegenseitig auf den Stand der jüngsten Ergebnisse bringen wollten.

„Mann, das ist es!“ Christoph sprang vom Tisch auf und hätte beinahe sein Weinglas umgeworfen. Mit einem Schlag war ihm klar geworden, weshalb der Motorradfahrer hier aufkreuzte. „Das Handy!“

Laura schaute ihn verständnislos an. „Was für’n Handy?“

Er zog sein Mobiltelefon aus der Hosentasche und hielt es am langen Arm von sich gestreckt, als wäre es verseucht. „Der Typ hat mein Handy geortet!“

Laura hörte auf zu kauen. Ihr Mund blieb halb offen stehen.

„Du meinst …“, wollte sie sagen. Dann bemerkte sie, dass ihr Mund noch voll war. Sie schluckte den Bissen hinunter und hätte sich daran fast verschluckt.

„Natürlich!“, nahm er die Antwort auf ihre unausgesprochene Frage vorweg. „Das ist doch kein einzelner Freak. Der handelt im Auftrag von organisierten Kriminellen. Das ist für die doch kein Problem ein Handy zu orten!“

„Scheiße!“, entfuhr es Laura. „Daran habe ich überhaupt nicht gedacht. Du hast Recht!“

Jetzt sprang auch sie auf, hastete zum Fenster und hielt nach dem Typ Ausschau. Dass sie ihn im Moment nicht sehen konnten, hatte nichts zu bedeuten. Das wurde beiden schlagartig klar.

„Das Ding muss weg!“, entschied Laura. Und fragte sogleich nach: „Sag mal, was wird eigentlich geortet: Das Gerät oder die Karte?“

„Beides!“, antwortete Christoph. „Entweder über den Funkzellenmast, in dem man eingeloggt ist, oder über die GPS-Funktion im Handy.“

Laura nickte mit süßsaurer Miene. „Und du hast natürlich ein Handy mit GPS.“

„Klar, das ist ein iPhone!“

Als Sofortmaßnahme half nur eines: ausschalten, was Christoph auch sofort tat. Er hoffte, es war noch nicht zu spät. Zwar hatte der

Motorradfahrer sie schon bis zum See verfolgt, aber von dem Segelboot musste er noch nichts wissen. Er würde sie wohl eher auf dem Campingplatz vermuten.

Laura hingegen kräuselte weiter die Stirn. „Wenn er jetzt mitbekommt, dass du das Handy ausgeschaltet hast, dann kann er sich zusammenreimen, dass du ihn gesehen hast. Und dann weiß er, dass er sehr dicht dran ist."

Was sollte er aber stattdessen machen? Wenn er das Handy wieder einschaltete, hätte ihn der Typ sofort wieder auf dem Schirm.

„Das Handy muss weg!", wiederholte Laura.

Christoph brauste auf. „Spinnst du? Weißt du, was das kostet?"

„Weniger als dein Leben!", antwortete Laura trocken.

Christoph verstummte, wie momentan sein Handy.

Laura schaute wieder aus dem Fenster. Sie sah einen älteren Mann an der Straße entlanggehen und sagte: „Ich hab's!"

„Was?"

„Das ist Herr Franke!", antwortete Laura, was Christoph aber nichts sagte. Weder kannte er den Mann noch kam er drauf, was Laura von ihm wollte.

„Stell dein Handy wieder an und gib her!", sagte Laura.

Christoph gehorchte, reichte ihr das iPhone und schon lief sie hinaus auf den Bootssteg.

„Hey!", schrie Christoph auf. Sofort wollte er hinterher.

Einem inneren Impuls folgend aber blieb er plötzlich stehen.

Er hielt es nicht für eine gute Idee, wenn sie jetzt beide hier offen durch die Gegend rannten, und begnügte sich damit, Laura aus dem Fenster der Kombüse heraus zu beobachten.

Laura lief den gesamten Bootssteg entlang, bis zur Straße. Dort winkte sie diesem Herrn Franke zu, der damit beschäftigt war, irgendwelche Dinge in sein Auto zu laden. Sie sprach ihn an. Hin und wieder schaute sie sich dabei nach allen Seiten um, wohl um sicherzugehen, dass sie niemand beobachtete.

Kurz danach kehrte sie zurück und erklärte, dass Herr Franke – wie sie gehofft hatte, als sie ihn beim Packen sah – gleich nach Hamburg zurückfahren würde.

„Ich hab einfach behauptet, Daniel hätte sein Handy hier auf dem Boot vergessen, und ob er so nett sein könnte, es bei ihm vorbeizufahren", erzählte sie und feixte: „Wenn dein Motorradtyp jetzt dem Handy folgt, landet er in der Hundeschule. Und wenn wir zurück sind, kannst du dein iPhone wiederholen."

Auch Christoph musste lachen. Keine schlechte Finte, lobte er, wenngleich er seinem iPhone auch hinterhertrauerte. Irgendwie fühlte er sich nackt und schutzlos ohne Handy in der Tasche. Wie sollte er im Notfall jemanden verständigen?

Laura zog verblüfft die Augenbrauen hoch. „Welcher Notfall? Schlimmer als jetzt kann es ja wohl kaum noch kommen!"

„Stimmt!", gab Christoph zu. Die Situation, in der er sich befand, war derart unwirklich, dass er sie immer wieder verdrängte.

„Wenn er wirklich deinem Handy folgt, haben wir heute Abend zumindest Ruhe", beschwichtigte Laura, nahm die beiden Weingläser vom Tisch, reichte Christoph seines und hielt ihm ihres zum Anstoßen hin. „Cheers!"

Christoph nahm das Glas und Laura ließ ihres gegen seines klingen. Sie tranken, stellten die Gläser ab und küssten sich.

Am nächsten Morgen wachte Christoph entspannt auf. Er reckte sich, ließ langsam die Bilder der schönen Nacht mit Laura an sich vorbeiziehen, fasste neben sich ... Aber dort, wo sie gestern noch gelegen hatte, griff er ins Leere. Er hob den Kopf, sah sich um. Das gegenüberliegende Einzelbett war zerwühlt, aber ebenfalls leer. Vermutlich hatte Laura sich in der Nacht dort hinüber verzogen, weil es ihr in seinem schmalen Bett wohl irgendwann zu eng geworden war.

Ein verlockender Kaffeeduft verriet ihm, dass sie bereits angefangen hatte das Frühstück zu bereiten. Nackt, wie er war, zwängte er sich durch die enge Kajüte nach vorn in die Kombüse. Aber auch dort keine Spur von Laura.

Der Kaffee war frisch durchgelaufen. Er schenkte sich eine Tasse ein, blickte über die kleine Treppe hinauf aufs Deck und in den über ihnen liegenden blauen Himmel. Es schien herrliches Wetter zu sein.

Aber seltsamerweise musste das Boot in der Nacht gedreht haben. Denn durch das Fenster, von dem aus er am Vorabend noch den

Steg hatte sehen können, schaute er jetzt nur noch aufs Wasser. Er wunderte sich, dass die Leinen so lang gelassen wurden beim Festmachen, dass sich das ganze Boot drehen konnte. Christoph sah aus dem gegenüberliegenden Fenster und blickte auch hier aufs Wasser. Wie konnte das sein?

Fast wäre er nackt aufs Deck gestiegen, im letzten Moment huschte er schnell zurück in die Koje, schlüpfte in seine Hose und betrat dann die Treppe nach oben.

Er rief nach Laura, halb mit dem Kopf über der Kajüte, den Körper noch halb auf den Stufen. Keine Antwort.

Er stieg ganz hinaus, drehte sich auf dem Deck einmal um die eigene Achse und erblickte rings um sich herum nur – Wasser! In weiter Entfernung die ersten wackeren Segler, die den schönen Tag nutzen wollten. Eine Handvoll Optimistenjollen, ein paar größere Boote, so wie das, auf dem er stand, aber keines davon auch nur annähernd in Rufnähe.

Zwar konnte er die Ufersäume zu beiden Seiten noch sehen – so groß war denn der Große Plöner See zum Glück doch nicht –, aber dennoch fand er sie beängstigend weit entfernt.

Auf jeden Fall lag ihr Anlegeplatz kilometerweit weg und Christoph konnte nicht einmal ahnen, wo der etwa war – geschweige denn, wie er dorthin zurückkommen sollte. Er sah, sowohl Großsegel als auch Fock lagen sauber und akkurat eingerollt und verschnürt unter der Persenning. Wie war das Boot überhaupt hierhergekommen? Wieso hatten sich die Leinen gelöst?

„Laura?“ Er konnte nichts von ihr hören oder sehen. Wieso war sie nicht hier oben an Deck?

Er rief sie noch ein paar Mal, ohne sich ernsthafte Hoffnungen zu machen, dass sie überhaupt noch da war, stellte nervös den Kaffeebecher beiseite, den er immer noch in der Hand hielt, und begann hektisch alles abzusuchen, obwohl es auf diesem Boot nicht viele Möglichkeiten gab, wo er jemanden suchen konnte. Kajüte, Kombüse, Koje, Klo, die kleine Dusche, oben an Deck noch einmal rundherum. Nichts.

Schließlich kam ihm der Gedanke sie anzurufen. Aber sein iPhone befand sich mittlerweile vermutlich schon bei Lauras Bruder in der Hundeschule. Verdammt! Er hatte doch gleich gewusst, dass es ein Fehler war es wegzugeben.

Nun trieb er allein und hilflos auf einem Segelboot über den Plöner See und hatte keinen Schimmer, wie er von hier wieder wegkommen sollte.

Zwar besaß das Boot auch einen Motor, allerdings einen Innenborder. Wie startete man den? Vermutlich mit einem Zündschlüssel wie ein Auto. Den hatte er natürlich nicht.

Christoph rannte zurück in die Kajüte. Vielleicht lag der Schlüssel dort irgendwo? In einer der Schubladen, irgendwo im Schrank? Er suchte alles ab, ohne Erfolg. Verdammt, was sollte er jetzt tun?

Gerade als er so ratlos dastand, hörte er ein Handy klingeln. Das konnte nur Laura sein!

Hastig ging er dem Klingeln nach, begann die Koje zu durchwühlen. Bettdecken beiseite, Kissen weg, Klamotten … da war es!

Christoph nahm das Gespräch an.

„Sag mal, spinnst du?“, schimpfte Laura sofort los. „Du kannst doch nicht einfach mit dem Boot rausfahren!“

„Laura!“, erwiderte Christoph erleichtert. „Wo bist du?“

„Ich?“, fragte sie gereizt zurück. „Ich war auf dem Campingplatz, Brötchen holen. Aber wo bist du? Tickst du nicht mehr richtig?“

Es gelang ihm nur mühevoll sie ein wenig zu beruhigen und ihr zu erklären, was passiert war. Je mehr er berichtete, desto stiller wurde sie, bis sie gar nichts mehr sagte. Für einen langen Moment herrschte Ruhe.

„Bist du noch dran?“, vergewisserte sich Christoph.

„Wie soll das gehen?“, fragte Laura zurück.

Was meinte sie?

„Ich war vielleicht eine halbe Stunde fort. Wie soll das Boot in so kurzer Zeit so weit abgetrieben sein?“, fragte Laura.

Christoph hatte keine Ahnung. Im Moment war es ihm auch egal. Ihn interessierte eigentlich nur, wie er wieder an Land kommen konnte, da …

„Moment mal!“, unterbrach er das Gespräch.

Eines der entfernten Segelboote steuerte jetzt direkt auf ihn zu. Durch das kleine schmale Fenster der Koje konnte er es gut erkennen.

„Da ist jemand, der mir vielleicht helfen kann!“, rief er ins Telefon. „Ich melde mich wieder.“ Gerade wollte er auflegen, da fiel ihm ein: „Von wo aus rufst du eigentlich an?“

„Von der Rezeption des Campingplatzes!“, antwortete Laura. Die Nummer wurde im Display angezeigt und Christoph konnte auflegen.

Dann rannte er zurück an Deck. Er durfte das Boot, das da auf ihn zukam, nicht verpassen. Wild gestikulierend winkte er dem Segler zu, der gerade im Begriff war abzudrehen, um Christophs Boot auszuweichen.

„Hierher!“, schrie Christoph. Er kam sich zwar saudämlich vor, mitten auf dem Plöner See in Seenot geraten zu sein, pfiff aber auf die Peinlichkeit. Ohne Hilfe kam er hier nicht vom Fleck – oder trieb sonst wohin ab.

Der Segler drehte bei. Am Bug stand ein etwa zehnjähriger Junge und schaute skeptisch zu Christoph herüber. Seine kurzen roten Haare trotzten dem Wind wie ein Stück verbrannter Rasen. Sein Gesicht war mit Sommersprossen übersät, als hätte er die letzte Portion Ketchup durch den Ventilator gegessen.

Christoph lächelte ihm zu.

Der Junge verzog keine Miene. Sein Vater, der aussah wie der Sohn, bevor der im Hauptwaschgang eingelaufen war, winkte zu Christoph herüber: „Gibt's Probleme?“

Christoph erklärte es ihm.

Der Mann schüttelte den Kopf, als wollte er sagen: Was den Leuten alles so passiert!, und gab dann die Anweisung, die demütigender für Christoph gar nicht hätte sein können: „Kai macht das!“

Das Sommersprossen-Gesicht namens Kai sprang daraufhin wortlos zu Christoph herüber an Bord, stellte sich ans Ruder, drückte einen kleinen weißen Knopf und der Motor sprang an.

Von wegen Zündschlüssel! Na super!

„Wohin?“, fragte Kai.

Und nicht einmal das fiel Christoph in dem Augenblick ein.

Der Junge schaute hinüber zu seinem Vater. Sein Blick fragte: *Papa, muss ich dieser Hohlbirne wirklich helfen?*

„Wo ist deine Anlegestelle?", fragte nun sein Erzeuger.

„Campingplatz Ascheberg!" Endlich fiel es Christoph ein.

Kai warf ihm einen verächtlichen Blick zu, machte eine Kehrtwende um 180 Grad und fuhr exakt in die entgegengesetzte Richtung, in der Christoph seinen Anlegeplatz vermutet hätte.

Eine Viertelstunde später legten sie an. Laura erwartete ihn bereits auf dem Steg. Nachdem Christoph sich mehrmals bei Vater und Sohn bedankt hatte und die beiden wieder auf ihre Segeltour gingen, setzten sich Laura und Christoph an Deck ihres Bootes und holten ihr Frühstück nach, die Marmeladenbrötchen in der Hand, die Kaffeetassen zwischen sich abgestellt.

„Ich verstehe immer noch nicht, wie das passieren konnte", grübelte Laura und biss in ihr Brötchen mit „Herrenmarmelade", von der sie beide nicht wussten, warum die so hieß. Als ob bittere Orange nichts für Frauen wäre. Jedenfalls war es Lauras Lieblingsmarmelade, während Christoph eher auf Süßes stand. Laura rechnete noch einmal genau nach, wie lange sie weg gewesen war und wann sie entdeckt hatte, dass das Boot draußen auf dem Wasser trieb: tatsächlich alles in allem nur eine gute halbe Stunde.

Da das Boot in dieser kurzen Zeit so weit abgetrieben war, musste jemand sofort und unmittelbar, nachdem sie ihn verlassen hatte, die Leinen gelöst haben.

„Oder jemand hat dich sogar rausgeschleppt!", konnte sich Laura vorstellen.

Jemand? Es konnte doch nur der Suzuki-Typ gewesen sein. Vermutlich nur, um Christoph einzuschüchtern, ihm deutlich zu machen: *Komme nicht auf dumme Gedanken. Ich habe dich im Blick. Und kann jederzeit alles mit dir machen, was ich will.* Eine unbehagliche Vorstellung, fand Christoph.

Mitten in seine Gedanken hinein klingelte Lauras Handy. Weil es sich noch in seiner Tasche befand, fummelte er es heraus und reichte es ihr.

Laura schlang ihren Bissen herunter und nahm das Telefonat an.

Christophs Mutter meldete sich, die – wie sich herausstellte – erst auf seinem Handy angerufen hatte, dort überraschend Lauras Bruder in die Leitung bekommen und von dem Lauras Nummer erfahren hatte. Laura reichte das Handy also an Christoph zurück und widmete sich erneut ihrem Brötchen.

Christoph fiel vor Schreck sein Bissen fast aus dem Mund, als seine Mutter ihm den Grund ihres Anrufes mitteilte: In der Nacht hatte irgendjemand das Auto seiner Eltern abgefackelt!

Die glaubten natürlich, sie hätten einfach nur Pech gehabt. Seit Monaten wurden in Hamburg Autos angezündet. Rund 50 schon in diesem Jahr. Ein Dauerthema in der Presse und in der Bürgerschaft. Trotz diverser Sonderkommissionen gelang es der Polizei einfach nicht, die Täter zu fassen. Manche glaubten, die Anschläge wären politisch motiviert, andere waren sicher es mit einem Verrückten oder einer kleinen Gruppe von Spinnern zu tun zu haben. Jedenfalls war kein Schema zu erkennen. In allen Stadtteilen wurden die Wagen abgefackelt, in den Villenvierteln ebenso wie in den sozialen Brennpunkten. Luxuskarossen ebenso wie normale Kleinwagen. Und nun eben das Auto seiner Eltern.

Dies war jedoch kein Zufall. Vor einer Woche noch hätte Christoph seinen Eltern beigepflichtet. Aber nicht an diesem Morgen, an dem ganz offensichtlich der Suzuki-Typ oder ein Komplize die Leinen des Segelbootes gelöst hatte und ihn allein hinaus auf den See hatte treiben lassen.

Beide Aktionen verfolgten klar dasselbe Ziel, das Christophs These entsprach: Er sollte wissen, dass man ihn im Blick hatte; dass er weder ausweichen noch entkommen konnte; dass er keine Mätzchen machen sollte, sondern brav und pünktlich die Daten abzuliefern hatte, für die er angeblich eine Million Euro erhalten würde.

Von all dem sagte Christoph seiner Mutter natürlich nichts, sondern bedauerte pflichtgemäß den Anschlag auf das Auto, versicherte, dass es ihm gut ginge, sie mit ihrem Projekt gut vorankämen und er sich melden würde. Zum Thema Handy hatte er einfach nur hinzugefügt, dass er es im Auto von Lauras Bruder vergessen hätte. Küsschen. Ja, er würde sich melden. Tschüss.

Christoph legte auf.

„Scheiße!“

Noch 24 Stunden bis zur Übergabe, und sie waren keinen Schritt weiter. Nur eines wussten sie: Ihr Versteck war aufgeflogen. Sie mussten von hier fort, bevor Schlimmeres passierte, als dass nur das Boot abtrieb.

Christoph war schon dabei seine Sachen wieder in den Rucksack zu packen. Dabei beschäftigte ihn die Frage, wo sie nun hinsollten. Vermutlich blieb nichts, als nach Hause zurückzukehren. Er wusste zwar noch nicht, wie er das seinen Eltern erklären sollte, aber das spielte im Moment nur eine untergeordnete Rolle. Die wichtigere Frage war: Wie bekamen sie schnell heraus, was hinter den Daten steckte, um sich, wie von Laura vorgeschlagen, an einen Journalisten wenden zu können?

Laura verstaute alle eingekauften Lebensmittel in einer großen Plastikkiste.

„Es kann nicht anders sein", sagte sie, „die haben uns wirklich nur entdeckt, weil sie dein Handy geortet haben. Das ist ja nun nicht mehr bei uns. Wenn ich mein Telefon auch noch ausschalte, können wir immer noch untertauchen."

Besonders überzeugend fand Christoph die Idee nicht. Bisher hatten seine Verfolger alles von ihm gewusst, als ob er rund um die Uhr beschattet wurde, was vielleicht auch der Fall war. Jedenfalls schien der Gegner zu mächtig zu sein, als dass sie so einfach von der Bildfläche verschwinden konnten.

„Trotzdem“, widersprach Laura und betrachtete nachdenklich eine halb leere Colaflasche. „Wir müssen zum Gegenangriff übergehen. So, wie wir geplant haben.“

„Über Facebook?“ Christoph zuckte resigniert die Schultern. „Wir haben doch noch immer kein Foto von dem Typen.“

„Aber wir haben ein verbranntes Auto!“, erinnerte Laura ihn. „Und ich denke, die Polizei ist für jeden Hinweis dankbar. Schließlich kennen wir sein Nummernschild.“

Eigentlich keine schlechte Idee, fand Christoph. Andererseits wusste er nicht, wie der Motorradfahrer reagieren würde, wenn er ihn bei der Polizei meldete.

„Wer spricht von dir?“, fragte Laura. Sie ließ die Lebensmittelkiste stehen, wühlte sich durch nach hinten zur Koje und holte ihr Netbook hervor. „Das müssen Benni und Lukas mit übernehmen! Wenn mehrere Zeugen unabhängig voneinander bestätigen, dass sie den Motorradfahrer in der Nähe von Autos gesehen haben, die kurz danach brannten, machen sie dem Typ die Hölle heiß!“

Laura kam wieder nach vorn, startete den Computer, schob den Internet-Stick hinein und tippte eine E-Mail an ihren Bruder Daniel, weil sie die Aufnahme des Nummernschildes von Christophs Handy benötigten. Anschließend rief sie Lukas an, um ihren Plan mit ihm zu bereden.

Christoph hörte zu und steckte dabei den Kopf aus der Kajüte, um den Bootssteg und die Straße im Auge zu behalten. Vielleicht lag der Motorrad-Typ wieder auf der Lauer?

Daniel schien gerade ebenfalls am Computer zu sitzen. Denn noch bevor Laura ihr Gespräch mit Lukas beendet hatte, erschien auf dem Netbook eine Antwortmail. Sie schaute mit einem Auge drauf, redete dabei weiter mit Lukas, zeigte auf den Bildschirm und drückte Christoph das Netbook in die Hand.

Er las die Mail von Daniel, der ihnen mitteilte, dass mehrere Anrufe auf dem Handy eingegangen waren. Die meisten von Benni und Lukas, aber dann erschien noch eine Nummer, die nicht in Christophs Telefonverzeichnis auftauchte und die er noch nie gesehen hatte. Eine Festnetznummer, ziemlich lang. Vielleicht eine direkte Durchwahl.

Laura beendete das Gespräch mit Lukas.

„Alles klar", sagte sie. „Er wird das regeln mit der Polizei."

„Und wir?", fragte Christoph und zeigte ihr die Mail mit der Telefonnummer. „Ich habe keine Ahnung, wer das sein könnte."

Sie rief ein Telefonbuch mit Rückwärtssuche auf, ließ die letzten drei Zahlen, die sie für die Durchwahlnummer hielt, weg, tippte stattdessen eine Null ein und die Enter-Taste.

„Bingo!", rief sie. „Du glaubst nicht, wer dich da angerufen hat."

„Sag schon!"

„Dein Finanzamt!"

„Hä?" Christoph glaubte nicht richtig gehört zu haben. Das Finanzamt? Was wollte das von ihm? Das hatte ihn noch nie angerufen. Woher hatten die überhaupt seine Handynummer?

„Hast du schon mal eine Steuererklärung abgegeben?“, fragte Laura.

Er verneinte. Noch nie!

Laura verzog das Gesicht. „Vielleicht ist das der Grund des Anrufes? Ich meine, du jobbst doch im Getränkemarkt? Verdienst also Geld. Musst du das nicht versteuern?“

Nicht, soweit er wusste. Gleich an seinem ersten Arbeitstag hatte er Thomas, den Chef des Marktes, gefragt.

Nicht nötig, hatte der geantwortet. Christoph jobbte nur samstagsvormittags, verdiente gerade mal 130 Euro im Monat. Da bräuchte er keine Steuererklärung abzugeben.

Laura zog die Schultern hoch. „Ich hab da keine Ahnung.“

Das fehlte ihm gerade! Um sich jetzt auch noch um Steuerformalitäten zu kümmern, fehlte ihm im Moment wirklich jeglicher Nerv. Und plötzlich fiel ihm ein: „Was mache ich denn eigentlich, wenn ich eine Million verdiene? Mit dem Finanzamt, meine ich.“

Laura sprang auf und schaute ihn böse an. „Du verdienst keine Million! Verstanden? Wir lassen uns auf keinen Deal mit Gangstern ein. Was glaubst du, wozu wir den ganzen Mist hier machen?“

Abwehrend hob er die Hände. „Schon in Ordnung!“

Aber um den Anruf sollte er sich kümmern. Den Job im Getränkemarkt zu verlieren konnte er sich nicht leisten. Also musste da alles seine Ordnung haben. Er lieh sich Lauras Handy und tippte die Nummer ein.

Besetzt. Er versuchte es gleich ein zweites Mal. Drei Mal musste er es insgesamt probieren und sehr lange klingeln lassen, ehe endlich jemand den Anruf entgegennahm.

Christoph nannte seinen Namen und erklärte, dass er angerufen worden war.

„Ihre Steuernummer?"

„Ich hab keine. Vielleicht geht es ja gerade darum?"

„Wie war noch mal Ihr Name?"

Christoph nannte ihn.

„Moment."

Er wartete.

Dann: „Sie sind nicht im System."

„Mag sein", gab er zu. „Aber Sie haben ja mich angerufen."

„Ich nicht."

„Ja, ich weiß auch nicht, wer." Allmählich wurde er ungeduldig. „Aber ich hatte die Nummer auf dem Display. Nun hätte ich gern gewusst, wer mich angerufen hat und was derjenige von mir wollte. Durchwahl 113."

„Moment!" Erneutes Warten. Dann: „Die Durchwahl 113 steht nicht in meinem Verzeichnis."

„Na super! Und jetzt?"

„Keine Ahnung!" Die Telefondame wusste auch nicht weiter. „Warten Sie doch einfach, bis Sie noch mal angerufen werden."

Toller Tipp. Danke. Er beendete das Gespräch und teilte Laura mit: „Da kennt mich niemand. Und die Nummer, von der ich angerufen werde, gibt's nicht."

Damit war klar, dass der Anruf keinesfalls mit Christophs Job im Getränkemarkt zu tun hatte.

KAPITEL 19

Es war ein komisches Gefühl, zurück in die Stadt zu kommen. Christoph fühlte sich wie ein illegaler Einwanderer. Kaum dass er am Hauptbahnhof aus dem Regionalzug ausgestiegen war, schaute er sich nach allen Seiten um, als ob er steckbrieflich gesucht würde. Sogar die Überwachungskameras, an denen er im Laufe der vergangenen Jahre sicher schon Hunderte Male vorbeigelaufen war, fielen ihm zum ersten Mal auf. Dabei wurde er offiziell ja gar nicht gesucht, weder von der Polizei noch von der Bahn-Security noch von sonst jemandem – außer vielleicht von jener unbekannten Macht, die ihm eine Million Euro versprach für ominöse Daten. Ob diese Macht ihn im Blick hatte, ob dieser Suzuki-Fahrer ihm gerade auf den Fersen war? Christoph war neugierig, was Benni und Lukas zu erzählen haben würden.

„Dort sind sie!“ Laura zeigte hoch zur Brücke, die quer über alle Gleise führte und wie ein Balkon der großen Wandelhalle zwei Ausgänge miteinander verband.

Rasch stiegen sie hinauf, über die feste Treppe, weil die Rolltreppe wie nach jeder Ankunft eines Zuges hoffnungslos verstopft war.

„Hi, wie ist es gelaufen?“, fragte Christoph sofort, kaum dass sie oben angekommen waren.

Lukas klopfte ihm zur Begrüßung auf die Schulter. „Ich glaube, ganz gut.“

Unsicher wanderte sein Blick zu Benni.

„War eine ganz schön heikle Angelegenheit bei der Polizei“, erzählte der. „Weil wir uns vorher nicht richtig abgesprochen hatten.“

Sein Blick ging zurück zu Lukas.

„Wieso denn nicht?“, wollte Laura wissen.

Benni hörte den vorwurfsvollen Ton in ihrer Stimme und sofort brannte schon wieder die Luft zwischen den beiden. Bevor der Streit richtig ausbrechen konnte, ging Lukas dazwischen. „Wir haben es ja hinbekommen!“

Laura ließ von Benni ab und widmete ihre Aufmerksamkeit Lukas. Der zeigte mit dem Daumen, dass sie sich ein ruhigeres Plätzchen suchen sollten. Denn noch immer standen sie am Ende der Treppe, versperrten den nachdrängenden Reisenden den Weg, sodass sich ein dickes Knäuel aus drängelnden und schubsenden Passanten bildete.

Die vier schlüpften durch das Gedränge, hinein in die Wandelhalle, die früher wohl mal als Bahnhofshalle gedient hatte und heute mehr einem Einkaufszentrum glich. Für einen Moment überlegten sie, in das Fast-Food-Restaurant ein Stockwerk höher zu gehen, aber irgendwie war der Hamburger Hauptbahnhof kein Ort, an dem man sich freiwillig länger als unbedingt nötig aufhielt. So stiegen sie lieber unten in die U-Bahn, um in ihren Stadtteil zu fahren. Während der Fahrt berichtete Lukas, dass die Polizei hoch interessiert ihre

Aussagen aufgenommen hatte. Aber ob und wie sie jetzt gegen den Motorradfahrer ermittelten, dazu hatten die Beamten natürlich nichts geäußert. „Nur, dass wir für weitere Aussagen vielleicht noch mal zur Verfügung stehen müssten.“

Christoph hatte auch nicht damit gerechnet, dass die Polizei den Suzuki-Fahrer sofort festnehmen würde, aber vernehmen würden sie ihn und vielleicht fühlte er sich damit in die Enge gedrängt und schränkte die Beobachtung von Christoph ein wenig ein.

„Wir könnten noch eins drauflegen“, überlegte Laura. „Wenn wir den Tipp nicht nur der Polizei geben, sondern auch der Zeitung.“

Christoph wusste sofort, woran sie dachte. In Hamburg gab es eine kleine Boulevardzeitung, die sich bemühte, der großen Überregionalen zumindest innerhalb der Stadt Konkurrenz zu machen, was ihr noch nie wirklich gelungen war. Dennoch schnappte die Redaktion Lauras Meinung nach gern nach jeder Revolverstory wie ein ausgehungerter Wolf nach einem Fleischbrocken. Egal wie spärlich die Informationen möglicherweise auch waren.

„Sie werden bei der Polizei nachfragen, ob die gerade einem Hinweis nachgeht. Und der Polizei bleibt nichts, als das zu bestätigen. Dann wird das für die Zeitungs-Fuzzis gleich zu einer fundierten Quelle.“

Benni verzog das Gesicht. „Du meinst, das funktioniert?“

Laura hatte keine Zweifel.

Und Christoph fand, dass sie nichts zu verlieren hatten. Sie mussten etwas tun, die Zeit lief ihnen sonst davon.

„Willst du wirklich wieder zurück nach Hause?“, wechselte Lukas jetzt das Thema und sah Christoph an. Immerhin war bei ihm schon zwei Mal eingebrochen und das Auto seiner Eltern in Brand gesetzt worden.

Genau das hatte Christoph sich auch schon gefragt. Das eine Problem bestand darin, dass er ohnehin nicht viel länger untertauchen konnte. Seine Eltern erwarteten ihn in zwei Tagen zurück, und was sollte er ihnen sagen, wenn er länger bliebe? Und außerdem hätte er nicht gewusst, wo er ein zweites Mal in Deckung gehen sollte. Das Segelboot am Plöner See war ein tolles Versteck gewesen, aber der Suzuki-Fahrer hatte ihn dort sofort ausfindig gemacht. Wie wenig Sinn würde es da haben, jetzt zu Laura oder Benni oder Lukas zu gehen ... Und etwas anderes fiel ihm nicht ein.

„Ich wüsste noch eine Variante", überlegte Lukas laut. Die anderen drei schauten ihn verblüfft an.

„Jetzt komm mir nicht mit Schrebergarten oder so", stellte Christoph sofort klar.

Der Freund schüttelte den Kopf.

„Es müsste doch ein Ort sein, auf den man eigentlich als Letztes kommen würde, um abzutauchen", erklärte er. „Ein Ort, auf den niemand kommt. Eigentlich nicht mal der Flüchtende selbst."

„Mach es nicht so spannend!", forderte Laura ihn auf.

„Wo würdest du dich *niemals* verstecken?", fragte Lukas zurück. „Zumindest nicht für länger?"

Keiner antwortete auf seine Frage. Alle drei räusperten sich nur, was Lukas zu Recht als ungeduldige Warnung verstand.

„In der Schule!", verkündete er nun so stolz wie der Moderator eines Verkaufssenders, der einen armseligen Telefongewinner anpries.

„Töröőö! Was für eine hirnverbrannte Idee!“, trötete Benni und lachte verächtlich.

Auch Laura glaubte nicht richtig gehört zu haben. „Hinter der Tafel, oder wo?“, lästerte sie.

Christoph verbiss sich eine abfällige Bemerkung. Er hielt die Idee ebenso für völlig abwegig.

Lukas hingegen ließ sich nicht beirren. Er sah auf seine Armbanduhr. Es war Nachmittag, halb fünf. „Jetzt wird wohl kaum noch jemand in der Schule sein“, vermutete er. „Wir können uns gleich in Ruhe dort umsehen.“

„Der meint es ernst!“, stieß Benni aus. „Ich fasse es nicht.“

Auch Laura hatte nicht vor jetzt in die Schule zu fahren. Sie hatten Wichtigeres zu tun, als so einer blöden Idee nachzugehen.

Lukas blieb wie immer gelassen.

„Überlegt doch mal“, sagte er geduldig. „Die Typen, die Christoph verfolgen, werden kaum das Gebäude betreten; sie werden eher davor warten und den Eingang beobachten. Aber Christoph kommt weder wieder heraus noch geht er hinein. Sie werden denken, er ist nicht da. Im Unterricht aber fehlt er nicht; kein Problem also mit den Lehrern. In der Turnhalle kann er duschen, im SV-Raum Kaffee kochen …“

Jetzt horchte Laura auf. „Und deinen Eltern sagen wir, du bist bei mir.“

Wenn sie so drüber nachdachte, war der Vorschlag nicht so schlecht, wie er im ersten Moment geklungen hatte.

Auch Christoph konnte es sich mehr und mehr vorstellen und sogar Benni musste sein vorschnelles Urteil zurücknehmen.

Lukas freute sich. „Ihr werdet sehen: Christoph wird für die Verfolger wie vom Erdboden verschluckt sein. Direkt vor ihren Augen."

„Aber kein Handy und kein Internet!", warnte Laura. „Nichts, womit die ihn aufspüren könnten."

„Internet geht über die Schulcomputer", widersprach Benni. „Weiß ja keiner, wer da gerade dransitzt."

„Und der Killer?" Im gleichen Moment, in dem Christoph den Spitznamen von Herrn Kilian, dem Hausmeister, aussprach, kam er ihm auch schon ziemlich makaber vor, in dieser Situation, in der er selbst gerade steckte. Aber er hätte sogar einen Moment nachdenken müssen, ehe ihm der richtige Name wieder eingefallen wäre, so geläufig war der „Killer". Das Problem war nur: Dem *Killer* entging so schnell nichts. Der kannte sich überall im Schulgebäude aus und kümmerte sich um alles. Kilian sah alles und regelte es sofort. Diese Tugend, die ihm allgemein so hohe Anerkennung eingebracht hatte, wurde nun für Christoph zum Problem. Wie und vor allem wo sollte er von *Killer* unentdeckt bleiben?

„Im Fotolabor!", lautete Lukas' Antwort und er erntete damit erneut erstaunte Blicke.

„Im was?", fragte Benni nach. Er wusste nicht einmal, was das genau sein sollte – ein Fotolabor.

Lukas grinste ihn an. „Eben, genau deshalb ist es ja ein gutes Versteck."

Lukas hatte einen sieben Jahre älteren Bruder, der ebenfalls hier zur Schule gegangen war. Von dem wusste er, dass es ganz früher – es musste so gut zehn, zwölf Jahre her sein – an dieser Schule auch mal ein Fotolabor gegeben hatte. Also eine dunkle Kammer, in der noch die Negativfilme von analogen Kameras entwickelt, unter Rotlicht auf Fotopapier projiziert, belichtet und wiederum entwickelt wurden, um eine Fotografie auf Papier zu erhalten.

Als die digitale Fotografie die alte Methode im rasanten Tempo ablöste, wurde das Labor zwar stillgelegt, aber nicht aufgelöst. Auch ein Verdienst von Kilian, der es einfach zu schade fand, die „guten alten Geräte" einfach wegzuwerfen.

„Und alles existiert noch: die Dunkelkammer, der Vorraum, die Geräte, alles", versprach Lukas.

„Woher weißt du das?", fragte Laura. „Und wo ist dieses … Fotolabor?"

„Im Keller, noch hinter dem Raum mit den Reinigungsgeräten für die Putzkolonnen!", antwortete Lukas.

Die drei anderen kamen aus dem Staunen nicht heraus. Sie hatten noch nie etwas von diesem Keller gehört. Eine Schule mit geheimen Kellerverliesen! Woher wusste Lukas davon?

Der errötete, was natürlich erst recht die Neugier der anderen weckte.

„Erzähl!", forderte Benni ihn auf.

„Na ja", druckste Lukas herum. „Ich hatte mal was mit …"

„Mit wem?" Benni rückte dicht an Lukas heran. Jetzt wurde es interessant.

„Conni!", gestand Lukas.

„GEIL!", posaunte Benni heraus und fing an zu lachen.

Auch Christoph und Laura prusteten laut los. Nicht, dass irgendetwas gegen Conni gesprochen hätte. Sie sah gut aus, war nett, aber – Kilians Tochter!

„Es muss ja nicht die ganze Welt wissen“, verteidigte sich Lukas. „Vor allem nicht ihr Vater. Na ja, und weil wir es geheim halten wollten, sind wir …!“

„Da habt ihr es in der Dunkelkammer getrieben?“, fragte Benni und schnalzte mit der Zunge.

„Conni kannte den Raum und hatte auch den Schlüssel. Ehrlich gesagt, ich glaube, die benutzt den öfter.“

Jetzt grölte Benni los. „Die benutzt den öfter? Geil, Alter! Wie ist die denn drauf?“

„Behalt das bloß für dich, du Tratschmaul!“, warnte Lukas ihn.

Benni klopfte Christoph auf die Schulter. „Geiles Versteck, Alter: das Liebesnest von Killers Tochter!“

Christoph wusste nicht so recht, was er davon halten sollte.

Doch Lukas redete ihm weiter zu. „Es ist ideal. Außerdem hat Conni es …“, er stockte, suchte nach den richtigen Worten, ohne das Mädchen in einem zu schlechten Licht dastehen zu lassen, „…ganz nett gemacht!“

Bei Benni kam das genau so an, wie es von Lukas *nicht* gewollt war.

„Geil, Alter. Die hat da voll den Puff eingerichtet!“

„Hör auf!“, wies Lukas ihn zurecht. „Totaler Quatsch! Erzähl bloß nicht solche Scheiße rum!“

Benni winkte beschwichtigend ab und wischte sich die Lachtränen aus dem Gesicht.

Laura rollte die Augen und versuchte das Gespräch wieder auf eine etwas sachlichere Ebene zu bringen. „Und du hast den Schlüssel?“

Lukas schüttelte den Kopf. Aber er sah keine Schwierigkeiten, sich den von Conni zu besorgen.

„Läuft da noch was?“, hakte Benni sofort ein.

„Nein!“, versicherte Lukas.

„Mann!“ Benni konnte sich kaum beruhigen. „Davon hab ich echt nichts mitbekommen.“

„Das war ja auch der Sinn unserer Geheimhaltung, du Nuss“, entgegnete Lukas.

Christoph biss sich nachdenklich auf die Lippen. Denn gerade wurde ihm bewusst, dass man Conni in die Sache einweihen musste, wenn man sich den Schlüssel von ihr holen würde.

Daran hatte Lukas auch schon gedacht. Er würde einfach sagen, er wollte den Raum für Christoph und Laura haben. Zwar wusste Conni dann von Christophs Anwesenheit im Keller der Schule, aber immerhin würde sie nicht den wahren Grund erfahren.

„Aber dann weiß sie, dass du ihr Versteck verraten hast“, wandte Laura ein.

„Das geht schon klar“, versicherte Lukas. „Sie hat mir sogar mal angeboten, den Raum zu benutzen.“

„Wahnsinn, Alter!“ Benni schlug ihm auf die Schulter.

„Nun krieg dich endlich wieder ein“, wies Lukas ihn zurecht.

Laura konnte ihm nur zustimmen. „Manchmal bist du echt ein Vollidiot, Benni!“

Mit einem seltsamen Gefühl in der Magengegend begutachtete Christoph sein neues Versteck. Ein Versteck! Wie hatte es überhaupt so weit kommen können, dass er sich verstecken musste? Andere in seinem Alter begannen sich erste Gedanken darüber zu machen, wann sie von zu Hause ausziehen sollten, suchten vielleicht schon Partner für eine Wohngemeinschaft, überlegten, ob ein Zimmer in einer WG nicht viel cooler wäre als eines bei den Eltern. Und er? Richtete sich im Keller der Schule in einer verlassenen Dunkelkammer ein. Nicht einmal ein Fenster gab es, nur eine Lüftungsklappe. Ein dunkles Verlies! Christoph lief ein Schauer über den Rücken. Und alles nur, weil er einen Laptop geerbt hatte!

Hätte er nicht doch lieber, statt auf Laura zu hören, auf den Deal des Suzuki-Fahrers eingehen sollen? Dem die Daten geben, im Zweifel auch gratis, und gut wär's gewesen. Er hätte weiterleben können wie zuvor. In seinem Zimmer daheim, in seiner Schule, ganz normal wie die anderen, und eine schöne Zeit mit Laura verbringen. Sogar den Job im Getränkemarkt vermisste er. Das war auch noch so eine Sache, fiel ihm nebenbei ein. Er musste sich um seinen Job kümmern. Auf gar keinen Fall durfte er den verlieren, nur weil er hier in den Keller abtauchte.

Er würde lediglich für kurze Zeit hier unten bleiben, tröstete er sich selbst. Dazu war er fest entschlossen; zwei, drei Tage vielleicht. Maximal eine Woche. Länger auf keinen Fall … Und doch blieb dieses seltsame Gefühl, von der Gesellschaft ausgeschlossen zu sein. Einer, der sich oben bei Tageslicht nicht blicken lassen konnte. Ein Geheimnisträger, der in einer dunklen Höhle hockte und nichts von seinem Wissen preisgeben durfte. Ein Aussätziger.

Diese beklemmenden Gedanken und Gefühle übermannten Christoph auf einmal so sehr, dass er kurz davor war die Treppe hinaufzurennen, hinaus ins Freie, ins Licht, um durchzuatmen und die ganze Sache zu beenden.

Aber genau das ging nicht. Er konnte die Sache nicht beenden. In diesem Punkt hatte Laura Recht. Wenn er die Daten verkaufte, machte er sich mitschuldig – woran auch immer – und würde vielleicht eine Gefängnisstrafe riskieren. Wenn er die Daten freiwillig abgab, galt er für die Kriminellen als ewiger Mitwisser, dessen man sich besser entledigte.

Lauras Idee, die Daten an die Öffentlichkeit zu geben, war der beste Weg, ihn aus der Sache rauszuholen. Vermutlich sogar der einzige.

Christoph holte tief Luft und beschloss sich zu beherrschen. Es war ja nur für eine Woche. Höchstens …

Und wenn er sich so umsah, musste er zugeben, dass Conni einen Teil des Kellers gar nicht mal so schlecht umgestaltet hatte. Die einstigen Arbeitstische hatte sie an die Wand gerückt, alles, was das

Fotolabor noch an Gerätschaften enthielt, darauf oder darunter verstaut und alles mit einer Plastikfolie abgedeckt, so dass nun genügend Platz im Raum entstand. Der Boden unter dem Futon in der hinteren Ecke war mit einem roten Teppich ausgelegt, so einem, wie ihn Christophs Großvater mal in der Garage liegen gehabt hatte; ziemlich zerlatscht, aber immerhin. Daneben eine kleine Nachttischlampe. Rund um den Futon Teelichter, die ganze Ecke mit einer spanischen Wand vom Rest des Raumes abgetrennt, so dass man vom Bett aus das Gerümpel auf den Arbeitstischen gar nicht sah. An der Stirnseite neben der Eingangstür gab es sogar einen funktionstüchtigen Kühlschrank, darauf eine Ministereoanlage, an die man einen iPod anschließen konnte. Als einzige Beleuchtung des Raumes diente immer noch die alte dunkelrote Glühbirne der Dunkelkammer an der Decke. Für eine aufregende Nacht zu zweit bestens geeignet. Um sich hier länger aufzuhalten, eine Katastrophe.

„Geht doch!“, fand Lukas, der ihn die ganze Zeit beobachtet hatte.

Du musst auch nicht hier wohnen, dachte Christoph, sprach es aber nicht aus. Auch, weil Lukas sofort anbot: „Am Licht muss man natürlich was machen. Wir haben noch eine alte Stehlampe zu Hause auf dem Dachboden.“

Im Vorraum, wo früher die Fotos gewässert wurden und anschließend trockneten, gab es noch ein funktionierendes Waschbecken sowie einen Schreibtisch und zwei Stühle.

„Meinst du, das ist auszuhalten?“, fragte nun Benni mit echter Anteilnahme.

„Ein paar Tage schon“, erwiderte Christoph. „Aber länger sicher nicht.“

Benni nickte.

„Ich bringe dir nachher noch meinen alten Laptop“, versprach er. Vernetzt mit dem Schulcomputer konnte Christoph auf diese Weise in einem gewissen Rahmen Kontakt zur Außenwelt halten, ohne dass sich die Fährte zu ihm zurückverfolgen ließ. Er durfte sich bloß nicht mit seiner Identität ins Netz einloggen und sollte – so riet Benni ihm – bestimmte Schlüsselworte vermeiden.

„Und wenn die unsere Computerverbindungen anzapfen?“, wandte Laura ein. „Ich meine, von uns dreien. Dann ließe sich leicht feststellen, dass wir mit dem Schulcomputer kommunizieren. Von da an wäre es nicht mehr weit bis zur Schlussfolgerung, dass sich Christoph hier in der Schule versteckt.“

„Okay“, schlug Benni vor. „Dann besorgen wir ihm einen Prepaid-Internet-Stick, mit dem er sich einloggt. Und wir gehen ins Internetcafé, wenn wir mit ihm Kontakt aufnehmen. Wenn schon konspirativ, dann richtig!“ Lukas und Laura stimmten zu.

Christoph kam sich noch ein Stück mehr wie ein Gefangener vor als ohnehin schon.

„Ich bleibe heute Nacht bei dir!“, tröstete Laura ihn.

Benni drehte sich weg, damit man sein Grinsen nicht sehen konnte. Aber Laura hatte es natürlich trotzdem mitbekommen.

„Pass bloß auf, Benni!“, warnte sie ihn.

„Okay!“, übernahm jetzt Christoph das Wort. „Ich bleibe ein paar Tage hier. Wenn der Suzuki-Typ mich morgen sucht, wird er mich nicht finden. Aber wie geht’s dann weiter?“

Genau das mussten sie planen.

Benni und Lukas hatten den Anfang gemacht, indem sie den

Motorradfahrer bei der Polizei als Verdächtigen für die zahlreichen nächtlichen Autobrände angegeben hatten. Und das war ja sogar nur zum Teil gelogen, denn Christoph zweifelte nicht daran, dass die Hintermänner seines Verfolgers zumindest für den Brandanschlag auf das Auto seiner Eltern verantwortlich waren. Darüber hinaus hatte Benni das Nummernschild bereits über etliche Netzwerke im Internet bekannt gegeben. Nun kam der nächste Schritt. Sie mussten endlich die Enträtselung dieser Daten vorantreiben, wozu Benni und Lukas nicht so richtig gekommen waren. Einmal, weil Christoph und Laura ja viel früher als geplant zurückgekehrt waren und dann die Anzeige des Suzuki-Fahrers bei der Polizei einige Zeit in Anspruch genommen hatte. Ein paar weitere Namen hatten sie entschlüsselt, die ihnen aber auch nicht mehr sagten als die ersten, die sie noch gemeinsam gegoogelt hatten. Nur so viel ließ sich sagen: Die Tendenz, dass jeder einzelne von ihnen irgendwo ein Vorstandsmitglied war oder zumindest gut verdiente, setzte sich fort. Weshalb sie aber auf der Liste standen und was die Zahlen zu bedeuten hatten, war immer noch unklar.

„Wenn wir ihnen nicht so ohne weiteres auf die Spur kommen", überlegte Laura, „dann vielleicht dem Motorradfahrer. Wenn wir wissen, wer seine Auftraggeber sind, also für wen er die Daten kaufen will, dann wissen wir vielleicht auch, was es für Zahlen sein könnten."

„Das heißt, wir legen uns auf die Lauer?", fragte Lukas nach.

Genau das hatte Laura gemeint. Um zu erfahren, woher der Suzuki-Fahrer eigentlich kam, zu wem er ging, mit wem er sich unterhielt und wo er wohnte.

Benni fasste sich an den Kopf.

„Bist du lebensmüde?“, schimpfte er. „Wenn wir es wirklich mit einer organisierten Verbrecherbande zu tun haben … Ich meine, man legt sich nicht mal eben auf die Lauer und beschattet die Mafia!“

„Du verwechselst da was, mein Lieber“, konterte Laura. „Wir haben die Typen schon am Hals. Wir können es uns nicht mehr aussuchen. Wir kämpfen schon um Christoph. Kapiert? Das ist der Grund, weshalb wir bisher noch nicht zur Polizei gegangen sind. Denn wenn deren Verfolgungsaktion schiefläuft, dann …“ Sie brach ab, aber alle wussten, wie der Satz zu Ende ging: Dann würde es Christoph ergehen wie König und Gruber.

Irgendwie waren sie in die Sache hineingeschlittert, ohne zu wissen, wie genau. Aber jetzt gab es kein Zurück mehr. Sie wollten nicht die Helden spielen, doch sie kamen aus der gefährlichen Lage nur wieder heraus, wenn sie sich klug und mutig verhielten.

„Also?“, fragte Laura in die Runde. „Wir wissen nicht, wann der Typ morgen vor der Schule aufkreuzt. Wir wissen nur, *dass* er es tun wird. Also muss jemand den ganzen Tag die Schule im Auge behalten. Wenn der Kerl dann unverrichteter Dinge wieder abhaut, weil Christoph ja nicht aufgekreuzt ist, verfolgen wir ihn. Wir drei bleiben per Handy in Verbindung.“

„Und ich?“ Christoph gefiel es ganz und gar nicht die nächsten Tage passiv im Keller zu hocken, während die anderen seinen Part übernahmen. *Er* hatte den Laptop geerbt. *Ihm* war der Typ auf den Fersen. Und jetzt sollte er quasi auf die Ersatzbank und die anderen machen lassen? Das kam überhaupt nicht in Frage! Sein Entschluss war schnell gefasst und ebenso der Plan, wie sie es machen sollten.

„Nein!“, sagte er also mit fester Stimme. „Wir gehen anders vor. Ich werde mich mit dem Typen treffen. Ich werde ihm die Daten geben. Dann bringt er sie garantiert sofort zu seinen Auftraggebern. Und ich werde auch die Million nehmen, als Beweismittel!“

Lukas, Benni und Laura standen mit offenen Mündern da.

„Aber …“, wollte Laura einwenden.

Doch Christoph erklärte weiter, wie er es sich dachte. „Was sonst soll eine Überwachung bringen?“, fragte er in die Runde. „Wir müssen Beweise sammeln. Deshalb, Benni, bring du deinen alten Laptop her. Darauf kopieren wir sämtliche Daten und verstecken ihn. Dann können wir Königs Laptop mitsamt der CD in Ruhe abgeben und die Million kassieren. Da das Geld quasi Schweigegeld ist, werden sie nicht damit rechnen, dass wir trotzdem die Daten kopiert haben und zur Polizei oder an die Öffentlichkeit gehen. Ich denke, wir haben dann erst mal Zeit gewonnen. Trotzdem werde ich sicherheitshalber von der Bildfläche verschwinden und auch das Geld verstecken. Ihr werdet unser Treffen überwachen und aufnehmen. Benni, kannst du nicht so eine Minicam besorgen, die ich bei mir haben könnte?“

„Ja … schon …“, stotterte Benni. Wohl war ihm nicht dabei. „Du willst wirklich …?“

„Was haben wir sonst für eine Chance?“, fragte Christoph. „Oder, die andere Variante, ich nehme die Million und schaue mal, ob die mich in Frieden lassen!“

„Nein!“, ging Laura dazwischen. „Das werden die garantiert nicht tun!“

„Eben!“, setzte Christoph nach. „Dann am besten gleich richtig in die Offensive. Unser Plus liegt im Überraschungsmoment. Bisher bin ich geflohen und habe nur Angst um mich gehabt. Das ändert sich jetzt damit, dass wir die Initiative ergreifen."

Lukas schnippte mit den Fingern. „Nachdem der Deal gelaufen ist, tauchst du hier ab. Wenn sie also nachsetzen wollen, um dich aus dem Weg zu schaffen, hast du dich in Luft aufgelöst."

„Genau so", bestätigte Christoph. „Und die Million bleibt auch hier in diesem Keller. Wenn wir herausfinden, wer die Auftraggeber sind, woher das Geld also kommt, können wir das sofort öffentlich machen."

„Oh Mann!", stöhnte Benni. „Irgendwie ist mir nicht wohl bei der Sache. Das ist kein Spiel, Leute. Echt nicht!"

„Nein!", bestätigte Christoph. „Das ist es nicht."

Dem neuen Vorgehen entsprechend brauchte Christoph heute nicht in der Schule zu schlafen, sondern konnte in dieser Nacht bei Laura bleiben. Am nächsten Morgen würde er ganz normal in die Schule gehen und erst am Nachmittag, wenn Laura, Lukas und Benni bereitstanden, zu Hause auf den Suzuki-Mann warten.

So hatten sie sogar noch die Möglichkeit, vormittags während der Schulzeit die Lebensmittel einzukaufen, die Christoph für die nächsten zwei, drei Tage benötigte, und sie im Schulkeller zu verstecken.

Benni brachte den alten Laptop und eine Minicam mit zum Unterricht, Christoph und Laura Königs Computer und die CD-ROM.

In der ersten großen Pause hatten sie alle Daten kopiert, in der zweiten die Lebensmittel verstaut. Christoph hatte am Vorabend sein iPhone von Lauras Bruder zurückerhalten und dann noch schnell seine Eltern informiert, dass ihre „Projekt-Klausur“ beendet war und er am nächsten Tag nach Hause käme.

Und da saß er nun.

Sebastians Laptop plus CD-ROM lagen abholbereit auf seinem

Schreibtisch. Die Minicam hatten sie im Knopfloch einer Jacke versteckt, die an einem Bügel an Christophs Kleiderschrank hing. Benni und Lukas saßen in Sebastians Wohnung; das war ohne Probleme möglich, denn Mehring war an diesem Nachmittag nicht da, wie ein Aushang im Treppenhaus informierte. Die Minicam übertrug das Live-Bild von Christophs Zimmer direkt auf einen Laptop der beiden Jungs.

Laura hatte unten an der Straße Stellung bezogen. Sowie die blaue Suzuki auftauchte, würde sie per SMS Nachricht geben.

Christoph lag mit pochendem Herzen auf seinem Bett, das Handy in Reichweite. Noch einmal ließ er sich alles durch den Kopf gehen. War es richtig so, wie sie es machten? Oder hätte er doch gleich zur Polizei gehen sollen? Aber auch die anderen drei hatten davon abgeraten. Von Anfang an war es dafür zu spät gewesen, schon von jenem Moment an, in dem er die Daten in Besitz genommen und sich auf einen Deal mit Kostawa beziehungsweise Gruber eingelassen hatte. Das war das Signal an die Hintermänner des Suzuki-Fahrers gewesen, dass er die Daten hatte, darüber Bescheid wusste, dass etwas damit nicht stimmte, und sich entschieden hatte, mit ihnen Geld zu verdienen.

Er hätte den Laptop gar nicht erst annehmen, sondern ihn gleich der Polizei übergeben sollen. Doch nun war es zu spät. Sie hingen mit drin. Die Verfolger würden sie nicht in Frieden lassen, gleichzeitig konnten sie der Polizei eigentlich nichts sagen außer vagen Vermutungen. Weder dass sie verfolgt wurden, konnten sie beweisen, noch schlüssige Indizien angeben, nach denen ein Zusammenhang zwischen den Morden und den Daten bestand. Sie hatten rein gar nichts in der Hand. Ihr jetziger Plan erschien Christoph die einzige Möglichkeit heil aus der Sache wieder herauszukommen.

Es läutete an der Tür.

Er fuhr hoch. Sein Blick fiel aufs Handy. Keine SMS von Laura. Wieso hatte sie die Ankunft des Suzuki-Mannes nicht angezeigt?

Christoph lief nach vorn in die Küche, schaute aus dem Fenster hinaus auf die Straße. Keine Suzuki zu sehen.

Es klingelte erneut.

Wer war das?

Christoph ging zur Tür, betätigte den Summer für die Haustür unten. Er hörte das Summen, unmittelbar darauf klingelte es zum dritten Mal. Mit anderen Worten, der Besucher stand schon oben auf seinem Stockwerk vor der Tür.

Christoph spähte leise und vorsichtig durch den Spion. Draußen stand ein Mann, den er noch nie gesehen hatte.

Sicherheitshalber legte er die Kette vor und öffnete die Tür nur einen kleinen Spalt.

„Ja?“, fragte er.

Der Mann streckte ihm eine Plastikkarte entgegen, in der Größe einer Kreditkarte.

„Brockmann“, sagte er. „Finanzbehörde, Steuerfahndung. Ich würde mich gern mal mit Ihnen unterhalten.“

„Was?“, entfuhr es Christoph. Er war zu verblüfft, als dass ihm ein sinnvoller Satz über die Lippen gekommen wäre. Finanzbehörde? Was wollten die von ihm? Plötzlich fiel ihm die lange Festnetznummer ein, die er auf dem Boot von Lauras Bruder erhalten hatte. Jemand vom Finanzamt musste ihn angerufen haben, doch unter der angezeigten Durchwahlnummer, die er dann zurückgerufen hatte, gab es keine Verbindung und im Verzeichnis der Zentrale war sie auch nicht eingetragen.

„Haben *Sie* versucht mich anzurufen?“, fragte Christoph.

„Sie waren nicht erreichbar“, antwortete Brockmann.

Wenn er wirklich so hieß. Christoph war da mittlerweile vorsichtig geworden. Auch deshalb zögerte er den Mann hereinzulassen. „Worum geht's?“

„Wir standen in Verbindung mit Ihrem Nachbarn, Sebastian König“, antwortete Brockmann. „Und wir wissen mittlerweile, dass Sie nach seinem Tod in Kontakt getreten sind mit einem gewissen Herrn Gruber.“ Er räusperte sich. „Es könnte sein, dass Sie sich in großer Gefahr befinden.“

„Aha“, sagte Christoph. „Aber ich habe Sie doch richtig verstanden, Sie sind vom Finanzamt, nicht von der Polizei, oder?“

„Ich bin nicht vom Finanzamt, sondern von der Steuerfahndung“, korrigierte Brockmann. „Wir sind eine Ermittlungsbehörde mit weitgehenden Befugnissen ähnlich wie die Polizei. Und wir haben Grund zu der Annahme, dass Sie über gewisse Informationen verfügen, die für uns von großem Interesse sein könnten.“

In dem Moment hörte Christoph sein Handy piepen; eine SMS. Der Motorradfahrer war gekommen!

Scheiße!, dachte Christoph. Was sollte er jetzt tun? Was würde der Typ denken, wenn er hier mit einem Ermittlungsbeamten vor der Tür stand? Brockmann musste weg, so schnell wie möglich!

„Hören Sie“, fing Christoph an zu stottern. „Im Moment ist das wirklich sehr schlecht. Ich …“

„Wir können Sie auch vorladen", drohte Brockmann.

„Ich will mich ja gern mit Ihnen unterhalten", versicherte Christoph nervös. „Aber jetzt gerade …"

„Beihilfe zur Steuerhinterziehung kann böse enden", warnte Brockmann.

„Beihilfe. Hä? Wieso?" Christoph verstand nicht, wovon der Mann sprach.

Brockmann reichte ihm eine Visitenkarte durch den Türspalt. „Dann morgen um zehn in der Finanzbehörde. Adresse steht drauf."

„Ja, gut. Ich werde dort sein", versprach Christoph. „Gern sogar!"

„Das würde ich Ihnen auch empfehlen", sagte Brockmann streng. „Bis morgen." Er drehte ab und ging.

Christoph schloss die Tür, lehnte sich mit dem Rücken dagegen und atmete tief durch. Steuerfahndung. Wieso Steuerfahndung?

Da klingelte es erneut an der Tür.

Er wollte gerade in der Erwartung öffnen, dass der Beamte zurückgekehrt wäre – doch dann fiel ihm siedend heiß Lauras SMS ein! Vor der Tür stand jetzt sicher der Suzuki-Fahrer.

Christoph rutschte das Herz in die Hose. Er hielt für einen Moment den Atem an, lugte erneut durch den Spion und sah seine Vermutung bestätigt. Wieder war der Typ in Motorradkombi, die Haube über den Kopf gezogen, so dass sein Gesicht nicht zu erkennen war. Aber er trug nichts bei sich.

Christoph überlegte. Eine Million Euro, die verstaute man doch nicht mal eben so in der Jackentasche. Oder? Er war ja eine Niete in Mathe, aber dass 1.000 mal 1.000 eine Million ergab, das wusste er schon noch. Oder in diesem Fall 2.000 mal 500. Also müsste der Typ mindestens zweitausend 500-Euro-Scheine bei sich tragen, wenn er – wie verabredet – die Million übergeben wollte. Dazu benötigte man einen Koffer oder eine Tasche. Der Typ hatte also offenbar nicht vor zu zahlen. Und: Er musste eigentlich dem Steuerfahnder begegnet sein, als er die Treppe hinaufgekommen war. Ob er den kannte? Welche Schlussfolgerungen würde er daraus ziehen?

Der Motorradfahrer klingelte ein weiteres Mal. Länger. Energischer.

Verdammt. Christoph wurde die Sache zu heiß. Die Steuerfahndung hatte ihn bereits im Visier. Wenn er – wie und unter welchen Umständen auch immer – eine Million annahm, hing er mit drin. Dann musste er erst mal nachweisen, dass er sie nur als Beweismittel entgegengenommen hatte. Die Polizei würde nicht lange auf sich warten lassen.

Es klingelte ein drittes Mal.

Und Christoph traf eine Entscheidung.

Eine Etage tiefer saßen Benni und Lukas in Königs Wohnung und behielten Christophs Zimmer auf dem Bildschirm ihres Laptops im Auge.

„Verdammt, was macht denn der?", rief Benni plötzlich entsetzt und blickte zu Lukas neben sich.

Dem stand vor Erstaunen der Mund offen. Doch schnell begriff er die Zusammenhänge.

„Christoph hat kalte Füße bekommen", war er sich sicher. Anders war nicht zu erklären, weshalb der Freund gerade nahezu panisch Laptop und CD in seinem Rucksack verstaute, ihn auf den Rücken nahm und durch das Fenster floh – so, wie er es nach eigener Erzählung schon einmal gemacht hatte.

„Scheiße!", fluchte Benni. „Der hat sie doch nicht alle."

Nur wenige Sekunden später sahen sie, wie der Motorradfahrer in Christophs Zimmer stürmte.

„Na prima!", stöhnte Benni. „Jetzt hat er den Typen am Arsch!" Nervös kaute er auf den Lippen, überlegte, was zu tun war, und hatte sofort eine Idee.

„Wir müssen ihm helfen!“, rief er und sprang auf.

„Aber wie?“, fragte Lukas verwundert.

Benni antwortete nicht, sondern raste los.

„Wo willst du hin?“, rief Lukas ihm nach.

Doch da war Benni schon aus der Tür, das Handy am Ohr.

„Hallo?“, rief er ins Telefon. „Ist dort die Polizei?“

Christoph hangelte sich den gewohnten Weg in den Hof hinunter. Ihm war klar, er musste sich beeilen und durch Hintertür und Treppenhaus nach vorn raus, bevor der Typ diesmal gleich schaltete, ihm nachlief und ihn vor der Haustür abfing.

Im Treppenhaus hörte er Schritte.

„Verdammt!“, fluchte Christoph, der Typ war schneller, als er befürchtet hatte. Hastig sprang er zur Seite und verbarg sich hinter dem Vorsprung der Kellertür. Kein besonders gutes Versteck, aber in der Eile das einzig erreichbare.

Die Schritte kamen näher. Der Typ war im Erdgeschoss.

Christoph presste sich mit dem Rücken an die Wand und hielt die Luft an.

Doch dann erkannte er: Es war Benni, der da die Treppen heruntergelaufen kam.

Christoph atmete durch. „Mann!“, zischte er. „Was machst du denn hier?“

Benni zuckte erschrocken zusammen, fing sich aber sofort wieder, als er seinen Freund entdeckte.

„Das musst du gerade sagen!“, meckerte er. „Was machst du denn für einen Scheiß?“

„Ich …“, wollte Christoph zu einer Erklärung ansetzen.

Doch Benni winkte ab. „Keine Zeit. Hau mit Laura ab. Ich hab eine Idee!"

Christoph konnte nicht nachfragen; Benni war schon raus.

Was hatte er vor?

Christoph wartete einen Augenblick, schaute zwischen den Treppen hinauf, ob von dem Suzuki-Fahrer etwas zu sehen war. Oben hörte er seine Tür klappen. Jetzt erst hatte der Typ die Wohnung verlassen. Genügend Zeit für Christoph zu verschwinden.

Er rannte los, stieß die Haustür auf, wollte so schnell wie möglich rüber auf die andere Straßenseite, zu Laura, und dann weg, ab ins Versteck in der Schule und beraten, wie es weitergehen sollte. Doch er stoppte, weil er seinen Augen nicht traute: Benni hatte sich auf sein Moped geschwungen, gab Gas und rammte die Suzuki!

Jetzt stieg er seelenruhig ab, und erst als er Christoph sah, wurde er hektisch und gab ihm ein Zeichen, dass er verschwinden sollte.

Christoph begriff noch immer nicht, was in Benni gefahren war. Aber er vertraute ihm und lief zu Laura, die sich gegenüber in einem Hauseingang versteckt hielt.

„Was ist los?", fragte sie, als er bei ihr ankam.

„Erklär ich dir später", erwiderte er. „Wir müssen hier weg."

Gerade wollte er nach Lauras Hand greifen und sie mit sich ziehen, als sie ihn festhielt. „Warte!"

Mit einem Kopfnicken wies sie hinüber auf das Haus, wo der Motorradtyp gerade aus der Tür trat und auf seine Maschine zuging, neben der Benni stand und sich lässig eine Zigarette drehte.

Der Typ blieb stehen. Und Benni sagte etwas zu ihm.

„Was tut der da?", fragte Laura.

Christoph hatte keine Ahnung.

Der Typ war unter seiner Haube nach wie vor nicht zu erkennen, aber seine Gestik wirkte nervös. Er schien sich ziemlich aufzuregen und Christoph befürchtete, er würde jeden Moment auf Benni losgehen – aber in dem Augenblick tauchte ein Streifenwagen auf und hielt direkt neben Motorrad und Moped an. Zwei Polizisten stiegen aus, die Christoph sofort erkannte. Es waren die beiden, die ihn zu Sebastian befragt hatten.

Jetzt endlich begriff er, was Benni getan hatte.

„Genial!", stieß er aus. „Benni hat einen Unfall simuliert und die Polizei gerufen!"

„Und jetzt muss der Typ nicht nur sein Gesicht zeigen, sondern die Polizei wird nun auch seine Personalien aufnehmen!", ergänzte Laura. „So viel Cleverness hätte ich Benni gar nicht zugetraut."

Christoph grinste sie an.

„Und gleich werden sie die Personalien und das Nummernschild überprüfen. Und dann feststellen, dass dieser Motorradfahrer unter dem Verdacht steht etwas mit den Autobränden zu tun zu haben."

„Sie werden ihn vermutlich erst mal mit auf die Wache nehmen", hoffte Laura. Damit wäre Benni auch nach Abzug der Polizisten in Sicherheit.

„Auf die Idee hätten wir auch eher kommen können", sagte Christoph, während er den Zoom der Foto-App einstellte.

„Aber was wird jetzt aus der geplanten Übergabe?", wollte Laura wissen.

„Planänderung", antwortete Christoph. „Denn ich weiß jetzt, was das für Daten sind. Alles Weitere klären wir im Keller in der Schule."

Mit ernsten Mienen hockten die vier auf dem Futon im Keller zusammen. Bennis Idee hatte wunderbar funktioniert. Sie besaßen nun Namen, Anschrift und sogar ein Foto von dem Suzuki-Fahrer: Boris Jahn, 35 Jahre alt, wohnhaft in Steilshoop, einer Hochhaussiedlung im benachbarten Stadtteil.

Christoph hatte erzählt, weshalb er im letzten Moment von ihrem Plan abgerückt war, und kündigte an, am nächsten Morgen zur Steuerfahndung gehen zu wollen, um dort reinen Tisch zu machen.

Und trotzdem war allen vieren mulmig zumute. Sie hatten alle Warnungen in den Wind geschrieben und den Hintermännern des Motorradfahrers – wer immer diese sein mochten – gewissermaßen den Krieg erklärt. Jetzt konnten sie nur mutmaßen, welche Konsequenzen das haben würde.

„Steuerhinterziehung!“, stieß Benni mit einem langen Seufzer aus. „Das hätte ich nie gedacht, dass die Daten damit zu tun haben.“

Christoph dachte an Sebastian König, Gruber und das brennende Auto seiner Eltern. Die Leute, die hinter den Daten her waren, schreckten vor nichts zurück.

„Wer mordet, nur um Steuern zu sparen?“, fragte sich Lukas.

„Das ist nur ein Hinweis darauf, um welche Summen es sich handeln muss“, überlegte Laura. „Hier geht es offenbar nicht um eine Handvoll Promis, die ein paar Zehntausend Euro unterschlagen haben. Das muss sich um eine richtig fette Sache handeln, die König da aufgespürt hat.“

„Ein paar Mal hat doch die Bundesregierung schon solche CDs gekauft, oder?“ Lukas erinnerte sich in den Nachrichten davon gehört zu haben.

Laura bestätigte ihm das. Es hatte damals eine Debatte darüber gegeben, ob es statthaft war, dass die Bundesregierung illegal erworbene Daten kaufen durfte, um Steuersünder zu fassen, weil sich der Staat mit dem Kauf doch selbst an einer strafbaren Handlung beteiligte, so argumentierten die Gegner. Allen voran Vertreter der Schweizer Banken hatten dem deutschen Staat hier schwere Vorwürfe gemacht. Kaum verwunderlich. Schließlich waren es genau diese Banken, bei denen die Steuersünder ihr Schwarzgeld versteckt hatten. Die deutsche Regierung und auch einige Landesregierungen hatten wenig Skrupel gezeigt beim Ankauf der Daten. Schließlich war es den Behörden – oftmals allein durch die Androhung der Veröffentlichung und der Strafverfolgung – gelungen, viele Millionen Euro an unterschlagenen Steuern einzuholen. Etliche der Steuerbetrüger hatten sofort freiwillig nachgezahlt, allein aus Angst, sie könnten auf der CD-ROM vermerkt sein.

„Und dieses Mal muss es sich um noch größere Fische handeln“, beendete Laura ihren Bericht.

„Schweizer Banken?“, fragte Christoph in die Runde. „Mensch, die Zahlenreihen! Wenn es doch Kontonummern sind? Nummernkonten auf Schweizer Banken!“

„Auf denen die einzelnen Namen ihr Schwarzgeld angelegt haben!“, stimmte Laura Christophs Vermutung zu. „Das könnte sein!“

„Mehrere Hundert Steuerbetrüger auf einer Liste mitsamt ihren Konten. Wow!“, stieß Lukas aus. „Das ist wirklich ein dickes Ding!“

„Mit dem ich morgen zu diesem Brockmann von der Steuerfahndung gehen werde“, versprach Christoph.

„Und danach zur Polizei“, schlug Laura vor. „Wenn die Steuerfahndung an dem Fall dran ist, wird die Polizei es ernster nehmen, dass Königs und Grubers Tod damit zusammenhängen.“

„Brauchen wir dann eigentlich das Versteck hier noch?“, fragte Lukas.

Christoph überlegte. Große Lust seine Zeit hier unten in dem ehemaligen Fotolabor zu verbringen verspürte er nach wie vor nicht. Der Suzuki-Fahrer stand nun im Visier der Polizei. Aller Voraussicht nach würde er zumindest in nächster Zukunft etwas vorsichtiger agieren müssen. Und schon morgen früh würden die Steuerfahnder im Besitz aller Daten sein. Christoph konnte dann nur hoffen, dass die Behörde rasch und gründlich arbeiten würde und die Hintermänner seines Verfolgers so schnell wie möglich dingfest machten. Nur das konnte seine Sicherheit garantieren.

„Ich find es richtig, wie Christoph gehandelt hat“, warf Laura ein. „Wenn die Betrüger die Daten auch nur für kurze Zeit in die Finger bekommen hätten, die würden doch ihre Konten blitzartig auflösen und ihr Schwarzgeld verschwinden lassen, oder?“

„Die Steuerprüfung inklusive Hausdurchsuchung ist ihnen trotzdem sicher, wenn die Finanzbehörde erst mal die Daten hat“, glaubte Lukas. Jedenfalls fühlten sie sich jetzt alle wohler, als wenn sie die Daten – wenn auch nur zum Schein – für eine Million verkauft und somit in der Sache mittendrin gesteckt hätten. Nun bestand die reelle Chance, dass alles von den Behörden geklärt würde, die dafür zuständig waren. Ab morgen hatten sie, vor allem Christoph, nichts mehr damit zu tun.

Der sah die Sache genauso. Je eher er den Laptop und die CD-ROM los war, desto erleichterter würde er sein. Aber trotz allem: Irgendetwas rumorte in ihm. Etwas, das ihn warnte. Weshalb löste sich die ganze Angelegenheit mit einem Mal so schnell auf? Das war nur eine der Fragen, die plötzlich in ihm auftauchten. Sie piksten ihn und taten alles, um sich in den Vordergrund zu schieben, so sehr er sich auch bemühte sie zu verdrängen und sich selbst einzureden, dass alles seine Richtigkeit hatte und gut werden würde. Es lag etwas in der Luft. Noch unsichtbar, aber unaufhaltsam. Etwas, das mit Macht auf ihn zukam.

„Ich glaube, heute Nacht bleibe ich sicherheitshalber hier“, entschied Christoph. „Bis ich morgen alles der Steuerfahndung übergeben habe.“

Lukas und Benni nickten ihm zu.

Laura biss sich nachdenklich auf die Lippe.

„Ich muss mich heute endlich mal wieder zu Hause blicken lassen“, sagte sie mit Bedauern in der Stimme. Gern hätte sie Christoph in dieser Nacht Gesellschaft geleistet.

„Ist total in Ordnung“, erwiderte Christoph. „Ich komme schon klar.“

„Na ja, ein bisschen kann ich schon noch bleiben“, lenkte Laura ein und lächelte Christoph zu.

Benni und Lukas verstanden. Nach einem kurzen Blickwechsel erhoben und verabschiedeten sie sich.

„Irgendwie ist es doch schade ums Geld“, bemerkte Benni noch. „In den anderen Fällen hat die Bundesregierung für die Steuer-CDs doch auch bezahlt, oder?“

„Benni!“, unterbrach Laura ihn scharf.

„Schon gut!“, winkte Benni ab. „Ich meinte ja bloß!“

Dann gingen die beiden. Laura und Christoph blieben zurück.

Laura zündete die restlichen Teelichter rund um den Futon an, zog eine Flasche Rotwein aus den Tiefen ihres Rucksacks hervor, wühlte noch etwas darin herum, gab es schließlich auf, sah sich um und seufzte: „Hast du einen Korkenzieher?“

Christoph zog ein Schweizer Messer aus der Hosentasche, das er immer bei sich trug, und öffnete die Flasche.

Laura ging zu dem Kühlschrank, auf dem neben der Ministereoanlage – wie in der Minibar eines Hotels – zwei Weingläser standen. Daneben lag auch ein Korkenzieher.

„Conni hat an alles gedacht für ihr Liebesnest“, schmunzelte Laura und knipste die rote Glühbirne aus. Christoph löschte die kleine Leselampe neben dem Bett, so dass der gesamte Keller jetzt nur von den Teelichtern beleuchtet wurde. Ein warmes, weiches Licht, hell genug, um alles sehen zu können, was man sehen wollte.

Wieder schaute Laura sich um. „Ehrlich gesagt hätte ich das Conni gar nicht zugetraut, heimlich vor ihrem Vater hier so etwas aufzubauen.“

„Das macht ja das Geheime aus, dass niemand draufkommt“, lächelte Christoph.

„Schlaumeier!“, zischte Laura ihm zu. Sie schenkte den Wein ein, setzte sich zu Christoph auf den Futon und reichte ihm sein Glas.

„Weißt du was?“, sagte sie. „Ich bleibe heute Nacht doch hier.“

„Schön“, flüsterte Christoph.

Sie stellte ihr Glas ab und legte sich in Christophs Arme.

„Das ist das einzig Gute an der Sache“, sagte sie leise. „Dass wir uns nähergekommen sind.“

„Find ich auch“, gestand Christoph.

„Ich hatte schon öfter daran gedacht dich anzusprechen“, beichtete Laura ihm.

„Echt?“, staunte Christoph. Ihm war es schließlich ebenso gegangen, nur hatte er sich nie getraut. Bei Laura hatte offenbar etwas anderes im Weg gestanden.

„Aber irgendwie hab ich dich nie ohne diesen blöden Benni erwischt“, kam es gleich, als hätte sie seine Gedanken erraten. Benni also.

„Der ist nicht blöd“, widersprach Christoph. „Du kennst ihn nur nicht richtig.“

Laura winkte ab. Ihr stand nicht der Sinn danach jetzt eine Debatte über Benni zu beginnen. „Und ich brauchte ein Versteck für den Laptop“, lachte Christoph. „Sonst hätte ich dich bestimmt bis heute nicht gefragt.“

„Wieso nicht?“, wollte Laura wissen. „Wirke ich so biestig?“

Sie hob den Kopf, sah ihn mit einem Anflug von Vorwurf an und griff nach ihrem Weinglas.

„Nein!", wehrte er ab. Er wusste auch nicht, was ihn daran gehindert hatte Laura einfach anzusprechen. Es war eben so gewesen. Vermutlich hatte er Angst vor einer Ablehnung gehabt.

„Weißt du, ich …", begann Laura.

Doch plötzlich unterbrach Christoph sie abrupt.

„Scht!", machte er, legte den Finger auf ihren Mund und hob alarmiert den Kopf.

„Was ist?", flüsterte Laura.

Er horchte noch ein wenig länger. Doch auch er konnte nichts mehr feststellen. „Ich dachte, ich hätte etwas gehört", sagte er.

„Mann", maulte Laura. „Mach mir bloß keine Angst. Wer soll denn hier unten sein? Niemand weiß davon."

„Na ja", relativierte Christoph und zählte auf: „Lukas, Benni und Conni. Das ist nicht gerade niemand."

Laura runzelte die Stirn. Dass Lukas oder Benni zurückgekehrt waren, schloss sie aus. Und Conni würde wohl kaum aus purer Neugier hier unten herumschleichen, um zu spannen.

„Vielleicht *Killer?*", mutmaßte Christoph. „Vielleicht hat der doch spitzgekriegt, was seine Tochter hier unten treibt, und will nachschauen?"

Im ersten Moment schreckte Laura auf. Obwohl sie noch angezogen war, hätte sie es als äußerst unangenehm empfunden, wenn plötzlich der Hausmeister um die Ecke geschielt hätte. Doch dann winkte sie ab.

„Hör doch auf. Der Mann ist doch eigentlich in Ordnung und Conni ist siebzehn! Der spioniert ihr doch nicht mehr hinterher, selbst wenn er von dem Keller hier wüsste."

„Wahrscheinlich hast du Recht", versuchte Christoph sich zu beruhigen. Obwohl er eigentlich sicher war, dass er ein Geräusch gehört hatte. „War wohl nur 'ne Ratte."

Laura boxte ihm auf den Arm. „Hör auf damit!"

„Womit?"

„Da wäre mir *Killer* ja fast noch lieber, bevor hier eine Ratte über unser Bett krabbelt!", sagte Laura. Ihr Blick huschte zum Kühlschrank. Sie hatten genug Lebensmittel eingekauft, damit Christoph es hier drei, vier Tage hätte aushalten können. Möglicherweise hatte sich das Festmahl unter den Ratten und Mäusen in den Abflussrohren und Kellerlöchern schnell herumgesprochen.

„Wieso?", fragte Christoph. „Ratten sind intelligente Tiere."

„Eben", bestätigte Laura. „Das ist es ja gerade. Trotzdem müssen sie nun nicht mit uns das Bett teilen. Bei mir zu Hause erledigt Bernhard das Problem."

„Uähhh", machte Christoph. Das mochte er sich nun wirklich nicht vorstellen, wie die Riesendogge eine Ratte zermalmte.

Laura kicherte. „Du hast Glück, dass er dich mag!"

Christoph grinste sie an. „Hattest du schon mal einen Freund, den er nicht mochte?" Er stellte es sich gerade lebhaft vor.

„Nein", antwortete Laura. Lachend ließ sie ihren Kopf in seine Arme sinken. Das Rotweinglas manövrierte sie dabei geschickt neben das Bett und stellte es dort ab. Mit der frei gewordenen Hand begann sie Christoph das Hemd auszuziehen. Er machte sich an ihrem Shirt zu schaffen. Und dann kümmerten sich die beiden nicht mehr um irgendwelche vermeintlichen Fremdgeräusche in den Kellergängen.

Als der Wecker des iPhones läutete, tastete Christophs Hand zunächst in die falsche Richtung. Er suchte sein Handy wie gewohnt auf der linken Seite des Bettes, wo jetzt aber Laura lag. Versehentlich grapschte er ihr ins Gesicht.

Laura zog behutsam seinen Arm beiseite, wodurch Christoph erst bemerkte, dass er erstens nicht allein im Bett und zweitens schon gar nicht in seinem Zimmer lag.

Auch Laura musste sich in der ungewohnten Umgebung erst einmal zurechtfinden. Sie suchte nach dem Licht. Die Kerzen waren längst erloschen und es dauerte eine Weile, ehe sie die kleine Nachttischlampe gefunden hatte, die wiederum auf Christophs Seite stand. Sie musste sich halb über ihn legen, um die Lampe erreichen zu können, was Christoph sich gern gefallen ließ.

Er stieß nur ein leises, tiefes Brummen aus, bevor er fragte, wie spät es denn sei.

„Halb sieben“, antwortete Laura, worauf er schlagartig die Augen aufriss.

„Halb sieben?“, fragte er. „Wieso das denn? Warum hast du das

Teil so früh eingestellt?“ Er wollte erst so gegen zehn am Gänsemarkt bei der Steuerfahndung sein, also konnte er noch gut zwei Stunden liegen bleiben. Und auch Laura, die ja bereits in der Schule war, hatte seiner Meinung nach noch mindestens eine Stunde Zeit bis zum Aufstehen.

„Nix da“, stellte Laura klar. „Ich hab keine Lust in der Turnhalle zu duschen, wenn vielleicht die Fünftklässler da um halb acht schon rumtoben.“

Darüber hatte sich Christoph noch keine Gedanken gemacht.

„Duschen?“, fragte er nur gequält. Ihm genügte es, sich an dem Becken des ehemaligen Fotolabors das Gesicht zu waschen und die Zähne zu putzen. Duschen konnte er dann in Ruhe zu Hause, nachdem er bei der Steuerfahndung alles erledigt hatte.

„Allerdings!“ Laura war entschieden. „Du kannst ja noch liegen bleiben.“

„Genau!“, antwortete Christoph. Er drehte sich wieder um, schloss die Augen trotz der kleinen Lampe neben sich, die ihn blendete. Er hörte, wie Laura sich anzog, ihre Sachen zusammenpackte und sogar die Kaffeemaschine in Gang setzte, bevor sie zum Duschen den Raum verließ.

„Bis gleich!“

„Mmmm“, brummte Christoph und schlief weiter.

Erst durch das Gegröle einer Schulklasse, das durch die Flure des Schulhauses bis hinunter in den Keller tönte, wachte Christoph wieder auf.

Nach seinem Zeitgefühl waren keine fünf Minuten vergangen und er wunderte sich noch, welche Klasse wohl eine Frühstunde hatte. Ein Blick auf sein iPhone belehrte ihn eines Besseren. Die Uhr zeigte kurz vor acht, es waren eineinhalb Stunden vergangen, seit Laura gegangen war.

Er stand auf, kam langsam zu sich und überlegte, weshalb Laura nicht zurückgekommen war. War sie von der Dusche direkt in den Unterricht gegangen? Aber das wäre doch viel zu früh gewesen. Spätestens um sieben Uhr musste sie mit dem Duschen fertig gewesen sein. Er hatte fest damit gerechnet, dass sie noch mal zu ihm kam.

Christoph schlurfte zur Kaffeemaschine, schenkte sich ein, trank einen Schluck. Der Kaffee schmeckte bitter. Kein Wunder, er stand ja mittlerweile eineinhalb Stunden auf der Wärmplatte. Er verzog das Gesicht, überlegte, ob er einen neuen aufsetzen sollte, entschied sich aus Bequemlichkeit aber den alten zu trinken.

Plötzlich klopfte es an der Tür.

Wieder wunderte Christoph sich. Es musste offen sein. Weshalb also klopfte Laura?

Er öffnete.

„Moin!“ Benni und Lukas sahen ihn mit breitem Grinsen an.

Christoph wurde erst dadurch bewusst, dass er splitternackt vor ihnen stand.

„Schade, dass ich jetzt nicht Conni bin“, feixte Benni, trat in das Fotolabor, schnupperte und roch den Kaffee. „Mmmh, frischer Kaffee!“

„Ist schon fast zwei Stunden alt“, dämpfte Christoph Bennis Euphorie.

Benni goss sich trotzdem einen Becher ein, der neben der Kaffeemaschine bereitstand, nahm einen Schluck und verzog ebenfalls das Gesicht.

Da fiel es Christoph auf: Den Becher musste Laura für sich dort hingestellt haben. Also hatte sie doch vorgehabt, nach dem Duschen zurückzukommen und hier mit ihm noch einen Schluck zu trinken!

„Habt ihr Laura gesehen?", fragte er.

Benni und Lukas schauten sich fragend an.

„Die wollte doch zu Hause schlafen?", erinnerte sich Lukas.

„Wieso, gab's Zoff?", hakte Benni nach.

Christoph erzählte den beiden Freunden, dass Laura bei ihm geblieben, früh zum Duschen gegangen, aber nicht zurückgekehrt war.

„Hier!" Christoph nahm Benni den Kaffeebecher aus der Hand. „Den hat Laura sich neben die Maschine gestellt."

„Und ihre Sachen?", fragte Lukas.

„Hat sie zum Duschen mitgenommen", antwortete Christoph. „Schulsachen hatte sie nicht dabei, weil sie ja ursprünglich nicht über Nacht bleiben wollte."

Er ließ sich nun bäuchlings auf den Futon fallen, griff neben die Matratze und erhob sich mit Lauras Mobiltelefon in der Hand. „Hier! Sie hat es dagelassen. Ich sag euch, die wollte eigentlich wieder herkommen."

Benni hob beschwichtigend die Hände. „Mach dir keinen Kopf! Wer weiß, vielleicht hat sie jemand aus ihrer Klasse getroffen und konnte nicht zu dir, ohne dich hier unten zu verraten? Gib her das Handy. Wir suchen sie, du gehst zum Steuerfahnder. Und wenn wir sie gefunden haben, melden wir uns per SMS, okay?"

Christoph kniff die Lippen zusammen, nickte und überreichte Benni das Handy. Dann streifte er seine Klamotten über, wusch sich noch flüchtiger als ohnehin geplant das Gesicht und wischte auch mit der Zahnbürste nur oberflächlich über die Zähne. Den Rest des Kaffees goss er in den Ausguss.

Benni trank seinen Kaffee bis zum letzten Tropfen aus; der schmeckte zwar nicht, war aber gratis. So etwas schüttete man nicht weg.

Christoph ging mit den beiden hoch und sah auf die Uhr. Er war eindeutig noch zu früh dran. Aber er wollte auch nicht allein unnütz im Keller herumsitzen. Mitzuhelfen Laura zu suchen ging auch nicht. Zu groß war die Gefahr, dass er irgendwelchen Lehrern unter die Augen geriet.

Also verließ er die Schule, um in die Innenstadt zu fahren, dorthin, wo die Behörde der Steuerfahnder ihren Sitz hatte.

Die gesamte U-Bahn-Fahrt über – immerhin acht Stationen – behielt er sein Handy im Auge, in der Hoffnung, eine Nachricht von Laura zu bekommen. Aber sie blieb aus. Da stimmte etwas nicht. Er fühlte es sehr deutlich.

Was konnte mit ihr passiert sein? Wo steckte sie? Mit jeder Minute, in der er nichts von ihr hörte, wurde er unruhiger. Bei jeder Station überlegte er, ob er aussteigen und zurückfahren sollte. Aber was hätte das gebracht? Wenn Lukas und Benni sie nicht gefunden hatten, würde er sie auch nicht in der Schule finden. Irgendetwas musste passiert sein, verdammt!

Schon erreichte er die U-Bahn-Station Gänsemarkt. Hier musste er raus.

Immer noch kein Lebenszeichen von Laura.

Er fuhr mit der Rolltreppe hinauf. Und endlich piepte sein Handy! Die heiß ersehnte Kurznachricht!

Doch als er sie sah, stockte ihm der Atem …

Die Nachricht kam nicht von Laura! Jemand hatte ihm anonym ein Foto gesendet, auf dem Laura zu sehen war – mit einem Knebel im Mund, die Augen vor Angst weit geöffnet. Sie starrte in die Kamera und es war, als wollte sie Christoph etwas zurufen …

Unter dem Foto war zu lesen:

Keine Infos an die Steuerfahndung!
Anweisungen folgen.

Christoph war oben angekommen. Beinahe wäre er über seine eigenen Beine gefallen, weil er vor Entsetzen das Ende seiner Treppenfahrt nicht mitbekommen hatte. Gerade noch konnte er sich abfangen, blieb wieder stehen. Ein paar Mal wurde er von Nachfolgenden angerempelt. Er ging einige Schritte beiseite, so nah an die geflieste Wand mit den Werbeplakaten wie irgend möglich, starrte immer noch auf das Bild von Laura und begriff nur sehr langsam, dass das, was er da auf seinem iPhone sah, bittere Realität darstellte: Die Verbrecher hatten Laura in ihrer Gewalt! Sie mussten ihre Drohung gar nicht erst aussprechen. Christoph begriff sie auch so. Würde er jetzt mit Brockmann reden, würden sie Laura etwas antun!

Keine zweihundert Meter war Christoph vom Eingang der Steuerfahndung entfernt, aber Brockmanns Büro und damit die Befreiung aus diesem seit Tagen andauernden Albtraum war für Christoph in unendlich weite Ferne gerückt. Er dachte an König und an Gruber, und es war klar: Er war gezwungen, sich auf einen Deal mit den Typen einzulassen. Nur jetzt – auch daran zweifelte Christoph nicht eine Sekunde – würde er für die Übergabe dieser verfluchten Daten keine Million mehr kassieren, sondern einfach nur Lauras nacktes Leben retten.

Er löste sich von der gefliesten Wand der Unterführung im U-Bahnhof, ging mit wackligen Knien zur Rolltreppe, diesmal zu der, die abwärts führte, und fuhr zurück nach Hause.

Von nun an hatte er zwei mächtige Gegner auf den Fersen: die Hintermänner des Suzuki-Fahrers und die Steuerfahndung.

Für Christoph war es keine Frage: Er würde die angekündigten Anweisungen befolgen. Alles hätte er getan, um Lauras Leben zu retten. Die wirkliche Frage, die er sich stellte, lautete: Würde die Übergabe von Laptop und CD überhaupt Lauras und sein Leben retten? Und er gab sich selbst die schonungslose Antwort: Nein!

Seine Gegner waren keine Idioten. Nichts war leichter zu kopieren als Daten. Je länger Christoph darüber nachdachte, desto sicherer kam er zu dem Schluss, dass seine Verfolger vor allem aus einem Grunde so scharf auf diese Daten waren: Sie wussten offenbar bisher nicht, wer – oder was – alles darauf vermerkt war. Anders ergab ihr Verhalten keinen Sinn. Denn natürlich lieferte der Austausch Daten gegen Laura oder – wie ursprünglich erhofft – gegen eine Million Euro ihnen in keiner Weise die Sicherheit, dass diese nicht dennoch irgendwann der Steuerfahndung zugespielt wurden. Nur eines bot da eine relative Sicherheit: die Beseitigung derjenigen, die die Daten besaßen oder Kenntnis von ihnen hatten, so wie König und Gruber. Vermutlich hatten die Täter geglaubt nach Sebastians Tod leicht an das Gewünschte heranzukommen. Sie hatten nichts ahnen können von dem Geheimfach Sebastian Königs im Keller und seinem Schließfach und erst recht nicht von Christoph, dem Erben …

Jetzt wollten sie auf Nummer sicher gehen: erst die Daten erlangen, dann die Mitwisser töten, dann ihre Gelder in Sicherheit bringen. Christoph hegte keinen Zweifel, dass er und mittlerweile auch Laura auf deren Todesliste standen. Aber zuerst wollten die Steuerbetrüger wissen, wer da denn eigentlich auf der Liste stand, also: wer gefährdet war aufzufliegen. Nur, weil sie das noch nicht wussten, hatten sie Christoph noch nicht getötet. Dass es ihm bisher gelungen war das Gesuchte sicher zu verstecken, war seine Lebensversicherung gewesen. In dem Moment, in dem er die Daten für Laura aus der Hand gab, würde diese Versicherung ablaufen.

Christoph blieb aber keine Wahl. Er musste Laptop und CD-ROM herausgeben, konnte lediglich hoffen, Laura lebend zurückzubekommen, und musste danach am besten mit ihr untertauchen, um so aus der Schusslinie zu kommen.

Der Kampf fing eigentlich erst richtig an.

Seine Gegner würden schnell handeln müssen. Schneller, als er nach der Freilassung von Laura die Kopien der Daten an die Steuerfahnder weiterreichen konnte. Würden sie unter diesen Umständen Laura überhaupt freilassen? Konnte er eine Garantie fordern? Wie sollte die aussehen? Wie sollte er so etwas einfädeln?

Im Nachdenken über all diese Fragen hätte Christoph um ein Haar versäumt an der Haltestelle Berliner Tor auszusteigen. Im letzten Moment sprang er aus der Tür, die sich bereits schloss. Eine anonyme Stimme aus dem Lautsprecher brüllte schnarrend über den Bahnsteig: „ZURÜÜÜCKBLEIBEN!“

Er war gemeint.

Du kannst mich mal!, dachte Christoph und wandte sich unwillkürlich um in die Richtung, in die er die Überwachungskamera vermutete. Dabei streifte sein Blick die Fenster der abfahrenden U-Bahn. Aus dem Augenwinkel sah er hinter der Tür einen Mann stehen, der die Hände an die Scheiben legte und offensichtlich fluchte. Im ersten Moment hätte man vermutlich auf einen x-beliebigen Fahrgast getippt, der nun seinerseits tatsächlich den Umstieg in die andere Linie verpasst hatte. Doch Christoph wusste es besser. Er hatte soeben unwissentlich einen Verfolger abgeschüttelt!

Seit wann mochte der wohl hinter ihm her gewesen sein? Hatte er vor der Schule auf ihn gewartet? Ihm war nichts dergleichen aufgefallen und Benni und Lukas hatten ebenfalls nicht von so einem erzählt. Oder hatte er Christoph bereits innerhalb des Schulgebäudes aufgelauert? So wie Laura? Auch sie musste in der Sporthalle oder auf dem Weg dorthin entführt worden sein.

Christoph erinnerte sich an das Geräusch im Keller am Abend, das ihm und Laura zunächst aufgefallen und das sie dann beide ignoriert hatten. Waren die Typen so dicht an ihm dran?

Möglich wär's, räumte er ein.

Trotzdem hielt er den Keller noch immer für den geeignetsten Ort, an dem er untertauchen konnte. Seine U-Bahn kam. Während Christoph einstieg, simste er Lukas und Benni:

```
Muss euch sehen. 30 min.
Liebeshöhle
```

Der Begriff *Liebeshöhle* erschien ihm zwar höchst albern, aber irgendwie widerstrebte es ihm, den Keller beim Namen zu nennen. Die beiden würden wissen, was er meinte.

Er zögerte einen Augenblick, ob er die SMS wirklich absenden sollte. Durfte er die beiden weiter mit hineinziehen in diesen „Fall"? Er wischte seine Skrupel beiseite. Erstens hingen sie längst mit drin, und zweitens: Laura zu befreien und anschließend ihre und seine Haut zu retten, das traute er sich allein nicht zu. Er brauchte Hilfe. Und sie mussten endlich damit beginnen den Kampf gegen ihre Gegner ernster zu nehmen und professioneller zu werden.

Das hörte sich gut an, fand Christoph. Nur, was bedeutete das? Er war kein Profi. Er kannte sich nicht aus darin, sich mit Mächtigen anzulegen und Mördern zu entkommen. Seine gesamte Weisheit in diesem Bereich stammte aus Büchern und Filmen.

Und wenn schon, sagte er sich. Die Autoren der ganzen spannenden Storys, die er gelesen oder gesehen hatte, würden schon halbwegs gut recherchiert haben. Und was lehrten sie ihn? Punkt eins: Traue niemandem!

Sebastian König war für ihn ein unscheinbarer, braver Nachbar gewesen. Und entpuppte sich als Geheimnisträger, der dabei gewesen war einen gefährlichen Millionendeal einzufädeln.

Kostawa hatte er für einen Mitarbeiter des BND gehalten. Er entpuppte sich einfach nur als der geldgeile Gruber.

War Brockmann wirklich ein Steuerfahnder? Die Polizisten, die ihn befragt hatten, echte Polizisten?

Mittlerweile hielt Christoph alles für möglich.

Und sie hatten auch schon ein kleines Ass im Ärmel: Von ihrem bisher aktivsten Verfolger, dem Suzuki-Typen, kannten sie Namen und Adresse! Die Polizisten hatten beide laut und vernehmlich Namen und Adresse vor sich hin gebrabbelt, als sie den „Unfall“ mit dem Motorrad aufgenommen hatten: Boris Jahn, Gropiusring.

Als die U-Bahn in den Bahnhof Barmbek einfuhr, kam Christoph auch eine Idee, wie sie das für sich nutzen konnten.

Eine knappe Dreiviertelstunde später hatte er Benni und Lukas im Keller alles erzählt. Nach Ende seines Berichts herrschte zunächst betretene Stille. Nicht einmal Benni fiel ein, was er hätte sagen können. Sie hatten noch taufrisch die Bilder von der blutigen Leiche Grubers im Kopf, kurz nach dem mysteriösen Tod von Sebastian König. Und jetzt hatten die gleichen Typen, die für beide Morde verantwortlich waren, Laura in ihrer Gewalt.

„Mann!“, stöhnte Benni, wohl, um überhaupt irgendwas sagen zu können. „Was für eine Scheiße!“

Lukas stimmte ihm mit einem Nicken zu.

Christoph hatte den beiden auch von seiner Befürchtung erzählt, dass es für die Typen keinen nachvollziehbaren Grund gab, Laura wirklich laufen zu lassen, egal ob sie die Daten bekamen oder nicht. Laura war nur bis zum geplanten Austausch sicher, weil sie für die Gangster das einzige Druckmittel darstellte in den Besitz der Daten zu gelangen.

„Also müssen wir den Austausch hinauszögern“, schlug Benni vor. „Dadurch bleibt Laura zwar gefangen, aber immerhin am Leben.“

Christoph sah es ähnlich. Die Zeit spielte für sie. Jeder Tag, jede Stunde, die er im Besitz der Daten blieb, vergrößerte für die Typen die Gefahr der Veröffentlichung. Sie standen also unter Zeitdruck. Umso unverständlicher, dass Christoph noch keine weitere Anweisung erhalten hatte.

„Ich bin sicher, die kommt heute Nachmittag noch", antwortete Christoph. „Deshalb sollten wir handeln. Ich hab ja gesagt, ich habe eine Idee."

„Da bin ich mal gespannt", sagte Benni. Er ging zum Kühlschrank, holte drei Bier heraus und reichte Lukas und Christoph je eine Flasche.

Christoph schaute erst Benni an, dann auf seine Uhr. „Es ist gerade mal zehn Uhr vormittags!"

Benni zeigte ein kurzes Grinsen. „Alter, als ob du noch nie in der großen Pause oder 'ner Freistunde Bier getrunken hättest."

Das stimmte natürlich auch wieder. Christoph nahm die Flasche entgegen und ließ den Bügelverschluss aufploppen. Benni und Lukas taten es ihm gleich, sie prosteten sich kurz zu und tranken ein paar Schlucke. Benni schob Stereoanlage und Kaffeemaschine beiseite, setzte sich auf den Kühlschrank, steckte sich seine Bierflasche zwischen die Oberschenkel und begann sich eine Zigarette zu drehen. „Schieß los!"

Lukas hockte sich einfach auf den Kellerboden, den Rücken zwischen Bennis Füßen an die Kühlschranktür gelehnt.

Christoph setzte sich auf die Kante des Futons.

„Unsere einzige Chance ist die Öffentlichkeit", begann er. „Wenn das, was gerade passiert, an die Öffentlichkeit gerät, ergibt es für die Leute keinen Sinn mehr uns umzubringen."

„Haben wir das nicht schon mal gesagt?", fragte Benni.

„Stimmt!“, gab Christoph zu. „Aber nur in Bezug auf den Suzuki-Typen, den wir enttarnen wollten. Und tatsächlich haben wir seinen Namen und seine Adresse herausbekommen.“

„Das hat uns bisher nur nicht sonderlich viel genützt“, wandte Benni ein. „Wir kennen noch immer nicht die Hintermänner.“

„Ja und nein!“, entgegnete Christoph. „Aber das ist es ja gerade. Wir haben die komplette Liste auf CD-ROM und Laptop. Wir kennen alle Namen. Wir müssen die Personen dahinter nur noch enttarnen.“

„Nur?“, entfuhr es Benni. „Ich hatte mich doch schon mal drangesetzt. Das sind 500 Namen!“

Lukas schielte hinauf zu Benni. „500 Steuerhinterzieher?“

„Na, Steuer*betrüger* kannst du wohl eher sagen“, präzisierte Christoph. „Es geht hier nicht um kleine Steuersünder, die mal die eine oder andere Einnahme nicht versteuert haben, sondern um systematisch in Sicherheit gebrachtes Schwarzgeld. Zig Millionen, vielleicht sogar in Milliardenhöhe!“

„Milliarden?“ Das konnte sich Lukas nicht vorstellen. Aber ein paar Hundert Millionen reichten ja auch schon. Wichtiger war eine andere Frage.

„Aber die 500 sind doch nicht für die Morde zuständig!“, sagte Lukas. „Wie soll das denn gehen?“

„Es wird der sein, der am meisten zu verlieren hat“, vermutete Christoph. „Und damit meine ich nicht unbedingt die meiste Kohle. Sondern eher Ansehen, Existenz. Eine Person des öffentlichen Lebens. Vielleicht sogar ein Politiker. Wir müssen die Namen entschlüsseln. Bis morgen. So lange versuche ich den Austausch hinauszuzögern!“

„Hört sich gut an“, fand Lukas.

„Hört sich gut an?“, wiederholte Benni ironisch. „500 Namen entschlüsseln! Wisst ihr, was das bedeutet? Das schaffen wir nie bis morgen!“

„Derjenige, den wir für besonders verdächtig halten, wird nicht gerade Nummer 499 sein“, versuchte Christoph Benni zu ermutigen. „Außerdem haben wir keine Wahl.“

„Und was machen wir, wenn wir den Namen herausgefunden haben?“, fragte Benni.

„Dann klopfen wir dem so sehr auf die Finger, dass er sich auf keinen Fall leisten kann Laura etwas anzutun!“, antwortete Christoph.

„Hört sich gut an“, sagte nun auch Benni. „Und wenn man die Entschlüsselung nicht manuell vornimmt, sondern automatisch, bekommen wir es auch hin. Ich kenne sogar jemanden, der uns dabei behilflich sein könnte.“

„Hier müsste man mal ein Fenster öffnen", flüsterte Christoph Benni ins Ohr.

Der zeigte nur die Andeutung eines Lächelns. „Du hast vielleicht Probleme."

Im Vergleich zum „Büro", was dieses Zentrum des kleinen, aber feinen Computerclubs von Eimsbüttel wohl sein sollte, wäre Christophs Zimmer glatt als vorbildlicher Ausstellungsraum in einem Möbelhaus durchgegangen. Da es sich um einen ehemaligen Laden handelte, gab es sowieso nur das große Schaufenster neben der Tür, das sich offenbar nicht öffnen ließ und mit einem dicken schwarzen Vorhang zugehängt war. Christoph fragte sich, ob immer nur dann frische Luft in diesen Raum drang, wenn jemand kam oder ging.

Das nur spärlich mit wenigen Lampen beleuchtete einstige Geschäft war vollgestopft mit Schreibtischen. Zwei standen einander gegenüber in der Mitte, die restlichen säumten die Wände. Dass es sich überhaupt um Schreibtische handelte, konnte Christoph nur an den Vorderseiten erkennen. Die Ablagen waren so zugemüllt, dass von den Flächen kein Quadratzentimeter mehr sichtbar war. Monitore, auseinandergeschraubte Computer und defekte Tastaturen türmten sich darauf, dazu lose Festplatten und unendlich viele Kabel und Stecker, seltsame Messgeräte, manche in Einzelteile zerlegt, manche blinkend, Zeitschriften und leere Getränkedosen, verkrustete Pappschälchen aus Imbissbuden und Pizzaschachteln und massenhaft Gerümpel ...

Die meisten der schrottig anmutenden Elektroteile aber schienen noch funktionstüchtig und in Gebrauch zu sein. An ein paar Innereien, die offen und wackelig oben auf den Müllbergen thronten, leuchteten grüne Lämpchen. Es war nicht auszumachen, an welches der hundert Kabel sie angeschlossen waren oder welche vielleicht sogar kabellos betrieben wurden.

In der Mitte des Raumes, an einem der beiden Schreibtische, erhob sich ein Typ, so Mitte zwanzig, von seinem wackeligen Drehstuhl. Christoph wunderte sich sofort, dass er vor dem Büro kein Motorrad hatte stehen sehen. Denn der Typ trug eine Lederkombi mit entsprechend schweren Stiefeln. Draußen schien die Sonne und sie hatten angenehm warme 27 Grad. Was war das für ein Mann, der freiwillig bei solchem Wetter in so einer Ledermontur herumlief?

„Das ist Fred", stellte Benni ihn vor. „Eigentlich heißt er Philipp. Aber wie du siehst, kann Fred nichts wegwerfen und holt selbst aus den altertümlichsten Teilen noch Sagenhaftes heraus. Deshalb nennen ihn alle Fred Feuerstein."

Christoph deutete ein leichtes Lächeln an und reichte Fred die Hand. Benni hatte seinen Bekannten bereits instruiert. Er wusste also, worum es ging, und kam auch gleich zur Sache. „Habt ihr die Daten dabei?"

Christoph reichte ihm eine CD-ROM, auf die er sowohl die Daten von Königs Laptop als auch die Codes der CD aus dem Schließfach kopiert hatte. „Und du meinst, es geht?"

Fred nahm die CD entgegen, ohne zu antworten.

Überflüssige Frage, dachte Christoph. Wenn es nicht ginge, hätte sich dieser Typ ja wohl kaum mit ihnen getroffen.

Fred steckte die CD-ROM ins Laufwerk eines Geräts, das Christoph auf Grund seines Zustands wie alles andere hier für Schrott gehalten hätte. Den Computer schien Fred selbst zusammengelötet zu haben. Ebenso wie alle anderen Geräte in diesem Raum besaß er keine Abdeckung.

Dann tippte er mit rasendem Tempo etwas auf seiner Tastatur, woraufhin der Bildschirm erst schwarz wurde und dann unendliche Datenreihen in solcher Geschwindigkeit herunterscrollen ließ, dass man unmöglich auch nur eine einzige Zeile hätte entziffern können. Von benutzerfreundlichen Oberflächen und Fenstern, die man für gewöhnlich auf Computern vorfand und mit der Maus bediente, schien Fred nicht allzu viel zu halten. So, wie man all seiner Hardware direkt in die Eingeweide schaute, so ging Fred auch mit der Software um. Er surfte offenbar lieber in den Quellcodes der Programme und gab die Befehle direkt ein.

Nach nicht mal einer Minute stand er auf, ging zu einem der Tische an der Wand, griff mitten in den Elektroschrotthaufen und zog aus irgendeinem Laufwerk, das sich darin befand, eine frisch beschriebene CD-ROM heraus.

„Das sind die entschlüsselten Daten für euch", sagte Fred. „Eine Namensliste mit Zuordnung zu den Zahlenreihen."

Mit einem schüchternen „Danke!“ nahm Christoph sie entgegen.

Fred schlurfte zurück zu seinem Platz, warf die Original-CD aus und reichte sie ebenfalls Christoph. Dann griff er unter seinen Tisch. Eine DVD kam zum Vorschein. „Die CD-ROM ist das Original mit den entschlüsselten Daten, die DVD die Scheibe für den Austausch, unverschlüsselt“, erklärte Fred. „So könnt ihr es nicht verwechseln.“

Ein fragender Blick huschte von Christoph zu Benni.

Fred interpretierte ihn sofort richtig.

„Keine Angst“, beruhigte er Christoph. „Ich will gar nicht wissen, für wen das bestimmt ist. Dass Benni beides braucht, reicht mir!“

Christoph nickte ihm erleichtert zu. Er hätte es irgendwie nicht gut gefunden noch mehr Leute einzuweihen.

„Nur so viel“, ergänzte Fred noch. „Wenn ihr irgendwelche Scheiße baut: Wir kennen uns nicht und haben uns nie gesehen!“

„Geht klar“, versprach Benni.

Dann fragte er noch mal nach: „Und das heißt, dass …“

„… wenn die DVD eingelegt wird, öffnet sie sich von selbst, zeigt die Daten für drei Minuten. Danach aktiviert sich ein Virusprogramm, das die gesamte Festplatte komplett neu formatiert und die DVD unbrauchbar macht.“

Christoph kaute auf der Unterlippe und überlegte: Das hieß, dass alles auf dem Computer der Entführer unwiederbringlich gelöscht wurde. Nach nur drei Minuten! Hoffentlich war das nicht zu kurz. Aber Christoph hoffte, dass die Entführer die DVD erst *nach* der Geiselübergabe anschauen würden. Wenn sie dann merkten, dass ihr Computer abkackte, wäre er mit Laura hoffentlich schon längst über alle Berge. Es würde schon gut gehen, hoffte Christoph.

Sie besaßen nun, was sie benötigten. Und zwar genau zum richtigen Zeitpunkt. Denn kaum hatten sie das Büro des Computerclubs von Eimsbüttel verlassen, meldete Christophs iPhone den Eingang einer SMS.

Sein Herz schlug bis zum Anschlag, als er las:

```
Übergabe heute 21 Uhr
Blindengarten
```

Er kannte den Blindengarten im Hamburger Stadtpark, obwohl er erst einmal dort gewesen war. Ein Garten, in dem eine Reihe von Beeten in Hüfthöhe angelegt und jede Pflanze mit einem Schildchen in Braille-Schrift gekennzeichnet war. So konnten die Schüler der benachbarten Schule für Blinde und Sehbehinderte hier einen ausführlichen Rundgang unternehmen, die Pflanzen ertasten und die entsprechenden Informationen lesen.

Zwar war es um 21 Uhr noch hell und der Garten wurde keineswegs nur von Sehbehinderten aufgesucht, dennoch war es ein Ort, an dem es um die vorgeschlagene Uhrzeit recht einsam zugehen dürfte. Vorbeikommende Jogger und fröhliche Gruppen, die mit Grill und Bierkästen zur großen Wiese zogen, oder selbst Besucher eines Konzertes auf der Stadtparkbühne dürften kaum wahrnehmen, was sich dort im Blindengarten vielleicht gerade abspielte. Kurzum: ein äußerst gefährlicher Ort für Leute, die eine Geisel befreien wollten.

Ohne die geringste Vorstellung davon zu haben, wie sie sich verhalten und schützen sollten, stand für Christoph jedoch sofort fest:

Es wäre gut sich mindestens zwei Stunden vor dem angegebenen Zeitpunkt in der Nähe des Treffpunkts einzufinden, um etwaige Vorbereitungen, die ihre Gegner mit Sicherheit treffen würden, beobachten zu können.

„Ich ruf Lukas an", sagte Benni. „Dann überlegen wir, was wir tun können."

Im selben Moment schoss es Christoph durch den Kopf: „Ich weiß es!"

Eine knappe Stunde später saß er in Connis Liebeshöhle an Bennis altem Laptop und drückte auf die Enter-Taste.

Benni schaute ihm über die Schulter und runzelte die Stirn.

Lukas las noch mal laut vor, was Christoph soeben auf einer neu eingerichteten Facebook-Seite gepostet hatte:

18. Geburtstag.
Heute 21:15 spontan Facebook-Party Blindengarten.
Freibier solange Vorrat reicht.

„Du meinst, das funktioniert?", zweifelte Benni.

„Klar", glaubte Lukas fest. „Gab's doch schon mal. Als so eine Tussi versehentlich die Facebook-Gemeinde zur Party eingeladen hat. Ein falscher Klick und Tausende Leute waren da."

Christoph erinnerte sich daran. Er hielt diese Party zwar nach wie vor für einen Fake der lokalen Boulevardzeitung. 10.000 Leute hätten sich angemeldet, hatte die Zeitung einen Tag vor der Party behauptet. In Wahrheit waren dann 1.500 Leute gekommen. Und zwar nicht – davon war Christoph überzeugt – weil das Mädchen seine Geburtstagsfeier auf Facebook angekündigt, sondern weil die Zeitung die Party bekannt gemacht hatte. Ein typisches Beispiel für ein von den Medien selbst inszeniertes Ereignis, über das diese dann berichten konnten.

„Aber uns reicht es ja, wenn nur zehn oder zwanzig Leute kommen“, sagte Christoph. „Hauptsache, es tauchen Zeugen in dem Blindengarten auf und wir stehen nicht allein mit den Verbrechern da.“

„Und wenn die Typen Wind davon bekommen?“, fragte Benni.

Christoph schüttelte den Kopf. Er hatte eigens für diese Einladung ein erfundenes Profil angelegt, das Bild eines hübschen Mädchens aus einer US-amerikanischen Werbung eingefügt und wahllos auf die Schnelle 300 Nutzern die Freundschaft angeboten. Darunter auch den Society-Redakteuren der Boulevardzeitungen und Magazine. Christoph war sicher, dass wenigstens zehn oder zwanzig Gäste in Partylaune kommen würden.

Hauptsache war, ihre Gegner würden wirklich erscheinen und hätten Laura dabei.

„Okay.“ Benni stellte den Wasserkocher aus und goss das sprudelnde Wasser über das Netz mit Kaktusfeigentee. „Dann lasst uns doch jetzt mal die entschlüsselten Daten ansehen.“

Christoph legte die CD-ROM ein, die sich selbstständig mit einem Tabellenprogramm öffnete. Es erschien eine saubere Auflistung mit 500 Namen, dazu die Nummernkonten, und die restlichen Zahlen, die unter den vielstelligen notiert waren, waren ebenfalls zugeordnet. Es handelte sich um die Beträge: So hieß 1,6 zum Beispiel 1,6 Millionen Euro Schwarzgeld.

„Wow!“, entfuhr es Christoph. „Das ist der Hammer!“

„Von wegen, Fred interessiert es nicht, was die Daten bedeuten. Der hat das ganz genau gecheckt, worum es geht“, stellte Lukas fest.

Benni winkte ab. „Macht nichts, auf Fred ist Verlass.“

Die Namensliste war nicht alphabetisch geordnet, sondern chronologisch und begann mit dem ältesten Datum, fast zwei Jahre alt. In dieser Sortierung fiel Christoph sofort der erste Name auf: Klaus Stemmler.

Klaus Stemmler, der Vorstandsvorsitzende jener Bank, bei der Sebastian König beschäftigt gewesen war. Und genau deshalb hatte Christoph immer geglaubt, Sebastian hätte eben einfach beiläufig über seine Arbeit erzählt, wenn er den Namen erwähnte. Christoph konnte ja nicht ahnen, dass König seinen obersten Chef schon voll im Visier gehabt und offenbar systematisch Informationen über ihn gesammelt hatte, bis er schließlich – wie auch immer – an diese brisanten Daten herangekommen war, die Christoph jetzt mit seinen beiden Freunden betrachtete.

Klaus Stemmler, einer der jüngsten Bankenchefs überhaupt, hatte sich innerhalb des Unternehmens als Finanzjongleur erster Güte einen Namen gemacht. Kein Finanzgeschäft war ihm offenbar zu heikel, zu dubios oder zu unseriös.

So hatte er in kürzester Zeit bereits Millionen an Boni verdient. Und selbst die Finanzkrise hatte ihn nicht aus der Bahn geworfen, sondern im Gegenteil auf der Karriereleiter nach oben gespült und so war er plötzlich Vorstandsvorsitzender geworden.

Das jedenfalls hatte Sebastian König über ihn erzählt. Christoph war damals nur mit halbem Ohr bei der Sache gewesen. Es hatte ihn einfach nicht interessiert. Woher hätte er ahnen sollen, dass König ihm das alles mit Bedacht und in böser Vorahnung mitgeteilt hatte?

„Und dann hat dieser Stemmler seine ergaunerten Millionen auch noch steuerfrei ins Trockene gebracht", mutmaßte Lukas, nachdem Christoph seinen Bericht beendet hatte.

„Mehr noch", glaubte Benni. „Er hat 499 anderen gleich mit angeboten, ihr Schwarzgeld sicher anzulegen."

Christoph sah sich die Liste weiter durch. „Und das hat er nicht aus Nächstenliebe getan", schloss er aus den Namen, die er jetzt der Reihe nach las. „Sondern zur eigenen Sicherheit. Je mehr einflussreiche Leute Gefahr liefen, mit ihm gemeinsam aufzufliegen, desto sicherer war er selbst vor der Steuerfahndung."

Das System war leicht nachzuvollziehen.

Steuerfahnder galten in Deutschland immer noch als unbestechlich. Und vermutlich waren sie das auch, glaubte Christoph. Nur – selbst dem eifrigsten Fahnder waren die Hände gebunden, wenn seine Chefs aus dem Ressort für Finanzen, der Politik also, ihre schützende Hand über diesen oder jenen hielten, in diesem Fall also über Klaus Stemmler.

„Klaus Stemmler verließ sich nicht auf Versprechungen. Er vertraute keinem von ihnen. Sondern er holte sie einfach mit ins Boot. Sprich: Flog er auf, sprengten sie sich selbst mit in die Luft. Sieh mal!"

Christoph zeigte jetzt auf einzelne Namen, von denen er wusste, dass sie entweder Abgeordnete in der Bürgerschaft Hamburgs waren, in den Wirtschafts- und Finanzausschüssen saßen oder im Bundestag und in ihren Parteivorständen.

„Alle fein miteinander verbandelt!", kommentierte er und schüttelte den Kopf.

Gleichzeitig wurde ihm endgültig klar, welche Brisanz diese Datensammlung hatte und wie gefährlich sie für ihn war. 500 einflussreiche, zum Teil prominente Persönlichkeiten mit dicken Konten. Um die zu schützen – was spielte da das Leben einer siebzehnjährigen Schülerin für eine Rolle? Aber es war Lauras eigene Idee und Forderung gewesen die Daten nicht auszuhändigen, sondern sie öffentlich zu machen. Christoph wusste, sein Weg war richtig, er und seine Freunde durften sich keinen Fehler erlauben.

„Die Frage ist nur, wer von denen hat König und Gruber auf dem Gewissen und bedroht jetzt uns?", fragte sich Lukas laut.

Bis jetzt hatten sie ja gehofft den einen herauszufinden, für den die Veröffentlichung der Daten besonders heikel und existenzbedrohend gewesen wäre und der deshalb alles daransetzte dies zu verhindern. Doch in der Liste, die sie hier vor sich sahen, traf das auf mindestens zwanzig, dreißig Personen zu, schätzte Christoph.

Eine ganze Reihe von bekannten Unternehmern stand darauf. Die würden knurren und zahlen. Nötigenfalls auch eine Kaution, um das Gefängnis zu verhindern. Aber wirklich bedrohlich würde sich ihr Steuerbetrug wohl nicht auf sie auswirken. Im Gegenteil, im Kreise ihrer Geschäftspartner würde man sie bemitleiden, weil sie aufgeflogen waren, wohl kaum aber ächten, meiden oder gar verurteilen.

Bei den drei Schauspielern, deren Namen sich ebenfalls auf der Liste befanden, würde es ein paar Wochen Schlagzeilen in der Yellow Press geben und auch dann wäre die Geschichte überstanden. Ganz anders dagegen bei den Funktionsträgern aus der Politik. Deren politische Karriere wäre sofort beendet.

Aber würde einer von denen so weit gehen, Morde in Auftrag zu geben?

Die drei Jungs konnten sich das beim besten Willen nicht vorstellen. Sie lebten doch nicht in einer Diktatur irgendeiner Bananenrepublik, sondern in einer der am höchsten entwickelten und angesehensten Demokratien der Welt. Nur ein Fakt sprach dafür, dass es dennoch so sein könnte: Sebastian König und Gruber waren ermordet worden!

„Hast du schon jemanden gesehen?“, fragte Lukas.

Christoph verneinte. Seit einer halben Stunde hockte er in einem Gebüsch, aus dem heraus er den gesamten Blindengarten überblicken konnte.

Lukas war mit dem Rad die Umgebung abgefahren. Er hatte nichts Auffälliges entdecken können. Benni war noch auf seinem Moped unterwegs. Er fuhr die nahe gelegenen Straßen ab. Sie hatten bis zum Übergabetermin noch eine volle Stunde Zeit.

„Was machen wir, wenn die nicht kommen?“, fragte Lukas.

„Die kommen!“, erwiderte Christoph. Und horchte in sich hinein, ob er wirklich davon überzeugt war. Er mochte sich das Gegenteil nicht vorstellen. Hier und heute hatten sie die Chance Laura, so rasch es ging, aus der Geiselnahme zu befreien. Erschienen die Entführer nicht, würden sie damit fürs Erste nahezu jede Spur von ihr verlieren.

Aber sie mussten kommen! Die Entführer brauchten schließlich die Daten; die Zeit lief ihnen davon. Sie müssen einfach hier aufkreuzen!, beschwor Christoph sich selbst.

Ein Brummen seines lautlos gestellten Handys riss ihn aus seinen Gedanken. Eine Mitteilung von Benni. Auch er hatte nichts entdeckt: weder die Suzuki noch sonst einen Hinweis auf Laura oder ihre Entführer.

Allerdings eine Gruppe von grölenden Idioten!, schrieb er weiter.

Vermutlich auf dem Weg zu euch!

Christoph fluchte. Sein Plan sich nicht allein und ohne Zeugen der Übergabe zu stellen schien nur halb aufzugehen. Denn eine Gruppe besoffener Partyzombies würde kaum als Zeugen zu gebrauchen sein.

Mehr noch: Würden sich Lauras Entführer von einer Gruppe angetrunkener, vergnügungssüchtiger Jugendlicher vielleicht sogar abhalten lassen hier zu erscheinen? Vielleicht war sein Plan zu blauäugig gewesen?

Wie zur Bestätigung hörten sie im nächsten Moment, dass die von Benni entdeckte Gruppe sich lautstark näherte.

„Die scheinen ja jetzt schon reichlich breit zu sein!“, kommentierte Lukas. Auch er fürchtete, dass ihr Plan möglicherweise ins Gegenteil umschlagen könnte. Die grölende Gruppe konnte ihre Gegner verschrecken.

„Nicht ich habe diesen Treffpunkt vorgeschlagen“, erinnerte Christoph, „sondern die. Dann müssen sie auch damit rechnen, dass hier so was abgeht.“

Ein Brummen kündigte den Eingang einer weiteren Nachricht

auf Christophs Handy an. Christoph nahm an, wieder von Benni. Doch weit gefehlt.

`So früh da?`

Christoph sprang auf. „Verdammt!"

Er zeigte Lukas die Nachricht. Hektisch sahen die beiden sich um. Die Entführer wussten Bescheid! Wo hatten sie sich versteckt? Wo waren er und Lukas gesehen worden?

Die grölende Gruppe Jugendlicher erreichte jetzt den Garten. Wie Lukas schon angenommen hatte, waren sie betrunken, und sie hatten trotz der Ankündigung von Freibier, der sie offensichtlich gefolgt waren, noch reichlich zu trinken mitgebracht. Christoph ging unwillkürlich wieder in die Hocke. Er fühlte sich von den Gangstern beobachtet, wollte aber auch von den Besoffenen nicht entdeckt werden. Das fehlte ihm jetzt noch, dass ihm ein paar Schnapsleichen auf die Pelle rückten. Mittendrin in der grölenden Gruppe lief Benni, der sein Moped vor sich herschob und die Jugendlichen als Tarnung nutzte.

Er stellte das Moped an die Seite, sah sich ein paar Mal nach allen Seiten um, näherte sich möglichst unauffällig der Stelle, wo Christoph und Lukas sich versteckten, und huschte dann zu den beiden ins Gebüsch.

„Und?", fragte er.

„Nichts", antwortete Christoph. Außer der Gruppe von Partygästen, mit der Benni gekommen war, hatten er und Lukas niemanden entdecken können.

„Ich auch nicht", bestätigte Benni noch mal das, was er schon in der SMS mitgeteilt hatte.

„Aber sie sind da!", klärte Christoph Benni auf und zeigte ihm die Nachricht der Entführer.

„Scheiße!", entfuhr es Benni. „Von wo aus haben die euch gesehen?"

Christoph zog die Schultern hoch. Das hätte er auch gern gewusst.

„Ich hab mich wirklich ganz genau umgeschaut", versicherte Benni. „Ich habe niemanden gesehen!"

Plötzlich tippte Lukas ihn an die Schulter und zeigte auf die Partygruppe.

„Schau mal!"

„Hey!", rief Benni entsetzt, als er sah, was Lukas meinte. An seinem Moped machten sich gerade zwei Typen aus der Gruppe zu schaffen. „Ticken die nicht mehr ganz sauber?"

Er wollte sofort lossprinten.

Christoph hielt ihn zurück. „Warte!"

„Warte?", empörte sich Benni. „Worauf? Dass die mein Moped zerlegen?"

„Ich will hier nicht entdeckt werden!", beschwor Christoph ihn.

Aber Benni widersprach. „Wir wurden bereits entdeckt! Hast du doch selbst gerade gesagt!"

„Trotzdem!", entgegnete Christoph aufgeregt. „Mensch, die haben Laura. Wir dürfen uns jetzt nicht ablenken …"

Doch Benni rannte los, um sein Moped zu retten. „Hey, Finger weg!"

„Idiot!“, zischte Christoph ihm wütend hinterher.

Benni erreichte sein Moped nicht einmal. Zwei der Betrunkenen stellten sich ihm in den Weg und fingen ihn ab, indem sie ihn von beiden Seiten an den Armen festhielten.

„Was ist los?“, lachte der eine. „Willst du einen Schluck?“

Sein Kumpel hielt ihm eine Bierbüchse vors Gesicht.

Benni sah, wie zwei andere aus der Gruppe sich noch mehr für sein Moped interessierten. Einer von ihnen setzte sich darauf und fummelte am Lenker herum, ein anderer fläzte sich auf den Sozius.

„Deine Mühle?“, brüllte der Erste zu Benni hinüber.

Christoph und Lukas beobachteten die Szene aus ihrem Versteck heraus. Es war unschwer zu erkennen, dass die Situation, in die Benni geraten war, auf großen Ärger hinauslief.

„Das darf nicht wahr sein!“, ärgerte sich Christoph, als sein iPhone ein weiteres Mal brummte.

Erster Papierkorb links
an der Weggabelung Richtung Planetarium

„Was?“ Irritiert las Christoph die Zeilen. „Was soll das bedeuten?“

„Das ist der Übergabeort“, deutete Lukas die Mitteilung.

„Übergabe?“, stotterte Christoph. „Wieso Übergabe? Wann? Jetzt? Soll ich die Daten einfach in einen Abfallkorb werfen, oder wie? Wo ist Laura? Die wollten sie doch freilassen, wenn wir ihnen die Daten geben!“

Lukas zeigte wieder zu den Jugendlichen. „Ich glaube, Benni bekommt Ärger!“

Christoph fluchte. „Auch das noch! Mann, das können wir jetzt überhaupt nicht gebrauchen!“

„Die Schlüssel!“, hörte er einen der Typen, die auf dem Moped saßen, Benni zurufen.

„Wir müssen ihm helfen“, forderte Lukas.

„Verdammt, verdammt, verdammt!“, schimpfte Christoph. „Ich hab Benni noch gesagt, er soll …“

Wieder brummte sein Handy. Die nächste SMS ging ein.

Jetzt! Sofort!

Christoph stutzte: „Hä? Wieso …?“ Und dann begriff er: „Scheiße, ich glaube, die gehören dazu!“

„Was? Wie meinst du das?“ Lukas war auf dem Sprung Benni zu Hilfe zu kommen. Zehn, zwölf Typen umfasste die Gruppe, die sich jetzt komplett um ihn versammelt hatte und ihn bedrängte den Schlüssel fürs Moped herauszurücken, für eine Spritztour durch den Blindengarten.

Wie auch immer Lauras Entführer hinter seinen Trick mit der Facebook-Party gekommen sein sollten, Tatsache war, dass diese eigenartige Partygruppe gezielt provozierte und bei Christoph Panik und Hektik auslöste. Das konnte kein Zufall sein! Vermutlich hatten die Entführer einer Gruppe partyfreudiger Jugendlicher ein bisschen Geld in die Hand gedrückt, damit die jetzt genau diese Show abzog. Damit hatte Christoph die Lage nicht mehr im Griff, konnte die Entführer nicht ausfindig machen. Er verlor den Überblick. Verflucht! Und Benni war voll in die Falle getappt.

„Benni muss da raus!“, entschied Christoph. „Und zwar sofort! Die Entführer sind hier. Und wir dürfen sie nicht verlieren!“

„Wie sollen wir das machen?“, fragte Lukas zurück. „Da kommt es gleich zu einer Prügelei!“

Christoph wartete nun nicht mehr ab, sondern lief voran, direkt auf Benni zu, der immer noch von der Gruppe umringt wurde, die ihn daran hinderte sein Moped zu erreichen.

„Die Schlüssel, die Schlüssel, die Schlüssel!“, skandierten sie wie einen Schlachtruf beim Fußball.

Christoph drängelte sich durchs Getümmel. „Benni, los komm, wir müssen weg von hier!“

Jetzt war er bei Benni angekommen, ebenfalls umringt von den skandierenden Jugendlichen, die nun beide bedrängten, schubsten, rangelten.

Plötzlich hatte Christoph einen Geistesblitz, wie sie der Gruppe entkommen konnten. „DAS BIER KOMMT!“, brüllte er. „DA VORNE! DAS BIER!“

Er wusste, sein Trick würde – wenn überhaupt – nur funktionieren, wenn seine Theorie stimmte: Lauras Entführer hatten den Jugendlichen Geld in die Hand gedrückt, um Ärger zu machen, ohne dass die eingeweiht waren, worum es wirklich ging. Dann würden sie auf Freibier anspringen.

Und tatsächlich ging Christophs Finte auf.

Sofort ließ die Gruppe von den beiden ab.

„Wo?“, fragte einer.

„Treppe hoch, rechts!“, schwindelte Christoph. „Der Lieferwagen kommt hier nicht ran. Sie zapfen das Fass deshalb an der Straße an!“

„Geil!“, freute sich ein anderer und schon schob die ganze Gruppe ab.

Christoph verlor keine Zeit. Er zog Benni mit sich und winkte Lukas zu.

„Los, zum Übergabeort. Aber schnell! Benni, fahr du die Straße entlang. Bis zum Zebrastreifen beim Planetarium. Von dort komm uns entgegen. Lukas und ich laufen. Irgendwo auf dem Weg muss ein Papierkorb kommen. Dort treffen wir uns.“

„Okay!“, sagte Benni, warf sich auf sein Moped, startete es und prüfte kurz, ob noch alles heil geblieben war. Dann brauste er los.

Auch Christoph und Lukas rannten los.

Auf dem Weg kam ihnen eine weitere Gruppe entgegen, die schnurstracks auf den Blindengarten zuging. Christophs Aufruf bei Facebook hatte offenbar Wirkung gezeigt. Aber die gewünschte und erhoffte Öffentlichkeit nützte ihm jetzt nichts mehr. Die Entführer hatten ihn aus dem Garten herausdirigiert.

Die beiden liefen, aber von einem Papierkorb links am Weg war nichts zu sehen. Das konnte doch nicht sein, dachte Christoph. Er blieb stehen und schaute sich um.

„Was ist?“, fragte Lukas.

„Ich weiß nicht“, antwortete Christoph. „Ich hab ein komisches Gefühl. Okay, weiter.“ Er setzte sich wieder in Bewegung, diesmal aber nicht im Laufschritt, sondern er beschränkte sich darauf, zügig zu gehen. So konnte er genauer die Augen nach einem Papierkorb offen halten.

Aber sie stießen immer noch auf keinen.

Nach einigen Dutzend Metern blieb er erneut stehen.

Jetzt spürte auch Lukas, dass hier etwas nicht stimmte. Längst hätte der angegebene Papierkorb auftauchen müssen. Sie hatten den Weg, der direkt zum Planetarium führte, bereits fast erreicht, von vorn kam Benni ihnen entgegen.

„Und?“, fragte Christoph.

Benni bremste neben ihnen. „Auf dem Weg ist kein Papierkorb“, berichtete er.

Christoph sah sich verzweifelt um, schaute auf sein Handy, aber es war keine neue SMS eingegangen.

„Das gibt’s doch nicht!“, sagte er mit zittriger Stimme. Hastig fuhr er sich durchs Haar. „Hier *muss* ein Papierkorb sein. Scheiße, ey, die haben Laura und wir finden diesen verfluchten Papierkorb nicht!“

Er versuchte sich halbwegs zu beruhigen, um zu überlegen, was er tun sollte.

Die Wege waren fast menschenleer. Wenn im Planetarium ein Programm stattfand, dann war es noch nicht beendet. Leute, die an diesem schönen Sommertag den Abend im Stadtpark verbrachten, befanden sich ausnahmslos in dem Gelände, das sich an die andere Straßenseite anschloss. Auf dieser Seite gab es nur das Planetarium und den Blindengarten. Selbst Jogger verirrten sich selten hierher.

„Da!“ Lukas zeigte plötzlich auf einen grünen Papierkorb, der tatsächlich genau an dieser Weggabelung stand, etwas zurückversetzt zu den Büschen hin.

„Ich denke, hier gibt es keinen?“, fuhr Christoph Benni an.

„Den hab ich nicht gesehen“, gestand Benni. „Außerdem gehört er nicht zu diesem Weg, sondern schon zur Abzweigung.“

„Mann, nun werd nicht kleinlich!“, meckerte Christoph. „Das muss er sein. Einen anderen gibt es hier nicht!“

Allerdings quoll der Eimer bereits über vor Müll. Christoph konnte sich nicht vorstellen, dass er die brisanten Daten tatsächlich da hineinquetschen sollte.

Noch einmal schaute er sich ganz genau um. Hatte er etwas übersehen? War er hier doch falsch?

Stimmen und Gejohle drangen jetzt von der nicht weit entfernten großen Wiese herüber. Die Spielwiese der Stadt. Erwachsene Männer trafen sich dort zum Feierabendfußball, Taschen als Tore, manchmal nur vier oder fünf auf jeder Seite, manchmal komplette Mannschaften. Einige spielten dort Rugby oder Frisbee. Viele Gruppen und Grüppchen hatten einen Grill und Bier in Kisten dabei …

Ein Spaziergänger ging an den dreien vorbei, ein Pudel trabte ihm hinterher. Beide drehten ab, über den Zebrastreifen Richtung große Wiese. Ein letztes Gezwitscher der Vögel war zu hören, bevor sie sich zur Nachtruhe begaben.

Benni hatte sein Moped ausgestellt, saß aber noch immer auf dem Sattel und wollte sich eine Zigarette drehen, merkte aber, dass seine Hände vor Aufregung zu sehr zitterten, und steckte den Tabak wieder weg.

Christoph hatte sich entschieden. Hier musste er richtig sein, so komisch es ihm auch vorkam. Er fasste in seine Jackentasche, um die DVD herauszuholen.

Sein Griff ging ins Leere.

Für die Dauer eines Herzschlags verfiel Christoph in Schockstarre, um danach umso wilder in der Jackentasche herumzuwühlen. Das konnte doch nicht sein! Er hatte die DVD doch …?

Noch mit der Hand in der Innentasche drehte er sich um, scannte den Weg hinter sich mit seinen Blicken ab. Hatte er die DVD verloren? Kaum vorstellbar. Noch nie war ihm etwas aus der Tasche gefallen. Auch nicht, wenn er lief.

„Was ist mit dir?“, fragte Lukas.

Christoph sagte es ihm mit bleichem Gesicht: „Die DVD ist weg.“

Lukas sah ihn entgeistert an. „Alter, mach keinen Scheiß!“

„Echt jetzt. Ich hatte sie hier in der Tasche!“

Mit der linken Hand zog Christoph die Jackenhälfte vor, um Lukas die Innentasche zu zeigen wie bei einer Zollkontrolle.

„Die haben dir die DVD gezockt?“, fragte Lukas.

Christoph erstarrte. Wie bitte? Gezockt? Auf die Idee war er noch nicht gekommen. Wieso gezockt? Wer? Wann? Aber Lukas schien die Möglichkeit, dass Christoph die Scheibe verloren hatte, gar nicht erst in Betracht zu ziehen.

Christoph spürte, wie ihm heiß und kalt zugleich wurde.

Gestohlen! Aber natürlich! Die besoffenen Typen! Er hatte doch gleich geahnt, dass sie mit den Tätern in irgendeiner Weise unter einer Decke steckten. Aber nicht auf diese Art! Ihr Gegröle und Gerangel, der Wodka, Bennis Moped, alles nur billigstes Ablenkungsmanöver, damit einer der Entführer, der sich unter die Leute gemischt hatte, ihn anrempeln und ihm unbemerkt die DVD aus der Tasche ziehen konnte. Und während sie hier den Weg entlanggingen, sich umschauten, warteten und rätselten, waren die Täter mit seiner DVD längst verschwunden. Und weit und breit keine Spur von Laura! Sie hatten sich hereinlegen lassen wie kleine Schulkinder. Aber genau genommen waren sie ja auch nichts anderes. Wie hatten sie nur annehmen können, einen gerissenen Bankenvorstand, mit allen Wassern gewaschen, austricksen zu können!

Sie waren sich so schlau vorgekommen, die Täter hinters Licht führen zu wollen. In Wahrheit aber hatten sie nichts anderes getan, als mit ihrem dummen Trickversuch Lauras Leben aufs Spiel zu setzen.

Jetzt standen sie mit leeren Händen da, ohne den geringsten Hinweis darauf, wo Laura sich befinden könnte.

Christoph schossen die Tränen in die Augen. Sie hatten, verdammt noch mal, großen Mist gebaut.

Niedergeschlagen saßen die drei am Ufer des Stadtparksees. Gegenüber sahen sie auf die beleuchteten weißen Zelte des Biergartens. Musik und Stimmengewirr drangen von dort über das Wasser zu ihnen herüber. Das Freibad direkt davor hatte bereits geschlossen, aber rund um den See leuchteten und flackerten kleine Fackeln, Kerzen und Minigrills, saßen größere und kleinere Gruppen von Menschen zusammen, die den warmen Frühlingsabend bei mitgebrachtem Wein und Bier genossen.

Die friedliche Stimmung, die den gesamten Park überzog, ließ nicht erahnen, dass mittendrin drei Jugendliche hockten, die gerade um das Leben einer Freundin bangten, weil eine Geiselübergabe kläglich gescheitert war.

Wie gern hätte Christoph jetzt mit Laura hier am Ufer gesessen, ihren Körper gespürt, mit ihr in den Sternenhimmel, der immer mehr sichtbar wurde, geschaut und wie alle anderen hier auch einfach nur die Nacht verbracht.

Stattdessen hockte Christoph zusammengekauert auf dem Gras und zitterte wie im tiefsten Winter. Sein Körper bebte vor Wut und aus Angst um Laura. Tränen rannen ihm über die Wangen aus lauter Verzweiflung und Ratlosigkeit.

„Sie hatten nie vorgehabt Laura freizulassen", sagte Lukas ernst.

Christoph wusste nicht, ob das ein Trost sein sollte oder nur eine nüchterne Feststellung.

Als Trost taugte es nichts. Nicht mal als Entschuldigung für ihren Fehlschlag. Christoph dachte noch einmal über all die Entscheidungen nach, die sie getroffen hatten und an denen – bis auf die letzte – auch Laura beteiligt gewesen war. Sie hatte immer für eine schnellstmögliche Veröffentlichung der Daten plädiert. Und damit hatte sie Recht. Genau das musste er jetzt tun.

Christoph teilte das Ergebnis seiner Überlegungen den anderen mit: „Wir müssen die Daten endlich weitergeben. So wie wir es vorgehabt haben. Ich hätte meinen Gang zur Steuerfahndung nicht abbrechen dürfen."

Er erinnerte sich an die Szene, als sein Handy die MMS mit Lauras Foto anzeigte. Ohne auch nur eine Sekunde zu zögern, war er umgedreht. Nicht für einen Moment hatte er darüber nachgedacht, ob das richtig war, sich kein einziges Mal die Frage gestellt, was Lauras Entführung bedeutete und welche Schlussfolgerungen er daraus für sein Handeln ziehen sollte. Er hatte einfach nur panisch reagiert, statt sich von dieser Drohung nicht einschüchtern zu lassen!

„Mann!", entfuhr es Benni. „Wenn einem ein Foto von der entführten Freundin gesendet wird, dann hätte jeder getan, was die verlangen!"

„Nein!", widersprach Christoph entschieden. „Du siehst es ja! Es hat nur dazu geführt, dass sie Laura gefangen halten. Denn solange sie sie haben, ist sie ihr Pfand, dass wir die Daten unter Verschluss halten!“

„Aber dann heißt das, dass Laura noch lebt“, meinte Lukas.

„Ich hoffe es“, erwiderte Christoph und sah die Freunde fest an. „Solange wir die Daten besitzen, sie aber nicht veröffentlichen, ist unser aller Leben in Gefahr. Nur eine Veröffentlichung schützt uns, weil es dann sinnlos wird, uns aus dem Weg zu räumen. Wir hätten uns auf diese ganze Übergabe *Daten gegen Laura* nicht einlassen dürfen!“

„Hinterher ist man immer schlauer“, bemerkte Benni.

Doch Christoph hob die Hände. „Wie auch immer! Es ist müßig so darüber nachzudenken. Wir müssen jetzt handeln.“

„Sofort?“, fragte Benni ungläubig nach. „Wie stellst du dir das vor?“

„Onlineredaktion!“, antwortete Christoph. „Die Namen auf der CD müssen noch heute ins Netz gestellt werden. Dann ist es morgen in allen Nachrichten. Und die Entführer merken, dass Laura als Pfand nichts mehr wert ist.“

„Dann bringen sie sie um!“, befürchtete Benni.

„Warum sollten sie?“, fragte Christoph zurück. „Das wäre ein Mord, der ihnen nichts nützt, aber neuen Ärger einbringen könnte.“

„Okay“, willigte Benni ein.

Lukas schlug klatschend die Hände zusammen. „Worauf warten wir noch?“

Im Verlagsgebäude des Magazins in der Hafencity brannte tatsächlich noch Licht.

Benni stellte sein Moped am Straßenrand ab, schloss es ab und begann sich eine Zigarette zu drehen. Er musste nicht lange auf Christoph und Lukas warten, die mit ihren Rädern vom Stadtpark aus an der Alster entlanggefahren waren und bei ihm ankamen, kurz nachdem er seine Zigarette fertig geraucht hatte.

Sie schlossen ihre Räder an Bennis Moped.

„Arbeiten die die ganze Nacht?“, wunderte sich Lukas mit Blick auf die beleuchteten Fenster.

„Onlineredaktion“, sagte Benni. „Die Onlineausgaben werden permanent aktualisiert. Aber die Frage ist, wo wir hinmüssen. Die Chefredaktion werden wir sicher nicht antreffen.“

Christoph hatte sich im Rahmen eines Praktikums einmal intensiver mit der Arbeit von Zeitungen und Magazinen beschäftigt. Er hatte sogar drei Wochen lang bei einer Onlineredaktion gearbeitet. Allerdings nur bei einem Computermagazin, das nicht über Politik oder gesellschaftliche Themen schrieb.

Außerdem hatte er sich dort mehr fürs Webdesign als für die Texte interessiert. Trotzdem wusste er über die grundlegende Struktur einer Redaktion Bescheid.

„Ein Chef vom Dienst wird da sein. Ich hoffe, den können wir überzeugen.“

Der Plan drohte schon am Eingang zu scheitern. Die Tür zum Verlagshaus war verschlossen.

„Haben die sich eingeschlossen?“, wunderte sich Lukas. Er rüttelte an der Tür, presste das Gesicht an die Scheibe, legte die Hände zu beiden Seiten an den Kopf, um den Blick vor Lichtreflexionen zu schützen, und schaute in das nur schwach beleuchtete, leere Foyer.

„Von innen geht die Tür bestimmt auf", nahm Christoph an.

„Und von außen? Gibt es keine Klingel?" Benni sah sich um.

„Zumindest ein Nachtwächter oder eine Security oder so muss doch da sein?", vermutete Christoph. „Halt! Stopp! Doch! Da kommt einer!"

Ein breitschultriger Mann in Security-Uniform ging auf die Tür zu.

Sein mürrisches Gesicht zeigte Christoph schon, dass es schwierig werden würde an ihm vorbeizukommen. Doch er war den Umgang mit Hauswärtern gewohnt. Innerlich dankte er Herrn Mehring für all die Jahre Training. Noch bevor der Security-Mann überhaupt von innen die Tür erreicht hatte, zog Christoph die CD hervor, zeigte mit dem Finger erst darauf und dann nach oben, was bedeuten sollte: Ich habe etwas Wichtiges abzugeben.

Der Mann stutzte, drehte sich um und ging zum Empfangstresen, hinter den er sich jetzt setzte. Dort, so war zu sehen, drückte er eine Taste und Christoph konnte seine Stimme hören: „Was gibt's?"

Christoph ratterte den Text herunter, den er sich eben ausgedacht hatte. Zuerst entschuldigte er sich für die späte Störung. Aber er würde wichtige Informationen für „den CvD" haben, so lautete die übliche Abkürzung für den Chef vom Dienst, die er dringend weitergeben müsste.

Aber der Security-Mann ließ sich mit einer allgemeinen Berufsbezeichnung nicht abspeisen und verlangte einen konkreten Namen. Da konnte ja jeder kommen!

Natürlich! Christoph fluchte leise vor sich hin. Natürlich gab es in diesem Verlagshaus etliche Redaktionen und viele verschiedene

CvDs mit unterschiedlichen Arbeitszeiten. Wenn Christoph einen direkt sprechen wollte, dann brauchte er einen Namen, und zwar von genau jenem CvD, der jetzt dort oben saß und Dienst hatte. Woher sollte er den nehmen?

„Es ist wichtig!“, betonte Christoph also, statt einen Namen zu nennen. Seine Befürchtung, dass das nicht ausreichen würde, bestätigte sich sogleich.

Der Security-Mann schüttelte nur den Kopf.

„Scheiße!“, fluchte Benni. „Es muss doch wohl möglich sein dort einen Redakteur zu sprechen?“

„Klar“, antwortete Lukas ihm. „Tagsüber. Aber nicht, wenn du hier unangemeldet abends um halb elf auftauchst.“

Christoph überlegte. Nach Hause zu gehen und auf den nächsten Tag zu warten kam für ihn nicht in Frage. Dann konnte es längst zu spät sein für Laura. Sie mussten noch heute Nacht dafür sorgen, dass die Daten irgendwie an die Öffentlichkeit gelangten.

Plötzlich kam ihm die einfachste Idee der Welt. Er zog sein iPhone hervor und suchte im Internet die Webseite des Onlinemagazins.

„Was hast du vor?“, fragte Benni.

„Ich rufe einfach in der Redaktion an!“, erklärte Christoph dem verblüfften Benni.

Noch verblüffter schaute der, als es tatsächlich klappte. Nach nur zehn Minuten erschien unten im Foyer ein Mann, den Christoph auf Mitte dreißig schätzte. Er trug einfach nur Jeans und T-Shirt, war schlecht rasiert und hatte halblange, wellige Haare, nach hinten gebürstet. Er gab dem Security-Mann ein Zeichen, woraufhin der die Tür aufschloss.

Doch als Christoph, Benni und Lukas hineingehen wollten, stellte er sich wieder in den Weg: „Nur einer!“

Die drei blieben verdutzt stehen.

„Na, es reicht doch, wenn erst mal einer mir erzählt, was ihr anzubieten habt, oder?“, fragte der Redakteur, nachdem er sich vorgestellt hatte: „Hallo, ich bin Roman Kandake, CvD in der Nachtredaktion des Onlinemagazins.“

Christoph nickte und stellte sich seinerseits mit Namen vor. Mit einem stummen Blick verständigte er sich mit Benni und Lukas, dass sie draußen warten würden. Dann folgte er Kandake, der ihm einen Platz gleich in der Besucherlounge im Foyer anbot.

Benni und Lukas konnten sie beide also während des gesamten Gesprächs sehen.

Christoph musste sich erst einmal sammeln und überlegen, wo und wie er anfangen sollte. Am Telefon hatte er nur gesagt, dass er hochbrisante Daten besäße, die die Namen von Steuerbetrügern enthielten. Und genau danach fragte Kandake auch sofort: „Wieso gehst du damit nicht zum Finanzamt?“

Christoph begriff, dass er dem Mann die ganze Geschichte chronologisch erzählen musste, damit der die Brisanz der Daten überhaupt verstand.

Also begann Christoph mit dem Tod von Sebastian König. Lukas drückte weiter die Nase an die Scheibe, obwohl sicherlich kein Wort durch die dicke Scheibe nach außen drang.

Als Christoph beim Versteck auf dem Segelboot angelangt war und gerade das brennende Auto seiner Eltern erwähnte, meldete sein iPhone erneut den Eingang einer SMS.

Sofort dachte Christoph an Laura und las die Nachricht deshalb auch prompt.

`Denk an deine Freundin`

stand da. Gefolgt von einer MMS, die erneut ein Foto von Laura zeigte.

Geschockt hielt Christoph dem Redakteur das Foto hin. Ihm fiel auf, wie sehr seine Hand dabei zitterte. „Eine erneute Drohung! Sie wissen, dass ich hier bin!"

„Wer?", fragte Kandake. Er nahm das iPhone entgegen und betrachtete das Foto.

„Die Mörder von König und Gruber!", brachte Christoph nur tonlos heraus.

War es doch ein Fehler hierherzukommen?, fragte er sich. Stimmte seine Theorie nicht, dass er nur hier und nur so Laura retten konnte?

Kandake betrachtete Christoph mit skeptischem Blick. Dann gab er ihm das iPhone zurück. „Das Bild zeigt nichts Bedrohliches!"

Christoph schnappte nach Luft, sprang auf, wobei er fast den Tisch umgerissen hätte. „WAS?", brüllte er.

„Sachte, sachte!", beschwichtigte Kandake und bedeutete Christoph, dass er sich wieder setzen sollte.

Christoph beherrschte sich und nahm Platz auf seinem Stuhl.

Kandake zeigte dem Security-Mann, der sofort in Alarmbereitschaft war, dass alles in Ordnung wäre.

„Schau dir das Bild genau an!", forderte Kandake Christoph auf.

Der Mann hatte Recht, musste Christoph zustimmen. Das Foto zeigte Laura vor einer weißen Wand auf einer schwarzen Ledercouch sitzend. Ihr Blick sah zwar traurig und müde aus, aber das war alles. Das Foto konnte überall aufgenommen worden sein, im Zweifel sogar bei ihr zu Hause.

„Aber, scheiße, Mann, ich *weiß* doch, wer sie in der Gewalt hat! Sie ist in Lebensgefahr! Das müssen Sie mir glauben! Ich komme doch nicht aus Jux mitten in der Nacht hierher, um Ihnen irgendwelchen Quatsch zu erzählen. Sie müssen mir helfen!", flehte Christoph den Redakteur nahezu an.

Die Miene seines Gegenüber wurde ernster.

„Hör mal", sagte er betont gelassen. „Ob ich dir glaube oder nicht, wir müssen die ganze Geschichte sowieso erst überprüfen. Aber wenn nur die Hälfte dessen stimmt, was du mir erzählt hast, dann …"

„Das ist doch noch längst nicht alles!", warf Christoph ein, doch der Redakteur ließ sich nicht unterbrechen.

„… dann musst du sofort zur Polizei gehen."

„Zur Polizei?", wiederholte Christoph und brüllte dabei lauter, als er gewollt hatte. Mit einer Handbewegung wischte er diesen Vorschlag schnell beiseite. „Und dann? Sie sehen doch, dass die sofort mitkriegen, wo ich hingehe!"

Zur Erinnerung und zum Beweis hielt er Kandake erneut sein Handy entgegen. „Was meinen Sie, was die mit Laura anstellen, wenn ich zur Polizei gehe! Das geht nicht! Nur Sie können mir helfen. Sie müssen die Daten veröffentlichen. Sofort! Heute Nacht noch! Das ist die einzige Chance Laura zu retten."

„Wie stellst du dir das vor?“ Kandake lachte bitter auf. „Mann, du bist hier nicht in einem Hollywoodfilm! Wir sind ein seriöses Magazin und nicht irgendeine durchgeknallte Verschwörungstruppe im Internet. Wir müssen dein Material gründlichst prüfen, das Finanzministerium in Berlin kontaktieren, ebenso den Senator für Finanzen hier in Hamburg, die Steuerfahndung anrufen, dann mit den beschuldigten Personen sprechen, bei der Polizei den Stand der Ermittlungen recherchieren und so weiter. Das dauert Monate, ehe wir mit solch einer Geschichte rausgehen. Wenn wir es überhaupt je tun.“

„WAS?“, brauste Christoph erneut auf. „DAS GEHT NICHT! Sie können doch Laura nicht hängen lassen! Nur wenn die Täter wissen, dass sie die Veröffentlichung nicht mehr verhindern können, nützt das ihr, weil es keinen Sinn mehr ergibt ihr etwas anzutun.“

Christoph hielt dem Redakteur mahnend das iPhone entgegen.

„Wenn die Täter – wie du sie nennst – wissen, dass du hier bist, dann wissen sie auch, dass wir das Material haben. Dein Zweck ist also erfüllt. Was willst du?“, entgegnete Kandake.

Christoph ließ sich gegen die Rückenlehne seines Stuhles fallen.

Es stimmte, was Kandake sagte. Auch wenn das Material noch nicht veröffentlicht wurde, es war hier. Was weiter damit geschah, lag nicht in Christophs Einfluss. Mehr konnte er also für Laura nicht tun.

„Aber du musst zur Polizei gehen“, beschwor Kandake ihn weiter. „Wenn es stimmt, dass dieser …“, er suchte kurz in seinem Gedächtnis nach den Namen, „… dieser König und anschließend auch Gruber ermordet wurden und du etwas darüber weißt, dann musst du zur Polizei. Erst recht, wenn du dich selbst bedroht fühlst und deine Freundin entführt wurde."

Christoph nickte stumm.

„Ich verspreche dir, dass ich mich um dein Material kümmere. Versprich du mir, dass du zur Polizei gehst. Ich werde dort morgen nachfragen." Der Redakteur streckte ihm die Hand entgegen.

„Versprich es!"

„Okay!"

Christoph schlug ein. Dann übergab er Kandake die Daten. Aber zufrieden war er nicht. Irgendwie hatte er sich mehr versprochen. Hilfe, Rat, Trost. Oder vielleicht sogar eine Bestätigung oder neue Idee, wie er Laura retten könnte. Nichts von all dem war eingetroffen. Lediglich die Hoffnung, dass die Weitergabe der Daten einen Mord an Laura sinnlos erscheinen ließ.

Aber das war nichts als eine Hoffnung. Hoffen und beten. Nichts weiter blieb ihm, etwas für Laura zu tun.

Laura! Wie mochte es ihr jetzt wohl ergehen? Christoph ballte verzweifelt die Fäuste. Ach, Laura, wie gern wäre er jetzt bei ihr – wo auch immer sie sich in diesem Moment befand.

Im Aufstehen reichte der Redakteur ihm eine Visitenkarte. „Hier, meine Direktwahl steht drauf. Auch meine Handynummer. Ich bleib an der Sache dran, versprochen."

Ein Lächeln glitt über sein Gesicht.

Christoph aber blieb ernst. Er schaute diesen Roman Kandake an und musste gleichzeitig an Sebastian König denken und an den erschossenen Gruber, wie er da lag, auf der Straße in seinem Blut.

Laura, dachte Christoph nur. Ich hol dich da raus. Versprochen!

Es war weit nach Mitternacht, als Christoph und Lukas mit dem Rad die Fuhlsbüttler Straße erreichten. Christoph hatte Kandakes Rat ernst genommen und war gemeinsam mit Benni und Lukas zur nächsten Polizeiwache gefahren. Dort hatten sie ihre Geschichte aber nicht vollständig erzählt, sondern lediglich zu Protokoll gegeben, dass sie zu den Morden an König und Gruber etwas aussagen konnten.

Die Beamten in der Wache nahmen das zu Protokoll und versicherten, dass die Abteilung „Ungeklärte Todesfälle" der Kriminalpolizei sich bei ihnen melden würde.

Benni war mit seinem Moped nach Hause gefahren. Lukas und Christoph hatten noch ein Stück den gleichen Weg, der sie auch an der Bank vorbeiführte, in deren Nebenstraße Gruber erschossen worden war. Die Spuren waren längst beseitigt, das Blut von der Straße gewaschen. Nur zwei kleine Vasen mit frischen Blumen und ein paar brennende Grabkerzen erinnerten an den Mord. In der einen Vase stand eine einzelne rote Rose, in der anderen ein kleines Sträußchen selbst gepflückter Wiesenblumen. Ein gerahmtes Foto zwischen den Vasen zeigte, wer sie dort niedergelegt hatte: Grubers Frau und seine kleine Tochter.

Seit dem Mord war Christoph noch nicht wieder hier gewesen. Und er wusste auch nicht, durch welchen Impuls es ihm in dieser Nacht in den Sinn gekommen war vor der Bank zu halten, in die Nebenstraße einzubiegen und sich den Tatort anzuschauen. Er war vom Rad gestiegen und betrachtete das Foto.

Lukas stand schweigend hinter ihm, die beiden Räder haltend.

„Hast du das hier schon gesehen?", fragte Christoph nach ein paar Augenblicken.

Lukas verneinte. Auch er war seit dem Tag des Mordes noch nicht wieder hier gewesen.

„Echt bitter", lautete sein Kommentar. „Ich wette, die haben nicht mal einen Schimmer, weshalb Gruber sterben musste."

Christoph drehte sich zu Lukas um und übernahm wieder sein Rad.

„Und die Polizei auch nicht", sagte er. „Sonst hätten die doch irgendwann bei mir auftauchen müssen."

„Wieso das?", fragte Lukas.

„Gruber hat mich angerufen und sich mit mir verabredet. Er ist umgebracht worden, als wir uns hier treffen wollten. Ich war seine letzte Verabredung. Da hätte die Mordkommission längst bei mir auftauchen und mich befragen müssen, was Gruber von mir wollte."

Lukas zog die Schultern hoch. „Wenn sie nichts von dem Date wussten?"

„Das ist es ja", bestätigte Christoph. „Die ermitteln offenbar überhaupt nicht in diese Richtung. Die wissen weder etwas von unserer

Verabredung noch von Grubers falschem Namen Kostawa noch haben die offenbar das Handy gefunden, mit dem Gruber mich als Kostawa angerufen hat. Ich frage mich, in welche Richtung ermitteln die dann?"

„Meinst du, das war der Typ mit der Suzuki?", fragte Lukas mehr sich selbst als Christoph.

„Keine Ahnung", gab Christoph zu. „Aber fest steht, die Mörder von Gruber haben auch Laura. Und über die Polizei werden wir nicht erfahren, wer die Auftraggeber sind. Zumal es ja auch so ist, dass wir längst mehr wissen als die."

„Komm, lass uns weiterfahren", drängte Lukas.

Christoph stieg auf sein Rad und gemeinsam fuhren sie das kurze Stück weiter bis zur Kreuzung, an der sie jeder die eigene Richtung einschlugen. Dort verabschiedeten sie sich.

Christoph bog links in die Hellbrookstraße ein, bis zum Morgensternweg.

Und fiel vor Schreck fast vom Rad!

Knapp schrammte er an einem Auto vorbei, eierte noch ein paar Meter, kam dann endlich wackelig zum Stehen, sprang vom Sattel und traute seinen Augen nicht.

„LAURA!"

Sie saß vor der Haustür, die Beine angezogen, den Kopf auf die Knie gelegt. Als sie Christoph ihren Namen rufen hörte, sah sie auf, schaute ihn mit verweinten Augen an, sprang auf, lief auf ihn zu und fiel ihm um den Hals.

Er ließ achtlos sein Rad fallen, umarmte Laura und drückte sie fest an sich.

Tausend Fragen jagten durch seinen Kopf. Aber er schwieg.

Laura presste sich an ihn, begann erneut zu schluchzen und ein Zittern durchlief ihren Körper.

Einen Moment standen sie einfach nur so da.

Christoph wartete ab. Dann schließlich löste er vorsichtig die rechte Hand von ihrem Rücken, legte sie sacht auf ihren Nacken und begann sie zu streicheln. Er spürte, wie gut ihr das tat. Langsam ebbte ihr Zittern ab.

Christoph hätte ihr gern mit ein paar Worten Trost zugesprochen, aber ihm fiel nichts ein. Zu groß war die Angst etwas Falsches oder Unpassendes zu sagen oder einfach nur zu harmlose Worte zu finden, die Lauras Zustand nicht angemessen waren. Er war einfach nur froh und erleichtert seine Freundin wieder im Arm halten zu dürfen. Lebend. Unversehrt.

In diesem Moment dachte er nicht einmal darüber nach, weshalb sie nicht schon zuvor bei der „Übergabe" wie verabredet aus der Geiselnahme entlassen worden war beziehungsweise wieso sie überhaupt freigelassen wurde. Das alles spielte in diesen Sekunden keine Rolle. Laura war da. Frei. Bei ihm. Er hielt sie fest. Und wollte sie am liebsten nie mehr loslassen.

Langsam löste sie sich aus seiner Umarmung und sah ihm in die Augen.

Christoph küsste ihr die Tränen von der Wange.

„Ich hab auf dich gewartet", erklärte sie mit zittriger Stimme. „Meine Eltern sind nicht da. Ich kann jetzt nicht allein sein."

„Natürlich!", versprach er im Flüsterton. „Komm, ich hol nur schnell ein paar Sachen."

Gemeinsam stiegen sie die Stufen hinauf bis in den zweiten Stock.

Christoph zog den Hausschlüssel aus seiner Hose – als er sah, dass die Wohnungstür offen stand.

„Scheiße!“ Denn sofort war klar, es waren nicht seine Eltern, die achtlos die Tür offen gelassen hatten. Hier war wieder ein Einbrecher am Werk gewesen.

Laura hielt sich erschrocken die Hände vors Gesicht und machte ein paar Schritte rückwärts. Besorgt schaute Christoph zu ihr hin. Was hatten die Entführer mit ihr angestellt?

Laura wusste, dass auch Christophs Eltern nicht zu Hause waren. Sie hatte schon geklingelt. Als niemand öffnete, hatte sie sich unten hingesetzt und auf Christoph gewartet. Vielleicht hatte sie mit ihrem Läuten die Einbrecher sogar verschreckt?

Christoph erzählte ihr, dass seine Eltern zur Geburtstagsfeier bei Freunden waren, die sich vor zwei Jahren ein Haus in Rosengarten vor den Toren Hamburgs gekauft hatten. Sie nutzten dort das Gästezimmer. So konnten sie Wein trinken und mussten spätnachts nicht noch nach Hause fahren.

Er stieß langsam die leicht angelehnte Tür auf. Möglicherweise waren die Einbrecher ja noch da. Er hatte nicht darauf geachtet, ob irgendwo unten vor der Tür wieder die Suzuki stand. Aber vielleicht waren es diesmal ja auch andere gewesen. Vorsichtig ging er einen Schritt voran, steckte den Kopf in den Flur, horchte. Als er nichts hörte, knipste er das Licht an.

Im Flur waren die Schubladen der Kommode herausgerissen und umgestülpt worden. Ihr Inhalt lag verstreut über den Boden des gesamten Flures.

Christoph ahnte, was er weiter vorfinden würde. Dieses Mal war nicht nur sein Zimmer, sondern die gesamte Wohnung durchwühlt worden.

Damit war klar: Die Entführer hatten Laura freigelassen, nachdem sie Christophs DVD geprüft hatten. Erst zu spät hatten sie entdeckt, dass die DVD dank Freds Programm ihre Festplatte komplett löschte. Nun suchten sie – wie zuvor – wieder nach den Originaldaten.

„Die sind doch bescheuert!“, sagte Christoph vor sich hin. „Ich könnte die Daten doch auch irgendwo im Internet sicher verwahrt haben. Das können die ja wohl schlecht komplett durchsuchen.“

„Eben“, bestätigte Laura mit zitternder Stimme. „Deshalb gilt dieser Einbruch vermutlich nicht nur etwaigen Kopien, sondern auch der Einschüchterung. Und das Internet können die nicht absuchen, aber sehr wohl deinen PC anzapfen.“

Christoph schaute sie an. Laura hatte Recht. Möglicherweise hatten die sämtliche Up- und Downloads, die er von seinem Hausanschluss vorgenommen hatte, längst protokolliert und nachverfolgt. Und dann wussten sie, dass er die Daten nirgends im Internet versteckt hatte. Vielleicht hätte er genau das längst tun sollen. Na ja, wenigstens lagen die Daten bereits in der Redaktion eines großen Magazins, beruhigte er sich selbst. Und die Polizei hatte er auch informiert. Er ging durch die ganze Wohnung und schaute in jedem Zimmer nach. Seine Befürchtung bestätigte sich. Die Einbrecher hatten alles durchwühlt: Wohnzimmer, Schlafzimmer, erneut sein eigenes Zimmer. Sogar das Esszimmer und das Bad. Laura ließ sich einfach auf dem Boden im Flur nieder. „Und jetzt?“

Sie mussten die Polizei rufen. Christoph würde seine Eltern informieren. In spätestens einer halben Stunde wäre die Bude hier gerammelt voll. Die Untersuchungen konnten sich Stunden hinziehen. Auf das alles hatte Laura jetzt keinen Nerv. Sie wollte nach Hause. In die heiße Wanne. Und geborgen in Christophs Armen einschlafen. Sie brauchte ihm nichts zu sagen. Er schaute sie nur an und wusste Bescheid.

„Wer sagt, dass wir heute Abend hier gewesen sind?", fragte er.

„Aber deine Eltern ...?", wandte Laura ein.

„Können hier jetzt auch nichts mehr ändern. Lass sie doch in Ruhe feiern. Morgen entdeckt Mehring die offene Wohnungstür, schlägt Alarm und meine Eltern sollen von ihren Freunden aus morgen früh gleich zur Arbeit fahren, hierherkommen und sich um alles kümmern. Komm mit!"

Er streckte ihr die Hand entgegen.

„Du meinst ...?"

„Klar!", sprach Christoph ihr zu. „Wir gehen jetzt zu dir."

Die Strecke bis zu Laura nach Hause in den Kerbelweg hätte zu Fuß eine knappe halbe Stunde gedauert, doch mit dem Rad, auf dessen Gepäckträger Laura sich chauffieren ließ, dauerte es nicht einmal zehn Minuten.

Als er vor dem Gartentor hielt, sah Christoph im Dachgeschossfenster noch Licht brennen. „Ich denke, deine Eltern sind auch nicht da?“

„Sind sie auch nicht!“, bestätigte Laura. „Die sind auf einer Ausstellung in Berlin. Autohersteller sind die wichtigsten Kunden der Werbeagentur meiner Eltern.“

Christoph bemerkte, wie Lauras Lippen und Hände zu zittern begannen.

„Die waren auch bei mir, Christoph!“, war sie sich sicher.

„Und dein Bruder?“, fragte Christoph in der letzten Hoffnung, dass sich wenigstens hier und jetzt mal eine Beobachtung harmlos auflöste. Langsam schob er sein Rad durch die Gartenpforte. Doch Laura blieb draußen stehen und starrte immer noch auf das Licht, das aus der Dachluke schien.

„Daniel schläft meistens in der WG seiner Freundin, solange er selbst noch auf Wohnungssuche ist“, sagte sie. Sie sprach leise, um von möglichen Eindringlingen nicht gehört zu werden. Dann wandte sich ihr Blick von der Dachluke ab, hinunter zu Christoph. „Ich hab Angst!“

Christoph blieb stehen.

„Ich auch“, gestand er. „Aber bist du sicher, dass nicht irgendjemand aus deiner Familie vergessen haben könnte das Licht auszumachen?“

Laura schüttelte den Kopf. „Sehr unwahrscheinlich.“

Christoph lehnte sein Rad an den Gartenzaun, ging auf Laura zu und nahm ihre Hand. „Wir schauen uns mal die Haustür an.“

Laura nickte zaghaft, ließ sich von Christoph führen. Langsam, zögerlich, Schritt für Schritt.

Auf den ersten Blick war an der Haustür nichts zu erkennen. Auch war sie zu.

„Schlüssel?“, flüsterte Christoph.

Laura steckte den Schlüssel ins Schloss und drehte langsam. Sie war korrekt verschlossen. Erleichtert atmeten beide durch.

„Immerhin“, versuchte Christoph ihnen beiden Mut zuzusprechen. „Gehen wir rein?“

Laura nickte und stieß die Tür vorsichtig auf.

Sie warteten kurz.

Betraten den Flur.

Hielten den Atem an. Laura knipste das Licht an.

Nichts geschah.

Erneut atmeten sie beide durch.

Alles sah ordentlich aus.

Christoph warf einen Blick in die Küche. Auch dort alles bestens. Und dennoch: Irgendetwas stimmte nicht.

Laura tippte Christoph gegen die Schulter und zeigte auf Bernhards Fressnapf. Er war halb voll.

„Was ist damit?", wollte Christoph wissen.

„BERNHARD?", rief Laura durchs Haus.

Christoph zuckte erschrocken zusammen. War die Töle etwa im Haus? Er dachte, ihr Bruder wäre bei seiner Freundin, und zwar *mit* Hund! Wenn der aber noch hier war, wieso hatte er nicht gebellt?

Laura stieg die Treppe hinauf in die obere Etage, in der neben dem Schlafzimmer ihrer Eltern und Daniels Zimmer auch ihres lag. Christoph folgte ihr.

Als Laura auf den obersten Stufen ankam, von wo aus man schon den hiesigen Korridor überblicken konnte, stieß sie einen Schreckensschrei aus.

Unwillkürlich nahm Christoph sie schützend in den Arm, schaute an ihr vorbei und sah – Bernhard. Er lag regungslos vor Lauras Zimmer!

„Ach du Scheiße!", stieß Christoph aus.

Laura löste sich aus Christophs Umarmung, rannte den Korridor entlang, legte ihr Ohr auf den Körper des leblosen Hundes und konnte eine erste Entwarnung geben: „Gott sei Dank. Er lebt! Offenbar hat ihn jemand betäubt!"

„Betäubt?", wiederholte Christoph ungläubig.

Laura zeigte auf einen kleinen blutigen Einstich in Bernhards Rücken.

Christoph öffnete die Tür zu ihrem Zimmer und sein Verdacht bestätigte sich: Ihr Zimmer war genauso durchwühlt worden wie seines. Er setzte sich auf den Flurboden, neben ihm kniete noch immer Laura bei dem bewusstlosen Bernhard. „Und jetzt?“

Laura zuckte mit den Schultern. „Hier bleibe ich keine Minute länger. So viel steht fest.“

Christoph konnte es gut verstehen, zeigte jedoch auf Bernhard. „Und er?“

„Er schläft fest und wird irgendwann aufwachen. Jetzt können wir ohnehin nichts für ihn tun“, war Laura überzeugt.

Christoph überlegte, wo sie hingehen konnten. Ihm fiel nur ein Ort ein: ihr Versteck in der Schule.

Laura war einverstanden. Schnell packte sie die nötigsten Sachen in einen Rucksack.

Und dann machten beide, dass sie wegkamen.

Eine Stunde später saßen sie wieder dort, wo sie sich das letzte Mal vor der Entführung gesehen hatten: auf dem Futon im geheimen Keller der Schule.

Es war erstaunlich, dass ihre Entführer und Gegner dieses Versteck tatsächlich noch nicht entdeckt hatten. Demnach war das Geräusch in der Nacht vor der Entführung wohl nur bloßer Zufall gewesen.

Trotzdem hatten Christoph und Laura den Keller nicht nur zweimal von innen verschlossen, sondern zusätzlich die Klinke mit einem Stuhl verkantet, auf den sie außerdem noch eine leere Flasche gestellt hatten. Sollte jemand einbrechen, würden sie spätestens durch den Lärm der zerschellenden Flasche aufwachen.

„Wir geht es dir?“, fragte Christoph, nachdem Laura sich erschöpft auf den Futon gelegt hatte.

Von dem Rotwein der Nacht, in der sie hier gewesen waren, war noch etwas übrig. Christoph schenkte ein halbes Glas voll, kroch zu Laura auf die Matratze und reichte es ihr.

Sie nahm es dankend an. „Ich bin okay.“

Zum ersten Mal fanden sie die nötige Ruhe, um sich zu erzählen, was alles passiert war. Christoph fragte sich, wie die Entführer überhaupt auf Laura gestoßen waren. Wenn sie von dem Versteck nichts wussten, hatten sie auch nicht ahnen können, dass sie morgens in der Turnhalle duschen würde.

„Ehrlich gesagt, ich glaube, es war ein Zufall", sagte Laura. „Sie haben mich auf dem Schulhof abgefangen."

„Mitten auf dem Schulhof?", staunte Christoph. „Und niemand hat es bemerkt?"

„Es war noch viel zu früh. Kaum jemand da. Ich denke, die kamen nur so früh, um in Stellung zu gehen, um mich später abzufangen. Und da bin ich ihnen direkt in die Arme gelaufen. Vermutlich waren die selbst überrascht."

„Die? Waren es mehrere?", fragte Christoph nach.

„Mindestens zwei", antwortete sie. „Der Erste, den ich vorher noch nie gesehen hatte, sprach mich an, ob ich deine Freundin wäre. Natürlich hab ich nicht geantwortet, sondern gefragt, wer er denn wäre und was er wollte. Da kam schon einer von hinten und drückte mir ein Tuch vors Gesicht. In Sekundenbruchteilen wurde mir schwarz vor Augen. Aufgewacht bin ich dann in einem …", sie suchte nach dem richtigen Wort, „… ich würde sagen: Gästezimmer."

„Gästezimmer?", wiederholte Christoph. „Na hör mal!"

Laura wusste, dass es sich verharmlosend, ja fast lächerlich anhören musste. Aber ihr fiel kein besserer Ausdruck für den Raum ein, in den man sie gesperrt hatte. „Anders kann ich es nicht sagen. Es war ein großzügiger, nett eingerichteter Raum. Fast wie ein Hotelzimmer. Aber natürlich war das kein Hotel, weil ich dann ja hätte um Hilfe rufen können. Das hab ich auch getan. Aber niemand hat mich gehört. Und die Entführer haben mir auch versichert, dass mich niemand hören könnte."

„Die haben mit dir gesprochen?"

„Nur einer", bestätigte Laura. „Der Suzuki-Typ. Der machte gar keinen Hehl daraus, wie gleichgültig es ihm war, dass ich ihn erkannt hab. Offenbar ist er sich sehr sicher, dass man ihm nichts nachweisen kann, selbst wenn ich zur Polizei ginge."

„Seltsam!", fand Christoph. „Wieso ist der sich so verdammt sicher? Ich meine, selbst wenn er sich ein Alibi verschafft hat, immerhin hat die Polizei ihn doch wegen der Autobrände im Visier. Das verstehe ich nicht."

Laura teilte Christophs Verwunderung. Leider hatte sie kein einziges Indiz entdecken können, weshalb der Typ so selbstsicher war.

„Auf jeden Fall hab ich vernünftig zu essen und zu trinken bekommen", berichtete sie weiter. „Alles war okay. Außer dass das Fenster mit einem Rollladen verschlossen war, so dass ich nicht sehen konnte, wo ich war. Die wollten mich nicht lange dabehalten. Sondern nur bis zur Übergabe."

„Und wieso haben die dich dann nicht freigelassen, als sie die DVD hatten?", fragte sich Christoph laut.

„Ganz einfach: Ich war noch bewusstlos!", erklärte sie. „Die haben mich betäubt, damit ich den Weg nicht erkenne und die Polizei zu der Stelle führen könnte, wo sie mich festgehalten haben. Denn dort würde man möglicherweise Spuren von ihnen entdecken. Als ich endlich aufgewacht bin, haben sie mich einfach vor deiner Tür abgesetzt. Dort habe ich dann auf dich gewartet."

„Irre!“, entfuhr es Christoph. „Mann, wir haben uns fast in die Hosen gemacht vor Angst.“

„Zu Recht“, stimmte Laura ihm zu. „Vergiss nicht, die Typen haben zwei Morde auf dem Gewissen. Es gibt nur einen einzigen Grund, dass ich noch lebe. Sie haben keinen Nutzen darin gesehen mich umzubringen. Oder besser gesagt, vermutlich hatten sie Angst damit erst recht Staub aufzuwirbeln. Denn noch bringt sie ja keiner mit den beiden bisherigen Morden in Verbindung.“

Christoph stimmte ihr mit bitterer Miene zu.

„Morgen geh ich noch mal zu diesem Brockmann von der Steuerfahndung“, sagte er. „Ich hätte es gleich machen sollen. Es war ein Fehler umzukehren.“

Laura strich ihm zärtlich über die Wange. „Du hast es für mich gemacht. Und wer weiß, vielleicht hätten sie mir wirklich etwas angetan, wenn du zu der Behörde gegangen wärst.“

„Ja, wer weiß“, sagte Christoph. Zart legte er seinen Arm um sie und drückte sie fest an sich.

„Ich bin froh, dass du wieder da bist“, flüsterte er.

Erschöpft, glücklich sich wiederzuhaben und erleichtert ein wenig Ruhe gefunden zu haben, ließen sie sich auf den Futon fallen. Todmüde schliefen sie schnell ein, so wie sie waren, eng umschlungen, sich gegenseitig festhaltend.

Am nächsten Morgen bollerte es aufgeregt an die Tür des versteckten Kellerraums.

Christoph und Laura hatten sich den Wecker gestellt und saßen schon beim Kaffee. Sie trugen noch immer ihre Kleidung, die sie am

Abend gar nicht ausgezogen hatten, und auch aufs Duschen in der Turnhalle hatten sie beide an diesem Morgen verzichtet.

Christoph öffnete die Kellertür.

Ohne Begrüßung stürmte Benni herein. „Habt ihr schon gehört? Sie haben das Büro abgefackelt!"

Christoph und Laura wussten überhaupt nicht, wovon Benni sprach. Natürlich hatten sie hier unten von nichts etwas mitbekommen.

„Was für ein Büro?", fragte Laura.

Benni hielt ihr zur Antwort nur sein iPhone vor die Nase. Ein Videoclip zeigte das ausgebrannte Büro des Computerclubs.

„Scheiße!", entfuhr es Christoph.

„Alles im Arsch!", erklärte Benni. „Ein Brandanschlag."

Christoph und Laura sahen sich ernst an.

„Ist jemandem etwas passiert?", fragte Laura.

„Nein", antwortete Benni. „Fred hat mir nur dieses Video geschickt und geschrieben, dass alle okay sind. Mehr weiß ich auch nicht."

„Hoffentlich sind die versichert", sagte Christoph. „Aber unsere Daten dürften weg sein, oder?"

Benni zuckte mit den Schultern. „Wir haben doch sowieso noch eine Kopie, oder nicht?"

„Ja, hier im Keller", antwortete Laura. „Haben sie bei euch eingebrochen?"

Benni schüttelte den Kopf. „Bei uns zu Hause? Nein, wieso?"

Christoph erklärte Benni seine und Lauras Vermutung: „Die haben natürlich inzwischen gemerkt, dass unsere DVD ihre Festplatte gelöscht hat. Zum Glück erst, nachdem sie Laura freigelassen haben. Mann, da haben wir echt Schwein gehabt."

Entschuldigend sah er auch jetzt noch zu Laura, doch die bedeutete ihm, dass sie diese Aktion voll und ganz unterstützte.

„Jetzt suchen sie natürlich nach unseren Original-Daten. Es würde mich nicht wundern, wenn sie auch so schnell wie möglich versuchen an die CD-ROM zu kommen, die wir diesem Redakteur gegeben haben. Bei mir und bei Laura haben sie gestern Nacht alles durchwühlt und dazu auch noch das Büro des Computerclubs abgefackelt."

„Bei euch waren sie wohl noch nicht, weil deine Eltern gestern Abend zu Hause waren", vermutete Laura und blickte Benni an. „Wahrscheinlich kommen sie heute tagsüber."

„Erzähl keinen Scheiß!", rief Benni entsetzt.

Christoph fuhr mit ihrer Theorie fort: „Nur diesen Keller scheinen sie noch nicht zu kennen. Zum Glück. Wir müssen aufpassen."

„Klar", stimmte Benni zu. „Sowieso. Aber was ist mit Kandake? Sollten wir den nicht warnen?"

„Na, ich hoffe doch mal, der weiß mit brisanten Daten umzugehen", erwiderte Christoph. „Und wird sie sicher verwahren."

Benni aber erinnerte die anderen an das, was Christoph ihnen nach seiner Begegnung mit dem Redakteur berichtet hatte: Dass es Wochen und Monate dauern konnte, ehe die Zeitschrift sich entschließen würde von dem Fall zu berichten – oder eben überhaupt nicht. „Das heißt auch Wochen und Monate Zeit, die Daten diesem Kandake abzunehmen."

An Bennis Befürchtung war etwas dran, fand Christoph. Deshalb entschloss er sich nach seinem Besuch bei der Steuerfahndung noch mal bei dem Magazin vorbeizugehen.

„Das heißt, ihr schwänzt heute die Schule?", fragte Benni nach.

„Ja und nein", antwortete Christoph. Um zur Steuerfahndung zu gehen, war es noch zu früh. Um bis dahin zu warten, war die Schule der sicherste Ort, den Christoph sich denken konnte.

„Wir wollen noch mal ein bisschen recherchieren", erklärte Laura. „Es muss noch mehr über die Namensliste herauszubekommen sein, wer die Morde begangen hat oder so."

Benni zuckte mit den Schultern. „Wenn ihr meint. Wo? Im Computerraum?"

Christoph nickte. „Wo steckt eigentlich Lukas?"

„Keine Ahnung", sagte Benni. „Der wird wohl gleich kommen."

Zu dritt verließen sie den Keller, machten einen großen Bogen um die Räume, in denen sie eigentlich Unterricht gehabt hätten, und stießen schließlich auch auf Lukas. Zu viert gingen sie in den Computerraum der Schule, der Schülern für Hausaufgaben und Recherche zur Verfügung stand.

Ebenso wie Benni war auch Lukas über die Frage erstaunt, ob bei ihm schon eingebrochen worden war, was nicht der Fall war.

Christoph befürchtete, das könnte jetzt passieren.

Benni und Lukas überlegten, ob sie deshalb nicht lieber schnell nach Hause fahren sollten. Andererseits aber waren sie auch nicht scharf darauf den Einbrechern direkt in die Arme zu laufen. Außerdem, so war Christoph sich sicher, würde nichts wegkommen. Die Täter waren ausschließlich auf die Daten aus.

Während Laura einen der Computer anschaltete, schaute Christoph auf sein Handy. Er hatte ja seinen eigentlichen Termin bei Steuerfahnder Brockmann nicht eingehalten. Trotzdem hatte Brockmann sich bis jetzt noch nicht ein einziges Mal gemeldet, um nachzufragen. Das empfand Christoph als höchst merkwürdig. Er hatte diesen Termin fast wie eine Vorladung empfunden und erwartet, dass ein Nichterscheinen sofort Konsequenzen nach sich ziehen würde.

Ohne Lauras Entführung jedenfalls hätte Christoph es niemals gewagt diesen Termin nicht wahrzunehmen.

Und auch die Polizei rief nicht an, obwohl die Beamten auf der Wache doch versichert hatten, die Mordkommission würde sich melden. Oder war es auch dafür noch zu früh?

Na ja, heute Mittag würde Christoph zur Steuerfahndung gehen. Eine Ermittlungsbehörde, wie Brockmann betont hatte. Das hieß, wenn die erst einmal ihre Arbeit aufgenommen hatte, wäre es endgültig zu spät für ihre Gegner, weiter nach etwaigen Kopien zu suchen. Und die Steuerfahndung würde sich dann auch sicher nach seinen Hinweisen mit der Mordkommission in Verbindung setzen. Christoph hoffte, dass mit dem Treffen bei Brockmann dann endlich der Fall für ihn erledigt war.

„Wir sollten auch die Daten noch mal kopieren“, schlug Christoph vor. Immerhin war die CD, die Fred ihnen überlassen hatte, zurzeit das einzige Medium, auf das sie zurückgreifen konnten. Wenn die Täter davon wüssten, wären sie vermutlich innerhalb von Minuten bei ihm.

„Mach ich gleich“, bot Benni sich an. „Wenn Laura die CD nicht mehr braucht.“

Laura hatte die CD eingelegt und die Namensliste gestartet.

Den ersten Namen der Liste, der ihnen am auffälligsten vorgekommen war, gab sie nun noch mal bei Google ein: Klaus Stemmler.

Schnell wurde sie fündig.

„Schaut mal", sagte sie und tippte mit dem Finger auf den Bildschirm. „Hier ist eine Schätzung seines Verdienstes."

Lukas pfiff durch die Zähne: „Pro Jahr eineinhalb Millionen Euro. Nicht schlecht!"

„Ohne Boni", ergänzte Laura. „Die mitgerechnet, kommt in einem guten Jahr durchaus noch mal das Drei-, Vier- oder Fünffache dazu. Das wären bis zu neun Millionen Euro Jahresverdienst!"

„Weniger als mancher Spitzensportler", wusste Benni. Aber trotzdem natürlich kein Grund davon die fälligen Steuerzahlungen zu unterschlagen.

„Nun ja, er steht zwar auf der Liste", sagte Laura. „Das muss aber nicht heißen, dass er selbst Steuern unterschlagen hat, sondern vielleicht den groß angelegten Steuerbetrug nur organisiert hat."

„Aber wartet mal, es geht noch weiter", fuhr sie fort. „Hier sind noch einige seiner sonstigen Aufsichtsratsfunktionen aufgelistet und ..."

Laura klickte sich durch verschiedene Internetseiten, die Auskunft über Stemmler gaben. Einige davon waren von linken Zeitungen und Initiativen, die nicht nur über Stemmler, sondern auch einige andere Mächtige in Deutschland recherchiert hatten und die Ergebnisse hier auflisteten.

„Krass!", sagte Laura schließlich. „Ratet mal, wer ein gewichtiger Anteilseigner an dem Verlag von Kandakes Magazins ist."

Bevor jemand raten oder antworten konnte, sagte sie es ihnen: „Zu 25 Prozent gehört der Verlag zu einem anderen Medienkonzern, der wiederum ist hundertprozentige Tochter eines der größten Medienunternehmen der Welt. Und in dem wiederum sitzt als Vertreter der Bank ein gewisser Herr …"

„Stemmler! Pfft", machte Christoph. „Ihr meint, Kandake wird die Daten, die ich ihm gegeben habe, nie veröffentlichen?"

Laura bewegte abwägend den Kopf. „Würde mich jedenfalls nicht wundern, wenn nicht. Wir sollten ihn darauf ansprechen!"

„Das mache ich", versprach Christoph. „Gleich nachdem wir bei Brockmann waren." Er sah auf die Uhr. „Wir sollten allmählich losgehen."

„Warte kurz", bat Laura. „Ich drucke das schnell noch aus. Dann kann ich das unterwegs lesen."

„Und ich mache in der Zeit die Kopien." Benni nahm die CD aus dem Laufwerk und setzte sich an einen anderen Computer einen Tisch weiter. Dort fertigte er mehrere Kopien auf den USB-Sticks an, die jeder von ihnen ohnehin immer bei sich trug. Als sie die Sticks in ihre Hosentaschen zurücksteckten, hielt Lukas plötzlich inne. Von einer Sekunde auf die andere wurde er blass.

„Das können die sich doch auch denken, dass wir solche Sticks haben", meinte er langsam.

Benni zog seinen USB-Stick wieder hervor. „Du meinst, wenn sie in unseren Wohnungen nichts finden, fangen sie an uns der Reihe nach zu schnappen und zu durchsuchen?"

„Kannst ihn ja verschlucken, wenn sie dich kriegen", grinste Lukas.

Benni wurde bleich. „Idiot. Du hast vielleicht einen Humor!“

„Nein“, erwiderte Lukas. „Nur ein gutes Versteck für meinen Stick.“

Er zog ein Brötchen aus seiner Schultasche, biss eine Ecke davon ab und drückte den Stick in den weichen, weißen Teig. „Fast wie verschluckt“, grinste er.

Alle vier machten sich gemeinsam auf den Weg in die Innenstadt zum Finanzamt. Lauras Entführung war allen eine Lehre gewesen. Ab sofort wollten sie sich gegenseitig im Auge behalten. Aber den gesamten Weg über bis zur Eingangstür war ihnen nichts Verdächtiges oder Bedrohliches aufgefallen.

„Okay!“, sagte Christoph. „Dann gehe ich jetzt rein.“

Die anderen nickten wortlos.

Wie bei allen Behörden brauchte Christoph einen Moment, um sich zu orientieren, dann ging er zum Informationsschalter und fragte nach Herrn Brockmann.

Zu seiner Überraschung jedoch suchte die Frau am Schalter den Namen vergeblich.

„Er arbeitet in der Steuerfahndung!“, setzte Christoph nach.

„Die Abteilung heißt ‚Finanzamt für Prüfungsdienste und Strafsachen‘“, korrigierte die Frau.

„Von mir aus“, gab Christoph gern klein bei.

„Und die Abteilung ist nicht hier“, erklärte die Frau weiter, „sondern am Hugh-Greene-Weg Nummer 6.“

„Hä?“, entfuhr es Christoph. Er wühlte in seiner Hosentasche. Irgendwo musste er doch noch das Kärtchen haben, das Brockmann ihm zugesteckt hatte. Während er suchte, fragte er: „Und wo ist denn dieser … äh … Dings-Weg?“

„Aber da kommen Sie sowieso nicht rein. Zumindest nicht ohne Anmeldung“, belehrte ihn die Frau. „Öffnungszeiten nach Vereinbarung. Haben Sie einen Termin bei Herrn Brockmann?“

„Ja … nein … ich meine“, stammelte Christoph verwirrt. Und hatte endlich das Kärtchen gefunden. Es stand eindeutig die Adresse vom Gänsemarkt drauf.

Was die Frau allerdings wenig beeindruckte. „Aber der Termin, den Sie hier hatten, war ja auch vor zwei Tagen“, dozierte sie.

Christoph verzog das Gesicht. Das wusste er selbst!

Brockmann hatte ihn also hier treffen wollen, weshalb auch immer. Offensichtlich besaß er eben eine zweite Visitenkarte, vielleicht, weil man in das andere Gebäude nicht so ohne weiteres hineinkam? Was sollte er jetzt machen? Hier konnte er Brockmann nicht treffen, zu dem anderen Ort würde er keinen Zugang haben.

„Machen Sie telefonisch einen Termin aus“, schlug ihm die Frau am Schalter vor. „Die Nummer haben Sie doch?“

Christoph schaute auf das Kärtchen, nickte kurz, bedankte sich flüchtig, drehte um und ging zögernd wieder hinaus, wo Laura, Benni und Lukas ihn erwartungsvoll empfingen.

Christoph brachte sie kurz auf den neuesten Stand.

„Okay, dann rufen wir eben an“, schlug Laura vor. „Wir dürfen keine Zeit verlieren.“

Christoph nickte und gab die Nummer vom Kärtchen in sein

Handy ein – und war erneut mit einer Empfangsdame verbunden. Er äußerte seinen Wunsch mit Brockmann verbunden zu werden, und erhielt abermals eine überraschende Antwort: „Der ist im Ausland!"

Christoph verschlug es die Sprache.

„Hallo?", ertönte es aus seinem Handy. „Sind Sie noch da? Soll ich etwas notieren?"

Erst als Laura ihn mahnend ansah und wissen wollte, was los wäre, fasste sich Christoph wieder und fragte nach: „Wieso im Ausland? Ich hatte eine Verabredung mit ihm. Vorgestern. Aber mir war etwas dazwischengekommen. Na ja, und nun wollte ich mich melden."

„Geben Sie mir Ihren Namen. Ihre Telefonnummer sehe ich hier auf dem Display. Herr Brockmann wird Sie dann zurückrufen."

„Wann?", fragte Christoph.

„Wenn er zurück ist", antwortete die Frau knapp.

„Wann wird das sein?", hakte Christoph nach.

Doch nun hatte die Frau bereits das Gespräch beendet.

Christoph kam sich vor wie ein ertappter Steuerbetrüger. Aber genau das hatte die Frau wohl auch in ihm vermutet. Christoph nahm an, dass es noch nie vorgekommen war, dass sich jemand meldete, der Steuerbetrüger anzeigen wollte. Sondern wohl nur ausschließlich Leute, die versuchten abzuwiegeln, zu beschwichtigen, sich die Steuerfahndung vom Hals zu reden.

Völlig perplex stand Christoph da. Brockmann war seine große Chance, seine letzte Rettung gewesen. Und jetzt war er derart brutal abgewimmelt worden!

Fragend schaute er die anderen an: „Wieso ist der im Ausland?“

Laura kräuselte die Stirn. Das war schon ein merkwürdiger Zufall, fand sie. Außerdem hätte sie nicht gedacht, dass deutsche Steuerfahnder im Ausland überhaupt irgendwelche Befugnisse besaßen, aber vielleicht ging es auch nur um eine Absprache mit den Steuerbehörden anderer Länder. Erfahrungsaustausch, Seminar, was auch immer. Fest stand, Brockmann war nicht zu sprechen.

„Dann zu Kandake“, entschied Christoph. „Vielleicht kann der Brockmann ausfindig machen. Ich wollte ihn ja sowieso fragen, ob er wirklich etwas mit unseren Daten unternimmt, wenn möglicherweise einer seiner obersten Chefs in die Sache verwickelt ist.“

„Wollen wir nicht lieber gleich zur Polizei?“, überlegte Lukas.

Doch Christoph winkte ab. Der Polizei mussten sie zu viel erklären. Kandake war bereits eingeweiht und hatte sich hoffentlich schon ein wenig mit dem Material beschäftigt. Außerdem hielt Christoph den Steuerfahnder Brockmann noch immer für die größte Hilfe und er hoffte inständig, dass Kandake und sein Magazin über entsprechende Möglichkeiten verfügten Brockmann ausfindig zu machen oder einen anderen Steuerfahnder zu kontaktieren.

Außerdem war es vom Gänsemarkt nicht weit bis zur Redaktion in der Hafencity. Da konnten sie schnell diesen Versuch wagen.

Mit öffentlichen Verkehrsmitteln war es allerdings umständlich das Verlagshaus von hier aus zu erreichen, und zu Fuß denn doch ein ganzes Stück.

Benni tippte Christoph an und zeigte auf die Leihräderstation der Bahn. Alle vier waren angemeldet und so ging es schnell und preiswert, dass sie alle mit dem Rad fahren konnten.

Tagsüber erwies es sich – natürlich – als erheblich einfacher Kontakt mit der Redaktion aufzunehmen als in der Nacht. Christoph konnte ohne Probleme die Empfangshalle betreten und um ein Gespräch mit Kandake bitten.

Der Pförtner griff zum Telefon, wählte eine Durchwahlnummer, wartete, legte auf, wählte eine andere Nummer, sprach mit jemandem, legte wieder auf, sah dann Christoph an und teilte mit: „Der ist außer Haus."

„Wo ist er denn?", fragte Christoph nach, ohne eine Antwort zu erwarten. Es würde hier sicher nicht anders laufen als bei dem Telefonat mit der Steuerfahndung.

Überraschenderweise aber sagte der Pförtner: „Mallorca!"

„Wie bitte?" Christoph war so perplex, dass er nichts anderes herausbrachte.

Laura, Benni und Lukas, die sich im Hintergrund aufhielten, aber alles mitbekamen, staunten ebenfalls. Vergangene Nacht hatte Christoph doch noch mit dem Redakteur gesprochen und der hatte versichert sich um die Sache zu kümmern. Wieso war er nur Stunden später nach Mallorca geflogen, ohne dass er im Gespräch davon etwas erwähnt hatte?

„Wissen Sie zufällig, ob seine Reise geplant war oder ob er spontan abgereist ist?", fragte Christoph.

Der Pförtner zuckte zunächst, wie Christoph es schon vermutet hatte, nur mit den Schultern. Aber dann blätterte er in einem kleinen Büchlein und antwortete schließlich: „Also, Urlaub ist es jedenfalls nicht. Die Urlaubsplanungen und Vertretungen habe ich hier stehen. Und er hat sich auch nicht abgemeldet für eingehende Telefonate. Insofern ...“, der Pförtner zog erneut die Schultern hoch, „... sieht das eher nach einer spontanen Kurzreise aus.“

Man sah, dass auch ihm kein Grund einfiel, warum ein Redakteur gewissermaßen Hals über Kopf nach Mallorca flog.

Christoph bedankte sich für die Auskunft, nickte seinen Freunden zu, verließ mit ihnen das Foyer und erst draußen vor der Glastür sagte er: „Leute, das ist doch kein Zufall, dass sowohl Kandake als auch Brockmann seit heute Morgen verschwunden sind.“

„Und beide im Ausland!“, ergänzte Benni. „Ob die sich auf Mallorca treffen?“

Daran glaubten die anderen drei nicht. Aber ganz offenbar hatten die Hintermänner dafür gesorgt, dass die beiden so schnell wie möglich zu verschwinden hatten, bis hier alles in ihrem Sinne geregelt war. Es zeigte den vieren einmal mehr, über welchen Einfluss ihre Gegner verfügten.

„Die haben einerseits Angst vor der Steuerfahndung, andererseits aber genug Möglichkeiten, um einzelne Fahnder, die ihnen auf die Schliche kommen, auszubooten?“, staunte Laura. „Wartet mal.“

Sie suchte die ausgedruckten Unterlagen hervor, die sie teilweise schon in der Bahn durchgelesen hatte, und überflog die Papiere nochmals. Und wurde fündig.

„Da!“ Sie zeigte auf ein Foto, das auf eines der Papiere gedruckt war. „Kennt ihr den?“

„Nö!“, bekannte Benni.

Auch Lukas schüttelte den Kopf.

Laura schmunzelte. „Nein, den kennt auch keiner. Staatsrat der Hamburger Finanzbehörde.“

„Wie heißt der?“ Christoph zog den Zettel zu sich und las den Namen. „Nie gehört. Jetzt sag nicht, der steht auch auf der Liste.“

Laura schüttelt den Kopf. „Nee, sag ich nicht. Glaub ich auch nicht. Aber hier steht, der Typ war vorher im Aufsichtsrat einer Bank. Dieser Bank!“

Sie tippte wieder auf das Foto des Vorstandsvorsitzenden Stemmler.

„Nein!“, staunte Christoph.

Lukas spuckte neben sich auf den Asphalt. „Die stecken alle unter einer Decke!“

Benni hatte sich mittlerweile eine Zigarette gedreht und suchte offenbar nach Feuer.

„Alte Seilschaften“, pflichtete Laura Lukas bei. „Der hat also dafür gesorgt, dass Brockmann verschwunden ist.“

„So sieht’s aus.“ Laura nickte. „Kein Wunder, dass wir nirgends vorankommen.“

Benni verzog das Gesicht. „Na toll. Und was machen wir jetzt?“

„Also doch zur Polizei!“, schlug Laura vor. „Die Kommissare, die die Todesfälle von König und Gruber untersuchen, werden wohl kaum auch ins Ausland abberufen worden sein und der Polizeipräsident ist ja wohl hoffentlich nicht auch noch mit den ganzen Gangstern verbandelt!“

Das glaubte Christoph auch nicht. Aber nach wie vor rumorte dieses merkwürdige Gefühl in ihm, weshalb sich die Mordkommission nicht schon bei ihm gemeldet hatte.

„Wo müssen wir da hin?“, fragte er in die Runde. „Bei der Wache waren wir ja schon. Aber wo ist die Mordkommission?“

„Na, bestimmt im Polizeipräsidium", glaubte Benni. „Sagen die doch auch immer im Fernsehen: Kommen Sie mit aufs Präsidium!"

Lukas lachte auf und stupste Benni mal wieder gegen den Hinterkopf. „Im Fernsehen, du Hirni!"

Benni zog die Schultern hoch. „Was soll denn sonst im Präsidium sein? Das ist ein riesiger Gebäudekomplex da am Hindenburgdamm."

„Hindenburg*straße*!", korrigierte Lukas lachend. „Der Hindenburg*damm* führt auf die Insel Sylt!" Er gab Benni einen zweiten Klaps auf den Hinterkopf. „Aber du hast Recht. Fahren wir dort vorbei. Liegt ja mehr oder weniger sowieso auf dem Nachhauseweg."

„Okay." Christoph stieß einen tiefen Seufzer aus. Es war das dritte Mal an diesem Tag, dass sie versuchen mussten an irgendeinem Pförtner vorbei die richtigen Leute zu treffen, die sich ihrer Sache annehmen würden. Ob die Beamten von der Wache seine Aussage überhaupt weitergeleitet hatten? Nach wie vor glaubte Christoph, wenn sie es getan hatten, dann hätte sich die Mordkommission längst melden müssen.

Zwanzig Minuten später erreichten sie mit den Leihrädern das Präsidium, das gleich neben dem Stadtpark gelegen war.

Im Vergleich zum Einlass bei der Polizei waren die ersten beiden Versuche Brockmann und Kandake zu erreichen noch äußerst unkompliziert gewesen.

Unten im Polizeipräsidium, wo ein Beamter in Polizeiuniform hinter einer Panzerglasscheibe saß, mussten die vier erst einmal ihre Ausweise abgeben. Da Benni seinen nicht dabeihatte, fiel er schon mal aus. Kein Ausweis, kein Einlass. Wie im Flugzeug.

Dann fragte der Polizist hinter dem Panzerglas natürlich, wen die Jugendlichen denn genau sprechen wollten und in welcher Angelegenheit.

Christoph konnte keinen Namen sagen, wusste nicht einmal die richtige Abteilung und versuchte deshalb in kurzen knappen Worten zu schildern, worum es ging.

„Also Mordzeugen?“, hakte der Polizist nach und hob beide Augenbrauen. „Alle vier?“

„Ja!“, antwortete Christoph, um dann sogleich einzuschränken: „Na ja, eigentlich ...“

Der Beamte nutzte Christophs Unsicherheit und ging in die Offensive. Als Erstes nahm er sich Lukas vor: „Du hast also gesehen, wie eines der Opfer ermordet wurde?“

Lukas schüttelte heftig den Kopf. „Nein! Nicht direkt.“

„Sondern?“

Lukas schaute unsicher zu den anderen, fasste sich ein wenig, brachte aber dennoch nicht mehr als ein Stottern heraus: „Na ja, ich weiß nur, was er ...“

Er zeigte auf Christoph.

Der Blick des Beamten schoss sich jetzt auf Christoph ein. „Also du?“

Christoph ließ sich nicht so leicht einschüchtern. „Ja!“, sagte er. „Ich besitze wichtige Hinweise darauf, dass mein Nachbar umgebracht wurde!“

Selbst Benni staunte über die Courage, die Christoph gegenüber dem Polizisten aufbrachte. Und von „wichtigen Hinweisen“ konnte überhaupt keine Rede sein. Alles, was sie hatten, war ein Sammelsurium aus Vermutungen. Und eine Reihe von nicht zu beweisenden Erlebnissen. Lediglich die Einbrüche bei ihnen waren protokolliert, aber bei keinem war etwas gestohlen worden.

„Okay", sagte der Beamte. Allerdings versuchte er gar nicht erst seine Zweifel auch an Christophs Glaubwürdigkeit zu verbergen.

„Und sie?" Der Polizist zeigte auf Laura, wobei er immer noch Christoph anschaute, als ob das Mädchen eine Person wäre, mit der man nicht direkt sprechen konnte.

Laura sagte vorwurfsvoll: „Ich wurde entführt!"

Erneut hoben sich die Augenbrauen des Polizisten. Lauras Antwort verschlug ihm für einen Augenblick die Sprache.

„Moment!", sagte er dann, griff zum Telefon, wie es der Pförtner in der Zeitungsredaktion auch getan hatte, und rief offenbar in der zuständigen Abteilung an.

„Es holt Sie gleich jemand ab", informierte er Christoph und Laura.

Der Beamte stellte zwei Besucherausweise aus und überreichte sie Laura und Christoph.

Lukas beschloss gemeinsam mit Benni draußen vor dem Präsidium zu warten. Kurz darauf erschien ein Polizist in Zivil unten an der Tür, die sich von außen nur durch Knopfdruck des Pförtners öffnen ließ.

„Guten Tag", stellte sich der Kriminalbeamte vor, „mein Name ist Löns. Kriminalhauptkommissar des LK 4. Sie haben Angaben zu machen zum Tod von Thomas Gruber und …" Für den zweiten Namen musste der Kommissar auf einen kleinen Zettel schauen: „Sebastian König?"

Christoph begriff sofort, was der Zettel bedeutete: Sebastians Tod war in der Mordkommission noch immer nicht bekannt.

Wieso nicht? Christoph hob sich die Frage auf und nickte nur. Ebenso wie Laura.

Löns gab dem Pförtner ein Zeichen. Der drückte einen Knopf. Ein lautes Summen ertönte. Löns öffnete die Tür mit der rechten Hand und lud Christoph und Laura mit der linken ein hindurchzugehen.

Christoph kam sich komisch vor, als Kommissar Löns sie in ein Vernehmungszimmer führte. Das sah wirklich aus wie im Fernsehen, nur kleiner. Ein Tisch, vier Stühle, kein Fenster.

Christoph griff Lauras Hand, die sie ihm vertrauensvoll drückte: *Es wird schon.*

„Dann erzählt mal", forderte Löns sie auf.

Und Christoph begann. Nachdem er Roman Kandake, dem Redakteur des Nachrichtenmagazins, auch schon alles so erzählt hatte, fiel es ihm nun vor dem Kriminalkommissar sehr viel leichter die Geschehnisse in der richtigen Reihenfolge flüssig wiederzugeben.

Nachdem er seinen Bericht beendet hatte, schaute Löns ihn an. „Das war alles?"

Christoph nickte. Dem Tonfall des Kommissars konnte er nicht entnehmen, ob das eine rein informative Frage war oder ein Ausdruck der Enttäuschung.

„Und Sie?" Löns schaute nun Laura an, die noch gar nichts gesagt hatte.

„Christoph hat alles gesagt", versicherte sie.

„Und die Entführung?“, hakte Löns nach. „Können Sie sich an Details erinnern?“

Während Laura dem Kommissar haarklein von ihrer Entführung berichtete, spürte Christoph die Vibration in seiner Hosentasche, die die Ankunft einer Nachricht in seinem iPhone erzeugte. Christoph überlegte, ob er nachschauen sollte. Vermutlich würde der Kommissar das als unhöflich werten, aber was sollte es? Vielleicht war es eine wichtige Nachricht von Benni und Lukas?

Mit einem Seitenblick erst auf Laura, die gerade dabei war das Zimmer zu beschreiben, in dem sie gefangen war, und einem auf Löns, der aufmerksam zuhörte, fischte Christoph das Handy aus seiner Hose und warf einen kurzen Blick auf die Nachricht:

Suzuki ist ein Bulle.
Nichts wie raus da!

Christoph schnappte nach Luft. Er wusste natürlich sofort, wen Benni mit „Suzuki“ meinte. Der, ein Polizist? Wie konnte das sein? Und was sollte der Hinweis: Nix wie raus da! Was meinte Benni damit?

Christoph fiel auf, dass Löns ihn musterte.

Christoph warf ihm ein verlegenes Lächeln zu und versuchte seine Überraschung möglichst zu verbergen.

Schnell steckte er das iPhone zurück in die Tasche und machte eine entschuldigende Geste zum Kommissar.

Der Kommissar erwiderte das Lächeln nicht. Im Gegenteil.

„Können wir uns hier vielleicht mal unterhalten, ohne mit dem Handy zu spielen?“, pflaumte er ihn an.

Christoph wechselte einen nervösen Blick mit Laura, die ihn ebenso mit Unverständnis anschaute wie der Kommissar. Beide spürten, dass er plötzlich nicht mehr bei der Sache war.

„Was ist los?“, hakte Löns nach.

„Nichts, nichts“, versicherte Christoph.

Löns nickte. „Schön.“

Und widmete sich wieder Laura, die den Bericht ihrer Entführung zum Glück nun gerade zu Ende brachte.

Verdammt, dachte Christoph. Sie mussten hier raus. Wie sollte er das anstellen? Und wieso? Hieß das etwa, Jahn befand sich auf dem Weg zu ihm, hierher in den Vernehmungsraum? Warum? Was wollte er hier? Hatte Christoph etwas zu befürchten? Was sollte ihm hier schon geschehen, mitten im Polizeipräsidium? Andererseits: Christoph hatte keinen Zweifel, dass Jahn irgendwas mit den Mördern von König und Gruber zu tun hatte. Und wenn es stimmte, was Benni ihm gesimst hatte, dass der Typ wirklich selbst Polizist war, dann befanden Christoph und Laura sich hier in höchster Gefahr, denn Jahn würde es nicht zulassen, dass Christoph ihn beschuldigte. Andererseits hatte Christoph das doch soeben schon getan! Alles hatte er dem Kommissar erzählt. Und als Erstes natürlich von dem Motorradfahrer. Und er hatte ihm auch dessen Namen genannt, den sie herausbekommen hatten: Boris Jahn! Allerdings, so bemerkte Christoph jetzt im Nachhinein, hatte Löns bei der Nennung des Namens überhaupt nicht gestutzt. Nicht mal einen kurzen Moment. So als ob er den Namen noch nie gehört hätte. Hatte er vielleicht auch nicht. Vielleicht hieß der Suzuki-Typ ganz anders und hatte das Motorrad unter dem Namen Boris Jahn angemeldet? Dann würde Löns nichts davon ahnen, dass der gefährliche Motorradfahrer Boris Jahn, von dem Christoph ihm gerade erzählt hatte, niemand anderes war als einer von Löns' Kollegen! Wie sollte er sich jetzt nur verhalten? Würde Löns ihm glauben, wenn er dessen Kollegen beschuldigte? Ohne handfeste Beweise wohl kaum!

Hauptkommissar Löns drückte die Stopp-Taste des kleinen Aufnahmegeräts, mit dem er die Aussagen aufgezeichnet hatte. „Wo sind die Daten jetzt, um die es deiner Meinung nach geht?"

Christoph hatte keine Probleme damit es ihm mitzuteilen. Eigentlich. Doch durch die Frage fiel ihm auf, dass er in seiner ausführlichen Erzählung das Versteck in der Schule nicht erwähnt hatte. Es war keine bewusste Entscheidung gewesen. Und doch war es so. Hatte das etwas zu bedeuten? War sein Unterbewusstsein schlauer als er? Christoph zögerte, dann kam ihm eine Idee, wie er ein wenig Zeit für seine Antwort gewinnen konnte.

„Dürfte ich einen Schluck Wasser haben?", fragte er.

Der Kommissar nickte und fragte Laura gleich mit: „Sie auch?"

Laura bejahte.

Der Kommissar erhob sich, ging zur Tür, öffnete sie, steckte den Kopf hinaus auf den Flur.

Christoph nutzte die Gelegenheit, beugte sich rüber zu Laura und flüsterte ihr ins Ohr: „Wir müssen hier raus!" Er zeigte ihr die Handynachricht.

Laura riss erschrocken den Mund auf und hielt sich schnell die Hand davor.

Draußen auf dem Flur hatte der Kommissar offenbar jemand Passendes zu fassen bekommen. „Könnten Sie uns freundlicherweise zwei Gläser Wasser bringen? Vielen Dank“, hörte Christoph ihn sagen.

Löns kehrte zurück.

„Also? Wo sind die Daten jetzt?“, wiederholte er seine Frage.

„Im Schließfach der Bank!“, antwortete Christoph spontan. Ihm fiel ein Stein vom Herzen, dass ihm diese Antwort so schnell eingefallen war.

Er spürte Lauras Verwunderung, versuchte aber sich nichts anmerken zu lassen. Er konnte nur hoffen, dass sie ihm vertraute und mitspielte, auch wenn sie nicht genau begriff, was hier gerade vor sich ging. So genau wusste er es ja selbst nicht. Dazu war Bennis Warnung zu kurz gewesen. Nur eines blieb unmissverständlich: Bennis Aufforderung, sofort das Gebäude zu verlassen!

„Dann gehen wir doch zur Bank und sehen uns das Schließfach an“, schlug Löns vor.

Zur Bank zu gehen, das hieß zunächst einmal, raus aus dem Präsidium. Genau wie Benni es ihm gerade dringend geraten hatte.

„Ja klar“, stimmte Christoph deshalb schnell zu. „Gern.“ Wie er dort vor Ort mit seiner spontanen Lüge umgehen würde, konnte er sich immer noch überlegen. Aber erst einmal nichts wie weg von hier, bevor Suzuki-Typ Jahn womöglich in diesem Zimmer auftauchte und ihn und Laura unter irgendeinem Vorwand herausführte und die weitere „Vernehmung“ vielleicht selbst in die Hand nahm.

„Am besten jetzt gleich!“, schlug Christoph vor und erhob sich von seinem Stuhl.

Laura blieb zunächst verdutzt sitzen. Auch für Löns kam die Aufforderung ein bisschen plötzlich.

Christoph eilte zur Tür. „Wir warten unten auf Sie!“

Er winkte Laura zu ihm rasch zu folgen. Laura schaltete und kam zu ihm. „Was? Moment! Äh!“, stotterte Löns. Er war derart überrascht von Christophs Aufbruch, dass es ihm nicht einmal gelang ihn aufzuhalten, obwohl er in diesem Vernehmungszimmer sicherlich schon ganz andere Dinge erlebt hatte.

Christoph nutzte den Überraschungseffekt. Während Löns wohl noch damit beschäftigt war seine Jacke zu suchen oder einer Kollegin Bescheid zu geben, wo er hingehen wollte, zog Christoph Laura eilig mit sich.

„Schnell!“ Er lief auf den Fahrstuhl zu. Auf den zu warten konnte aber zu lange dauern. Gegenüber führte eine Tür zum Treppenhaus.

„Hier entlang.“

Gemeinsam stürzten sie die Treppe hinunter.

Unten vor der Tür, die wieder in den Flur und damit zum Ausgang führte, wartete Christoph kurz. Auf keinen Fall wollte er jetzt hier unten Jahn in die Arme laufen. Von oben hörte er aber schon Schritte auf der Treppe. Löns schien ihnen zu folgen.

Das war gut. Denn das bedeutete, dass Löns wohl nicht zurück zu seinem Schreibtisch gelaufen war, um über das Haustelefon den Pförtner zu benachrichtigen. Wenn sie hier rauskommen wollten, mussten sie also schnell sein.

Langsam öffnete Christoph die Tür einen Spalt, lugte in den Flur. Er war frei.

„Jetzt!“, rief er Laura zu und beide huschten, so schnell es ging, ohne aufzufallen, durch den Flur. Christoph scannte dabei die Decke und die Ecken des Flures ab. Keine Kameras. Auch gut.

Schließlich erreichten sie die Tür beim Pförtner.

Christoph gab artig ein Zeichen. Der Pförtner nickte ihnen zu und drückte den Türsummer. Christoph wandte sich um. Noch nichts zu sehen von Löns.

Beide gingen durch die Tür, gaben dem Pförtner ihre Besucherzettel durch den Schlitz in der Panzerglasscheibe zurück, bekamen ihre Ausweise ausgehändigt und warteten, dass der Pförtner sie austrug.

Nach Christophs Empfinden dauerte das ewig.

Dann endlich gab der Pförtner das Okay: „Auf Wiedersehen!“

Christoph und Laura senkten ein wenig die Köpfe, verließen das Präsidium durch die Tür und dann rannten sie los, was das Zeug hielt.

Auf dem Parkplatz wurden sie bereits sehnsüchtig von Benni und Lukas erwartet.

„Dort entlang!“, rief Benni ihnen zu und zeigte auf eine Buschhecke.

Die vier arbeiteten sich durch die Büsche bis hin zur Straße, die zum Stadtpark führte. Erst dort legten sie eine kurze Pause ein.

„Hat Jahn euch gesehen?", fragte Benni.

„Keine Ahnung!", sagte Christoph und blickte sich ängstlich zum Präsidium um. „Wir sind ihm zum Glück nicht begegnet, sondern gleich abgehauen, als ich deine Warnung gelesen habe. Lasst uns erst mal weiter von hier verschwinden."

„Ja", stimmte Benni ihm zu. „Wenn der euch im Präsidium nicht antrifft, wird er uns bestimmt suchen."

„In den Stadtpark", schlug Lukas vor.

Die anderen wollten gerade loslaufen. Doch Christoph hielt inne.

„Wartet mal!" Er dachte einen Moment lang nach.

„Was?", drängte Lukas.

Christoph hatte eine Entscheidung getroffen.

„Wieso rennen wir eigentlich weg?", fragte er. „Wir gehen zurück."

Benni glaubte sich verhört zu haben. „Spinnst du?"

Doch Christoph blieb dabei.

„Was soll er denn machen?“, fragte er zurück. „Uns etwas antun? Auf dem Parkplatz des Polizeipräsidiums? Der ist videoüberwacht!“

Benni stutzte. Vielleicht hatte Christoph Recht. Was wollte Jahn denn tun, wenn er sie eingeholt hatte?

Lukas blieb skeptisch. „Der wird wissen, was er zu tun hat. Das ist kein Amateur.“

„Im Gegenteil“, ergänzte Laura. „Das ist ein korrupter Bulle.“

„Eben“, nahm wieder Lukas das Wort an sich. „Und sicher will er unentdeckt bleiben. Also ist er höchst gefährlich. Denn dass er und seine Leute weder vor Mord noch vor Entführung zurückschrecken, haben wir ja schon gesehen.“

„Also?“, fragte Benni. „Was machen wir?“

„Mit ihm reden“, entschied Christoph. Eine andere Möglichkeit blieb ihnen ohnehin nicht mehr. Denn während sie hier am Straßenrand herumstanden und diskutierten, tauchte Jahn schon auf.

Christoph konnte ihn durch die Hecke hindurch sehen, wie er auf dem Parkplatz stand und mit Löns diskutierte.

Klar, dachte Christoph bei sich. Jetzt überzeugt er Löns, dass *er* sich der Sache annimmt.

Löns und Jahn verabschiedeten sich, Löns ging zurück ins Präsidium, Jahn kam auf sie zu – und hielt sich nicht mit langen Vorreden auf, als er die vier erreicht hatte.

„Ihr solltet es nicht zu weit treiben!“, drohte er in scharfem Ton. „Wir hatten eine Vereinbarung.“

Christoph schwieg. Auch die anderen sagten nichts, sondern blickten ihn nur mit ernsten Mienen an und fragten sich, was wohl als Nächstes passierte. Würde er sie angreifen?

Doch es geschah nichts Derartiges. Stattdessen herrschte ein paar Sekunden lang Schweigen. Dann räusperte Christoph sich.

„Ich hab der Polizei alles erzählt!“

„Ich weiß“, antwortete Jahn. „Das ist ein Teil des Problems. Aber es wird euch nichts nützen. Und ihr wisst, weshalb.“

Geflissentlich vermied Jahn es, die Sache und vor allem seine Verstrickung darin beim Namen zu nennen. Offenbar rechnete er damit, dass dieses Gespräch heimlich mit Hilfe eines Smartphones aufgezeichnet werden könnte. Und er hatte ja Recht: Alle vier wussten, worauf er anspielte. Er selbst war bei der Polizei, ein Kollege des ermittelnden Kommissars, und würde jede Möglichkeit haben und nutzen Christophs Aussagen zu manipulieren, unglaubwürdig erscheinen oder gar Indizien, Hinweise und Beweise verschwinden zu lassen. Gleichzeitig, auch das wussten Christoph und seine Freunde, konnte er ihnen jederzeit erheblichen Schaden zufügen. Lauras Entführung, das brennende Auto, die Einbrüche und nicht zuletzt die Morde an Gruber und König waren Beweis genug. Das alles wurde Christoph mit dem einen kurzen Satz klar: „Es wird euch nichts nützen.“

Zwar könnte Christoph versuchen seinerseits der Polizei mitzuteilen, dass sein Gegenüber unter falschem Namen ein Motorrad angemeldet hatte, mit dem er ihm ständig auflauerte. Aber alles in allem hatte Christoph doch recht wenig Beweise in der Hand und befürchtete, dass Jahn am Ende am längeren Hebel saß. Diejenigen, von denen Christoph sich Hilfe erhofft hatte, waren von Jahns Hintermännern ausgehebelt worden. Brockmann und Kandake waren verschwunden. Angeblich im Ausland. Vielleicht wirklich nur irgendwo jenseits der Grenze, vielleicht war Schlimmeres mit ihnen geschehen. Auf jeden Fall waren sie nicht mehr vor Ort, nicht mehr an der Sache dran, nicht mehr verfügbar.

Christoph stand mit leeren Händen da. Von Anfang an hatte er keine Chance gehabt. Entweder machte er sich strafbar, indem er sich auf einen Deal mit den Steuerbetrügern einließ, oder er wurde zur Zielscheibe dieser Betrüger, weil er sie anzeigte. Und nun stellte sich auch noch heraus, dass er – egal für welche der beiden Möglichkeiten er sich entschied – beide Male vom gleichen Gegner dafür zur Rechenschaft gezogen werden würde. Offenbar gab es doch keine andere Möglichkeit, als Jahn die Daten-CD zu übergeben, um endlich Ruhe zu haben.

„Okay", sagte er also und wollte seine Niederlage eingestehen.

Doch Laura kam ihm zuvor.

Christoph hatte nicht auf sie geachtet, während er seinen düsteren Gedanken nachhing. Die ganze Zeit hatte Laura dagestanden, mit zitternden Knien und geballten Fäusten und hatte Jahn in die Augen gesehen. Christoph ahnte, was ihr durch den Kopf ging: Sie stand mit Jahn einem ihrer Entführer gegenüber. Jener, der sich während ihrer Entführung nicht einmal die Mühe gemacht hatte sein Gesicht zu verdecken. Zu sicher war er sich gewesen, dass Laura ihm nichts anhaben konnte. Jetzt sahen sich beide stumm in die Augen.

Schließlich war Laura es, die sprach, als Christoph schon den Mund öffnete.

„Heute Abend 19 Uhr in der Schule. Da ist unser Versteck", sagte Laura. „Da bekommen Sie die Daten."

Christoph fiel ein Stein vom Herzen. Laura hatte den gleichen Gedanken wie er. Auch sie sah ein, dass weiterer Widerstand keinen Sinn ergab. Dass sie, wenn ihnen ihr Leben und ihre körperliche Unversehrtheit lieb war, aufgeben und den Steuerbetrügern die Daten überreichen mussten.

Lukas' Miene offenbarte, wie überrascht er war von Lauras plötzlichem Sinneswandel. Doch er kommentierte ihn nicht. Offenbar war auch er einverstanden mit dieser Wendung.

Nur Benni schaute noch etwas unsicher drein und Christoph vermutete, dass er mit sich rang, nach der ursprünglich angebotenen Million zu fragen. Doch Benni warf einen Blick auf Laura und verkniff sich die Frage in diesem Moment.

Christoph spürte eine große Erleichterung, dass Laura ihre Meinung geändert hatte und zum gleichen Schluss gekommen war wie er. Das Einzige, was ihn ein wenig stutzig werden ließ, war ihr Vorschlag, sich um 19 Uhr im Schulversteck zu treffen. Warum erst am Abend? Er hatte vorschlagen wollen jetzt sofort in die Schule zu fahren und die Daten-CD zu übergeben. Je eher er sie los war, desto wohler würde er sich fühlen. Er wollte ein für alle Mal mit der ganzen Sache nichts mehr zu tun haben.

Offenbar hatte Jahn entweder seine Gedanken erraten oder er wollte nun selbst die Übergabe so schnell wie möglich über die Bühne bringen. Jedenfalls stellte er genau die gleiche Frage, die Christoph gerade durch den Kopf ging: „Wieso erst heute Abend? Ich denke, wir gehen jetzt sofort."

Es klang nicht wie ein Vorschlag, sondern es handelte sich um eine klare Anweisung.

„Das geht nicht!“, wandte Laura ein.

Christoph zuckte zusammen. Was sollte das? Wieso sollte es nicht gehen, jetzt sofort in die Schule zu fahren?

Wieder sprach Jahn Christophs Frage aus: „Wieso nicht?“

„Weil …“, begann Laura zögernd, „… der Keller heute Nachmittag ausgeräumt wird.“

„Was?“ Benni zeigte sich sichtlich erstaunt. Er kannte Laura eben nicht so gut. Christoph aber deutete das kurze Zögern in ihrer Antwort richtig: Laura hatte sich das nur ausgedacht. Für Benni klang es überzeugend, Christoph aber konnte sie nicht hinters Licht führen. Und Jahn?

„Welcher Keller?“, fragte er.

Laura erklärte, wo sie sich versteckt gehalten hatten, und endete mit: „Na ja, und nun wird aber die Dunkelkammer endgültig ausgeräumt. Heute Nachmittag. Ich weiß das von Conni, der Tochter des Hausmeisters. Die muss sich jetzt leider ein anderes Liebesnest suchen.“

Sie rang sich ein verschwörerisches Lächeln ab, das Christophs Verdacht nur bestätigte: Sie führte etwas im Schilde. Sie hatte einen Plan, den sie verfolgte. Von wegen, sie hatte ihre Meinung geändert! Davon konnte überhaupt keine Rede sein! Fast fluchte Christoph innerlich und hoffte, man konnte ihm seinen Ärger nicht vom Gesicht ablesen. Aber was sollte er jetzt tun? Er fand, es war zu gefährlich Jahn austricksen zu wollen. Aber ob er wollte oder nicht, er musste das Spielchen jetzt mitspielen. Lukas und Benni indes schienen Laura nicht durchschaut zu haben. Im Gegenteil: Benni war total erstaunt.

„So plötzlich?“, fragte er verwundert. „Wieso das denn?“

„Überhaupt nicht plötzlich“, fuhr Laura ihm schnell über den Mund. „Das ist schon seit Wochen geplant, nur wir haben es vorher nicht mitbekommen.“

„Aha!“ Benni spielte seine Verblüffung nicht.

Sogar Lukas schien sich zu fragen, weshalb Conni ihm davon nichts erzählt hatte, so glaubwürdig präsentierte Laura ihnen ihre Geschichte. Genauso, wie sie seinerzeit Christophs Mutter weisgemacht hatte, sie würden für ein Schulprojekt in ein Wochenendhaus fahren. Da war Christoph voll in dem Glauben gewesen, Laura hätte sich ihre Geschichten bereits vorher immer sorgfältig zurechtgelegt. Jetzt erkannte er, dass sie eine Meisterin im Improvisieren war.

Auch Jahn nahm ihr die Story voll und ganz ab.

„Und die Daten?“, fragte er besorgt. Wenn das Versteck leer geräumt wurde, war es klar, dass auch die Daten-CD mit entsorgt werden würde.

Doch Laura beruhigte ihn: „Die liegen natürlich nicht offen herum. Deshalb ja um 19 Uhr. Dann sind die Leute, die dort ausräumen, weg und wir können Ihnen in Ruhe die CD übergeben.“

Christoph erwischte sich dabei, wie er für einen Moment auf Lauras Story hereinfiel.

Aus den Augenwinkeln beobachtete er, wie Lukas und Benni Lauras Geschichte aufnahmen. Sie schienen genauso überzeugt wie Jahn.

„Okay“, willigte Jahn ein. „Dann heute Abend. Aber ich komme nicht zu euch, sondern ihr zu mir. Du!“ Er zeigte auf Christoph. „Allein. Mit den Daten. Punkt 19 Uhr. Hier!“

Christoph wusste nicht, was er antworten sollte. Passte das in Lauras Plan?

„Okay!“, willigte sie an seiner Stelle ein.

Offenbar passte es in ihren Plan. Und so wiederholte Christoph: „Okay.“

„Das ist die letzte Warnung“, drohte Jahn. „Keine Spielchen. Keine Tricks. Wenn die Übergabe nicht klappt …“ Den Rest ließ er offen.

Christoph wusste auch so, was er meinte.

„Okay!“, bestätigte er noch einmal.

Die vier blieben stehen und sahen Jahn nach, der zurück zum Parkplatz des Präsidiums ging, dort aber nicht das Präsidium betrat, sondern stattdessen auf sein Motorrad stieg. Niemand von ihnen sagte ein Wort, bis Jahn um die Ecke fuhr und damit außer Sichtweise war.

Jetzt wagte Benni auszusprechen, was ihm anscheinend die ganze Zeit auf den Lippen gelegen hatte: „Okay, Leute. Wenn wir die Daten jetzt doch freiwillig herausgeben, wieso nehmen wir dann nicht die Million, die sie uns zu Anfang angeboten hatten?"

Christoph verdrehte die Augen. Das durfte nicht wahr sein, dass Benni wieder damit anfing. Er ahnte, was jetzt folgen würde.

Und prompt: Lauras Gewitter ließ keine Sekunde auf sich warten.

„Du bist so eine verdammte Hohlnuss!", schnauzte sie ihn an. „Du glaubst doch nicht im Ernst, dass wir dem die Daten geben!"

„Nicht?", staunte jetzt auch Lukas. „Aber ..."

Auch Christoph war davon ausgegangen, dass es das Beste wäre nun doch die Daten herauszugeben. Aufmerksam hörte er zu, was Laura stattdessen für eine Meinung vertrat.

„Mann, Leute!“, schimpfte Laura. „Seid ihr nicht mehr ganz bei Trost? Wenn wir die Daten rausrücken, decken wir nicht nur eine gewaltige Steuerhinterziehung, was schlimm genug wäre. Sondern wir helfen zwei Morde zu vertuschen. Habt ihr das etwa schon vergessen? König und Gruber sind ermordet worden!“

Benni öffnete und schloss seinen Mund wie ein Karpfen im Becken eines Fischhändlers. „Aber …“

„Was aber?“, fragte Laura gereizt. „Sollen wir schweigen und es dabei belassen, dass die Mörder nicht gefasst werden, oder wie? Wir haben gerade mit einem der Mitschuldigen an den Morden gesprochen!“

„Wir haben verhandelt“, korrigierte Benni. „DU hast mit ihm verhandelt und ihm gesagt, dass …“

„Um Zeit zu gewinnen, Mann“, platzte Laura heraus. „Bist du so dämlich und glaubst, ich lasse mich auf einen Deal mit Mördern ein?“

„Schlimmer!“, giftete Benni nun zurück. „Du glaubst, du bist die Obercoolste, und bringst uns alle damit in Gefahr. Die machen uns kalt!“

„Prima!“, rief Laura theatralisch aus. „Jetzt schauen wir schon weg, wenn Menschen auf offener Straße über den Haufen gefahren oder erschossen werden!“

„Was willst du denn machen?“, fragte Benni zurück.

Laura atmete tief durch.

„Fernsehen!“, sagte sie. Und ergänzte, bevor Benni oder jemand anders blöd nachfragen konnte: „Wir müssen unsere Ergebnisse live im Fernsehen präsentieren.“

Benni steckte sich einen Finger ins Ohr und rüttelte daran, als ob Wasser in den Gehörgang gelaufen wäre. „Wie bitte?", fragte er.

„Unsere einzige Chance", fand Laura. „Wenn es uns gelingt, unser Anliegen spontan in eine oder mehrere Kameras vorzutragen, dann ist es in der Öffentlichkeit, ohne dass jemand etwas dagegen unternehmen kann."

Benni lachte verächtlich auf. „Wie stellst du dir das denn vor? Wenn so etwas möglich wäre, dann sähen die Nachrichten im Fernsehen aber anders aus. Jeder mitteilungswütige Freak würde die Tagesschau stürmen."

Auch Lukas und Christoph winkten ab. Ein gut gemeinter Plan, aber vollkommen unrealistisch. Sie würden ohne Erlaubnis nicht einmal aufs Gelände des Fernsehsenders kommen.

„Ihr haltet mich auch für total bescheuert, oder?", schnaubte Laura. „Glaubt ihr, ich will in irgend so eine dämliche Talkshow reinplatzen, da mein Statement aus der Tasche ziehen und mich von der Security raustragen lassen, bevor ich nur Piep gesagt hab, oder wie?"

„Was denn sonst?", fragte Benni kleinlaut.

Laura zog das unterste Blatt ihrer ausgedruckten Papiere hervor und hielt es den anderen vor die Nase.

„Ich hab ja ziemlich wahllos die Seiten ausgedruckt, auf denen etwas über Stemmler steht. Und diese hier habe ich in der Bahn beim Durchsehen nur überflogen und erst mal nach unten gelegt, weil sie mich nicht interessierte."

Christoph las laut vor: „‚Pressekonferenz zum Kinderkulturfestival'? Was soll das denn?"

„Genau“, erklärte Laura. „Das hab ich mich auch gefragt. Bis mir eben im Gespräch mit Jahn die Idee kam. Es handelt sich um das größte Kinderkulturfestival der Stadt, unterstützt vom Amt für Jugend und der Hamburger Kulturbehörde“, erklärte Laura. „Es läuft dieses Jahr zum 25. Mal. Jubiläum. Und *heute* findet die Pressekonferenz dazu statt. Die wird doch bestimmt sehr gut besucht sein.“

Benni verstand immer noch nicht. „Und was hat das mit Jahn und unseren Daten zu tun?“

„Schau mal, wer einer der Hauptsponsoren ist!“, antwortete Laura ihm. Christoph rutschte mit dem Finger über das Blatt nach unten, wo die Sponsoren und Unterstützer aufgelistet waren. Es war die Bank von Stemmler!

„Deshalb war die Seite im Internet unter dem Stichwort Stemmler überhaupt aufgeführt“, sagte Laura weiter. „Der Pressesprecher der Bank sitzt mit in der Pressekonferenz.“ Sie zeigte auf die Besetzung des Podiums, die auf der Einladung aufgeführt war. „Da wird man ja wohl mal ein paar Fragen stellen dürfen. Fragen zu König, zu Gruber und natürlich zu unseren Daten, die wir auf der Pressekonferenz an alle anwesenden Journalisten verteilen. Selbst wenn Jahn und seine Hintermänner uns dann etwas antun würden, könnten sie die Veröffentlichung der Daten nicht mehr verhindern.“

„Grandios!“, lobte Christoph.

„Wahnsinn!“, sagte Lukas nur. „Wann ist denn diese Pressekonferenz genau? Ich meine, um sieben will Jahn die Daten.“

„Die geben wir ihm auch“, sagte Laura. „Das kann einer von euch übernehmen, während wir anderen zur Pressekonferenz gehen. Die ist nämlich zur selben Zeit.“

Die drei Jungs waren baff.

„Und das hast du dir alles eben mal auf die Schnelle ausgedacht?", wunderte sich Christoph.

„Ich hatte das nur im Hinterkopf", gestand Laura. „Beim Lesen in der Bahn dachte ich noch: So ein Arschloch, der Stemmler. Nach außen poliert er sein Image auf mit Kinderkultur. Und im Geheimen unterschlägt er genau die Steuerzahlungen, die für Förderung von Kinderkultur gebraucht werden. Deshalb konnte ich mich daran erinnern, dass es diese Pressekonferenz gibt. Na ja, der Rest war dann Eingebung."

Laura grinste die Jungs an.

Christoph hatte schon öfter über Lauras spontane Pläne staunen müssen. Aber dies hier war die Krönung. An Lauras Plan gab es nichts auszusetzen, fand er. Es war sicherlich ihre letzte Chance, um sich vielleicht doch noch irgendwie aus dieser vertrackten Angelegenheit herauszuwinden.

Und vor allem in einem hatte Laura Recht: Sie mussten dafür sorgen, dass die Mörder gefasst wurden, wenn nur irgendwie die Möglichkeit dazu bestand. Und diese Möglichkeit hatten sie jetzt. Für Christoph blieb somit nur eine Frage offen: Wie sollten sie sich einen Zugang zur Pressekonferenz verschaffen?

„Na ja, das ist ja keine Bundespressekonferenz", stellte Laura klar. „Bei so einer von einer Kulturinitiative für Kinder kommt eigentlich jeder rein. Ansonsten – haben wir nicht eine Schülerzeitung an unserer Schule?"

„Nicht, dass ich wüsste." Lukas schüttelte den Kopf.

„Na, dann haben wir eben seit heute eine. Wenn Benni uns bis heute Abend jedem einen schönen Schülerzeitungs-Presseausweis am Computer bastelt."

„Man kommt mit selbst gebastelten Presseausweisen in eine Pressekonferenz?", wunderte sich Lukas.

Laura grinste ihn an. „In Kombination mit meinem charmanten Lächeln bestimmt!", hoffte sie. „Also, Jungs, wie sieht's aus?"

„Alles paletti", antwortete Christoph. „Wir sind bereit. Oder?"

Lukas und Benni nickten.

Nervös schaute Christoph auf die Uhr. Es war Punkt sieben, aber von Jahn nichts zu sehen. Christoph blickte sich nochmals um, obwohl er das in der vergangenen Viertelstunde, die er hier bereits auf dem Parkplatz vor dem Polizeipräsidium wartete, schon x-mal getan hatte.

Ob Jahn den Braten roch? War es vielleicht doch eine dumme Idee gewesen diese Pressekonferenz zur Aufklärung des Falls nutzen zu wollen, statt dem Typen einfach die Daten zu geben und anschließend darauf zu hoffen, dass er ihn, Christoph, zufriedenlassen würde?

Als sich an der Einfahrt zum Parkplatz noch immer nichts tat, kam ihm plötzlich in den Sinn, dass Jahn vielleicht gar nicht angefahren kommen würde auf seiner Suzuki, sondern möglicherweise längst hier war. In seinem Büro im Präsidium vielleicht?

Von dort oben, aus irgendeinem der Fenster des Präsidiums würde Jahn den gesamten Parkplatz bestens überblicken können. Wenn er die Situation für günstig hielt, konnte er einfach mit dem Fahrstuhl herunterkommen und sich die Daten-CD geben lassen. Klar!

Der Typ wäre blöd, wenn er es nicht so machen würde. Von außen aber ließ sich nicht erkennen, ob da irgendwo jemand am Fenster stand.

Christoph blickte noch einmal über den Parkplatz. Jahns Motorrad war nicht da. Aber das musste nichts heißen.

Verdammt, wo steckte er? Wenn er ihn beobachtete, dann sah er doch, dass die Luft rein war.

Christoph holte die Daten-CD hervor und hielt sie demonstrativ in die Höhe. Wenn der Typ ihn im Visier hatte, dann musste er jetzt erkennen, dass Christoph bereit war, ihm die CD zu übergeben. Wie verabredet. Wieso kam er nicht?

Nervös ruckelte Laura auf ihrem Stuhl hin und her. Der Einlass in die Pressekonferenz hatte wunderbar geklappt. Sie hatte nur kurz den Schüler-Presseausweis vorgezeigt, den Benni wirklich toll hinbekommen hatte, Lukas und Benni als Fotografen und weiteren Redakteur vorgestellt und schon waren sie drinnen. Wie sie vorausgesagt hatte: Bei einer Pressekonferenz zu einem Kinderkulturfestival gab es keine strengen Einlasskontrollen. Wozu auch? Niemand würde hier politischen Sprengstoff vermuten. Und ein Übriges hatte vielleicht wirklich ihr Lächeln bewirkt.

Die Konferenz hatte pünktlich begonnen. Ein Moderator hatte die Begrüßung vorgenommen. Anschließend hatte der Veranstalter etwas zum Programm gesagt. Im Moment sprach der Vertreter der Kulturbehörde und gleich würde der Pressesprecher der Bank etwas sagen.

Dann würde Lauras Moment kommen. In dem Moment, wo die

Journalisten Fragen stellen durften, musste sie aufstehen und so kurz, knapp, aber präzise wie möglich schildern, was sie wussten. Damit ihr das gelang, hatte sie sich ihre kleine Rede auf einen Zettel geschrieben, den sie nun mit zitternder Hand festhielt.

Hinten, links und rechts vom Saalausgang, standen Benni und Lukas bereit und hielten ihre Stapel Daten-CDs bereit, die sie am Nachmittag zu Hause kopiert hatten. Dazu hatten sie einen dreiseitigen Informationstext erstellt, auf dem Christoph alles stichwortartig aufgeschrieben hatte, was sie erlebt hatten.

Laura griff zum Handy und schaute nach, ob es eine Nachricht von Christoph gab. Lief bei ihm alles glatt?

Doch es gab keine Nachricht.

Noch immer tat sich nichts. Christoph überlegte, was er tun sollte. Weiter warten? Unten bei der Information des Präsidiums nach Jahn fragen? Das Letztere wäre sicher keine so gute Idee, dachte Christoph. Er wollte nicht mit einem der Polizisten sprechen, solange Lauras Aktion bei der Pressekonferenz nicht abgeschlossen war. Zu groß war die Gefahr, dass etwas an Jahn durchsickern könnte und …

Christoph erstarrte bei seinen Gedanken. Was, wenn Jahn längst Bescheid wusste? Wie eine innere Hitzewelle schoss ihm plötzlich diese Möglichkeit in den Kopf. Bisher war Jahn ihnen immer einen Schritt voraus gewesen. Egal was sie unternommen hatten, Jahn hatte es gewusst oder geahnt, auf jeden Fall richtig reagiert und … Ein weiterer Gedankenblitz unterbrach Christophs Überlegungen. Woher eigentlich?, fragte er sich plötzlich. Wieso wusste Jahn immer alles? Zuerst hatten sie es sich ja noch erklären können. Er hatte sie durch Handyortung aufgespürt. Dann hatten er und seine Hintermänner Zugang zu den Personen, denen Christoph und seine Freunde sich anvertraut hatten. Aber danach? Als sie zur Polizei gingen, zum Beispiel? Oder auch jetzt: Wieso kam Jahn nicht? Es schien so, als wüsste Jahn schon wieder Bescheid. Durch wen?

Laura!, fiel ihm ein. Sie hatten sie entführt – und wieder freigelassen. Als eine Drohgebärde hatten sie die Entführung aufgefasst und als Erpressung. Was aber, wenn sie nicht nur das gewesen war, sondern viel einfacher. Was, wenn sie Laura … Christoph stockte. Seine Kehle wurde trocken. Sein Atem ging schneller. Seine Hände zitterten. Was war, setzte er erneut an, wenn sie Laura irgendeine Art Miniwanze angeheftet hatten, mit deren Hilfe sie jedes Gespräch abhörten und über jeden Schritt informiert waren?

Christoph musste sich selbst eingestehen, dass das eine abenteuerliche Vorstellung war. Aber eine, die erklären würde, wieso Jahn hier jetzt nicht aufkreuzte. Und eine, die, wenn sie stimmte, bedeutete, dass Laura, Lukas und Benni sich gerade in unmittelbarer Gefahr befanden.

Denn dann würden Jahn und seine Hintermänner wissen, was die drei auf der Pressekonferenz vorhatten – und sie würden etwas dagegen unternehmen.

Christoph griff zu seinem Handy, wollte Laura anrufen und sie fragen, ob mit ihr noch alles in Ordnung wäre. Genau in dem Moment riss ihm jemand die Daten-CD aus der Hand.

Christoph sah Jahn ins Gesicht. Wo war der so plötzlich hergekommen?

Er hatte ihn nicht gesehen. Jahn musste exakt den Moment abgepasst haben, in dem Christoph sich mit seinem Handy beschäftigte, um diesen Überraschungsauftritt zu inszenieren. Ebenso überraschend wie das Erscheinen des Polizisten schnappte um Christophs rechtes Handgelenk eine Handschelle zu. Noch ehe er irgendwie reagieren oder fragen konnte, hatte Jahn ihm schon den rechten Arm auf den Rücken gedreht, dann auch noch den linken und – schnapp – waren seine Hände auf dem Rücken gefesselt.

„Was soll das?“, empörte sich Christoph.

Exakt die gleiche Frage stellte Laura dem Zivilpolizisten im Foyer, nachdem der ihr die Hände ebenfalls mit Handschellen auf den Rücken gebunden hatte. Sie schaute dem Zivilfahnder ins Gesicht, entdeckte über seine Schulter hinweg dahinter aber Benni und Lukas, die ebenfalls festgenommen waren.

Außerdem sah sie zwei weitere Zivilpolizisten, die die Taschen der Jungs in den Händen hielten.

„Lassen Sie uns los!“, forderte Laura. „Wir haben nichts getan. Im Gegenteil. Schauen Sie doch nach. In den Taschen dort befindet sich brisantes Beweismaterial.“

„Das haben wir schon gefunden“, antwortete der Zivilfahnder.

Laura schaute ihn erstaunt an. Wovon sprach er? Denn eindeutig hatte er nicht den Inhalt der Taschen gemeint.

Christoph saß auf demselben Stuhl, auf dem er schon mal gesessen hatte, als er seine Aussage getätigt hatte, aber durch Bennis Warnung dabei unterbrochen worden war. Jetzt saß ihm aber nicht mehr Kommissar Löns gegenüber, sondern Jahn. Der legte gerade einen transparenten Plastikbeutel, prall gefüllt mit einem weißen Pulver, auf den Tisch.

„Während ihr so eifrig an euren Erklärungen getippt habt", sagte Jahn, „haben wir bei Laura, Lukas und Benni zeitgleich eine kleine Hausdurchsuchung durchgeführt. Und bei jedem so eine Tüte gefunden. Bei dir übrigens auch, anschließend, als du schon auf dem Weg hierher warst."

„Hausdurchsuchung?", wiederholte Christoph entsetzt. „Wieso? Was ist das?"

Er blickte auf das Pulver.

„Kokain im Wert von – na, sagen wir – etwa 15.000 Euro. Genug jedenfalls, dass das nicht als geringfügige Menge durchgeht."

„Ko…" Christoph musste schlucken, ehe er das Wort herausbekam. „Kokain? Bei mir gefunden? Sind Sie bescheuert? Sie wissen genau, dass das nicht stimmt!"

Jahn lachte. „Natürlich weiß ich das. Aber sonst niemand. Und wie, bitte schön, wollt ihr das Gegenteil beweisen? Wir haben es bei euch gefunden. Dafür gibt es Zeugen, fleißige, ehrbare Beamte."

„Das haben Sie uns vorher untergeschoben!", rief Christoph. Jahn lächelte ihn mitleidig an, was Christoph als ein Eingeständnis empfand.

„Wie gesagt", wiederholte Jahn. „Wie wollt ihr das beweisen? Ich leite nun mal diese kleine Arbeitsgruppe im Drogendezernat. Und glaub mir: Jeder, den wir erwischen, behauptet, man hätte ihm die Drogen untergeschoben."

„Damit kommen Sie nicht durch!", sagte Christoph wütend. „Laura und die anderen …"

„… sind auf der Pressekonferenz, ich weiß“, lächelte Jahn. „Wir waren schnell genug.“

Christoph sackte in sich zusammen.

„Weißt du, was die Polizei mit konfiszierten Drogen macht?“, fragte Jahn.

Christoph antwortete nicht. Er dachte auch nicht über eine Antwort auf die Frage nach. Und Jahn hatte auch keine Antwort erwartet. Er gab sie selbst: „Wir vernichten sie. Genau wie ich das Material vernichten werde, dass wir bei dir und bei deinen Freunden gefunden haben. Eure Computer werden gerade untersucht und gelöscht. Und nur für den Fall …“

Jahn beugte sich über den Tisch und rückte somit näher an Christoph heran, ehe er fortsetzte: „… dass sich doch noch irgendwo so etwas wie eine klitzekleine Kopie der Liste oder sonstiges Material befindet …“ Er ließ sich wieder zurücksinken und tippte auf die Plastiktüte: „… kann ich so etwas jederzeit wiederholen.“

Christoph horchte auf. „Das heißt, Sie wollen jetzt gar keine …“

„… Anzeige erstatten und euch wegen Drogenbesitzes festnehmen?“ Jahn schüttelte den Kopf. „Noch kann ich den Bericht so drehen, dass ihr alle tatsächlich unwissentlich in den Besitz dieser Tüten geraten seid.“

„Sie vertrauen uns, dass wir schweigen werden?“, fragte Christoph.

Wieder schüttelte Jahn den Kopf. „Davon kann gar keine Rede sein. Aber erstens habt ihr nichts mehr gegen uns in der Hand. Und zweitens …“ Erneutes Tippen auf die Drogentüte. „Jederzeit. DAS ist euer Autounfall, wenn du verstehst? Wir können keine vier jugendlichen Leichen gebrauchen. Aber euch als Drogendealer in den Knast wandern zu lassen, da hätten wir keine Skrupel."

Christoph konnte nicht glauben, was er da gerade hörte. Nicht, dass ihm ein einzelner korrupter Polizist so brühwarm und offen drohte, so selbstverständlich von seinen Verbrechen sprach, mitten im Polizeipräsidium, als wäre das völlig normal. Und er konnte nicht glauben, dass all ihre Mühen, all ihre Ängste, die sie ausgestanden hatten, und vor allem der Tod von Sebastian König und Gruber, dass das alles vergeblich gewesen sein sollte.

Doch er musste der Tatsache ins Auge sehen. Genau so war es.

Die Tür zum Vernehmungsraum wurde geöffnet. Ein Polizist kam herein. „Die anderen sind jetzt da und zur Vernehmung bereit!"

Christoph fuhr herum. Das konnten ja nur Laura, Benni und Lukas sein.

Jahn schaute auf ihn, dann zu seinem Kollegen. „Ihr könnt sie laufen lassen. Das alles hat sich leider als ein großes Missverständnis herausgestellt."

Christoph riss die Augen auf vor Erstaunen.

„Oder?", fragte Jahn mit drohender Stimme nach und zog das Drogentütchen langsam zu sich herüber.

Christoph nickte.

Jahn gab dem Polizisten einen Wink. Der ging auf Christoph zu und führte ihn hinaus. Draußen warteten Laura, Benni und Lukas, von denen allen bereits ein Protokoll ihrer Festnahme aufgenommen worden war.

„Sie können gehen, alle", sagte der Polizist zu ihnen.

Laura runzelte die Stirn. Sie verstand die Welt nicht mehr. „Was soll das bedeuten?“, fragte sie leise.

„Es bedeutet, dass wir verloren haben“, antwortete Christoph resigniert. „Aber immerhin leben wir noch.“

Ungefähr zur gleichen Zeit brachte ein kleiner lokaler Radiosender einen Beitrag von der Pressekonferenz zum Kinderkulturfestival. „Wir freuen uns sehr“, so war die Stimme des Veranstalters zu hören, „dass auch in diesem Jahr die Bank wieder das Hauptsponsoring für das Festival übernommen hat. Die Kinder werden begeistert sein. Wir bedanken uns für das soziale Engagement der Bank und auch für die Unterstützung der Kulturbehörde.“

Leseprobe

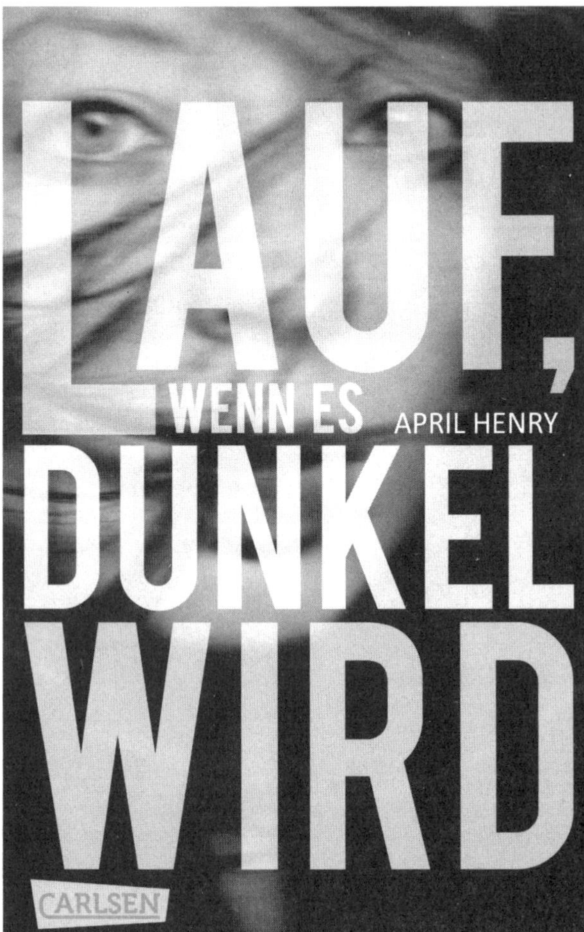

BLUTENDE WUNDE

Das Mädchen auf dem Rücksitz hörte nicht auf herumzuschreien. Sie hatte schwarze Haare und riesige braune Augen, die sie vor Angst ganz weit aufgerissen hatte. Vielleicht war sie sogar hübsch. Griffin war sich nicht sicher. Dafür wusste er gerade ziemlich genau, dass er mit ihr ein Riesenproblem hatte. Panik stieg in ihm hoch. Er musste nachdenken. Gott sei Dank war niemand in der Nähe.

Wenn er anhielt und sie rausließ, so wie sie das wollte, würde das Mädchen schreiend zur nächstbesten Person laufen, die sie sah. Und er wäre in weniger als zehn Minuten verhaftet. Dann würden die Bullen natürlich zu ihrem Haus rausfahren und alles würde auffliegen. Alle kämen in den Knast. Wahrscheinlich für eine ganz schön lange Zeit.

Anstatt langsamer zu werden, beschleunigte Griffin und fuhr zum anderen Ende des Parkplatzes. Das Mädchen geriet ins Rutschen. Griffin zuckte zusammen, als ihr Kopf dumpf gegen das Fenster schlug, aber er fuhr trotzdem weiter. Er handelte jetzt rein instinktiv. Und sein Instinkt sagte ihm, dass er so weit wie möglich wegmusste. Wenn man bei Roy aufwuchs, wurde man ziemlich gut im Wegrennen. Im Wegrennen und im Verstecken.

Griffin erwischte eine Lücke im Verkehr und fädelte ein. Er fuhr, so schnell es ging, über die Autobahnüberführung. Als er aufs Gaspedal trat, schoss der Escalade nach vorne und erreichte mühelos hundert.

So wie es heute lief, würden ihn die Bullen wahrscheinlich fürs Rasen drankriegen. Griffin brauchte Zeit zum Nachdenken, aber er wusste nicht, woher er sie nehmen sollte. So viel Abstand wie möglich zwischen den Autobesitzer und das Mädchen auf dem Rücksitz zu bringen war sicher das Richtige. Und er musste von möglichen Zeugen wegkommen, die vielleicht gerade jetzt den Notruf wählten. Er zog vor einen roten Honda und raste die nächste Ausfahrt raus. Erst mal weg von der Hauptverkehrsstraße.

Frustriert schlug er sich gegen den Kopf. Warum war er nur so dämlich gewesen und hatte nicht gemerkt, dass da noch jemand im Auto war? Er konnte Roy schon brüllen hören – fast so wie das Mädchen auf dem Rücksitz, das Mädchen, das nicht aufhörte zu schreien.

Er hatte nicht weiter gedacht als bis zu den Schlüsseln, die vom Zündschloss baumelten. Es war so einfach gewesen und so dumm. Griffin war die langen Reihen mit Fahrzeugen entlanggelaufen und hatte wie jeder andere gestresste Weihnachtseinkäufer ausgesehen, der sein Auto nicht fand. Griffin aber schaute nach Paketen, die er klauen konnte. Die Pakete waren aus den kastenförmigen Geschäften, die Meter für Meter den Parkplatz des Einkaufszentrums umsäumten. (Das Gelände war so groß, dass die meisten Leute ins Auto stiegen, sobald sie ein Geschäft verließen, und dann zum nächsten Geschäft weiterfuhren, das in einer Stadt ungefähr drei Blocks weiter gewesen wäre.)

Dank Roy wusste Griffin, wie er in weniger als einer Minute in ein verschlossenes Auto hinein- und auch wieder hinauskam. Er kriegte es sogar unbemerkt hin, wenn aus dem danebenstehenden Auto gerade jemand ausstieg. Als Nervenkitzel nickte er sogar manchmal jemandem zu, während er sich mit der J.-Crew-Tüte oder der Schachtel von Abercrombie aufrichtete. Danach schlenderte er zu seinem eigenen Auto, das immer in der Nähe von einer der Ausfahrten geparkt war, und legte die Taschen in den Kofferraum. Wenn der Kofferraum voll war, fuhr er nach Portland rein und über den Fluss in die 82. Straße, wo jeder der vielen Secondhandläden, ohne nachzufragen, gerne neue Ware kaufte.

Der Escalade war wie ein Geschenk gewesen, ein Überraschungsgeschenk nur für ihn. Jeder, der so dämlich war und seinen Schlüssel für alle Welt sichtbar im Zündschloss stecken ließ, verdiente es nicht anders, als dass sein Auto geklaut wurde. Er hatte es gar nicht erwarten können, den Wagen nach Hause zu bringen und ihn Roy zu zeigen.

Das waren Griffins Gedanken gewesen, zumindest bis sich herausstellte, dass unter der Decke auf dem Rücksitz ein Mädchen steckte.

Besser, er blendete das Mädchen aus und seine panischen Gedanken, Erklärungen und Rechtfertigungen auch, die er sich für zu Hause zurechtlegte, und fuhr so schnell weiter, wie er konnte, ohne dass er dabei die Kontrolle über das Auto verlor. So schnell zumindest, dass sie sich nicht trauen würde rauszuspringen.

Er hatte den Kopf zur Seite gedreht und versuchte gleichzeitig die Straße und das Mädchen im Auge zu behalten. Griffin schlängelte sich um langsamere Autos, bog in eine

Seitenstraße ein und in noch eine, bis er schließlich auf eine leere Straße stieß, die durch ein Stück Buschland führte. An den Ecken standen große weiße Schilder, auf denen das Land zum Verkauf angeboten wurde. Jeder Bauunternehmer war willkommen.

Als er abbremste, ging das Mädchen mit ausgestreckten Händen auf ihn los. Sie kratzte ihn und schrie wie am Spieß. Den Kopf hielt sie dabei seitlich, ihre weit aufgerissenen Augen starrten ihn an. Sie sah verrückt aus. Vielleicht war sie es ja.

Hastig schaltete Griffin die Automatik auf Parken und versuchte dem Angriff des Mädchens auszuweichen, indem er sich von ihr wegdrehte. Wenigstens war niemand in der Nähe, der sie hören konnte. Ihre Fingernägel kratzten seine rechte Wange entlang und er spürte, dass die Wunde zu bluten begann.

Irgendetwas musste er tun, aber was? Er quetschte sich zwischen den Sitzen durch. Griffin wollte sie beruhigen, doch sie kämpfte weiter gegen ihn an – schweigend und verbissen. Schließlich setzte er sich auf sie und hielt ihre Arme fest. Er war größer als sie und er lief auf Adrenalin. Immerhin hatte sie mit dem Schreien aufgehört. Im Auto war jetzt nur ihr stoßweises Atmen zu hören. Dann erst bemerkte Griffin das leise Brummen – er hatte nicht einmal Zeit gehabt, den Motor abzustellen. Er richtete sich auf, streckte sich nach vorne und drehte schnell den Schlüssel um.

»Tut mir leid«, sagte er in die plötzliche Stille hinein. »Lass uns darüber reden. Aber du musst mir versprechen, dass du nicht mehr versuchst mich umzubringen.«

»Versprochen.« Sie nickte, schaute ihm dabei aber nicht in

die Augen. Griffin ging davon aus, dass sie wahrscheinlich log. Wenn er in ihrer Lage wäre, würde er es zumindest tun.

Er atmete aus. »Du bist nur aus Versehen hier. Ich wollte bloß das Auto, nicht dich. Ich habe nicht mal gewusst, dass du im Auto bist.«

»Dann lass mich gehen.« Ihre Stimme war leise und heiser. Sie atmete ein und hustete, es hörte sich tief und schmerzhaft an. Den Kopf hatte sie zwar noch immer weggedreht, aber ein paar kleine Spucketropfen landeten trotzdem auf Griffin. Als sie weitersprechen konnte, flüsterte sie. »Bitte, bitte, lass mich gehen. Ich verrate auch nichts.«

So blöd war nicht einmal Griffin. »Tut mir leid, aber du glaubst doch nicht im Ernst, dass ich dir das abnehme? Bis spätestens heute Abend hätte jeder Bulle meine Beschreibung und die würde dann außerdem noch über jeden Radiosender der Stadt rausgehen.«

Über ihr Gesicht huschte ein seltsamer Ausdruck, fast der Anflug eines Lächelns. Draußen im Kalten tickte der Motor, während er abkühlte. »Aber ich werde ihnen nichts erzählen können. Hast du nicht gemerkt, dass ich blind bin?«

Blind? Griffin starrte auf ihre dunklen Augen. Er hatte geglaubt, sie hätte ihn nicht richtig angesehen, weil sie nach Hilfe Ausschau hielt oder nach einer Fluchtmöglichkeit und weil sie ihre Lage abschätzte.

»Bist du wirklich blind?«

»Mein Stock liegt auf dem Boden.«

Obwohl er sich noch immer fragte, ob sie ihn austricksen wollte, schaute er auf den Boden. Hinter dem Fahrersitz lag neben einer kleinen schwarzen Handtasche zusammengefaltet der Blindenstock.

Was wohl passieren würde, wenn er machte, was sie wollte? Er könnte sie rauslassen. Ihr vielleicht den Stock geben, oder vielleicht auch nicht. Schließlich war sie gut darin, herankommende Autos frühzeitig zu erkennen, und außerdem waren ohnehin nur wenige Autos unterwegs. Sie würde nicht überfahren werden, vielmehr würde sie das nächste vorbeikommende Auto anhalten. Und sobald jemand angehalten hätte, würde es nicht lange dauern, bis die Polizei da wäre. Der nagelneue Escalade war nicht gerade leicht zu übersehen. Was, wenn hier jemand, nur ein oder zwei Minuten nachdem er sie hatte gehenlassen, vorbeikam? Er war dreißig Meilen von zu Hause weg, dreißig Meilen von seinem Versteck für das Auto. Man würde ihn viel zu leicht finden. Und danach, noch immer der gleiche Albtraum. Sie alle weggesperrt – für immer und ewig.

Nein. Besser, er hielt das Mädchen noch eine Weile fest. Besser, er fragte Roy, was sie tun sollten, auch wenn der alles andere als begeistert sein würde, dass Griffin Ärger mit nach Hause brachte. Aber besser den Ärger mit nach Hause bringen, als ihn hier draußen lassen, wo er jeden Moment explodieren und sie alle mit sich reißen könnte. Außerdem hatte Griffin inzwischen eine Idee. Heute Abend, wenn es dunkel geworden war, könnte er das Mädchen zu irgendeinem verlassenen Flecken bringen, sie rauslassen und dann wieder wegfahren. Sie irgendwo absetzen, wo es Stunden dauern würde, bis jemand sie fand. Genau so, wie sie es gewollt hatte, nur mit einer wesentlich geringeren Wahrscheinlichkeit, dass sie ihn schnappen würden. Aber nicht hier. Nicht jetzt. Nicht am helllichten Tag. Nicht, wenn jeden Moment ein Auto vorbeifahren konnte.

Als würde der Gedanke Wirklichkeit werden, hörte er von weitem ein Auto. Ein Auto, das näher kam.

»Ich kann dich nicht gehenlassen«, sagte er und wollte »noch nicht« hinzufügen. Aber bevor Griffin ein weiteres Wort sagen konnte, ging sie wieder auf ihn los, öffnete den Mund, um zu schreien. Was sollte er jetzt tun? Plötzlich hatte er einen Einfall. Er wusste nicht, ob es funktionieren würde, aber er musste es versuchen. Verzweifelt tastete er über den Beifahrersitz, bis sich seine Finger um den Gegenstand schlossen, den er brauchte.

Griffin drückte den Zylinder gegen ihre Schläfe.

»Einen Ton und ich erschieß dich!«